人猿泰山全译精编插画系列（全25种）

人猿泰山
之
地心营救

［美国］埃德加·赖斯·巴勒斯/著
李璐璐/译

Tarzan at the Earth
by Edgar Rice Burroughs

上海文艺出版社
上海故事会文化传媒有限公司

图书在版编目（CIP）数据

人猿泰山之地心营救 ／（美）埃德加·赖斯·巴勒斯著；李璐璐译．－－上海：上海文艺出版社，2019
（人猿泰山全译精编插画系列）
ISBN 978-7-5321-7031-9

Ⅰ．①人… Ⅱ．①埃… ②李… Ⅲ．①长篇小说－美国－现代 Ⅳ．① I712.45

中国版本图书馆 CIP 数据核字(2019)第 028779 号

书　　名：人猿泰山之地心营救
著　　者：[美国] 埃德加·赖斯·巴勒斯
译　　者：李璐璐
责任编辑：蔡美凤　朱崟滢
装帧设计：周　睿
责任督印：张　凯

出　　版：上海文艺出版社
出　　品：上海故事会文化传媒有限公司
　　　　　（200020　上海市绍兴路74号　www.storychina.cn）
发　　行：上海文艺出版社发行中心
　　　　　（上海市绍兴路50号）
印　　刷：上海中华印刷有限公司
开　　本：889毫米x1194毫米　1/32　印张8.125
版　　次：2019年5月第1版　2019年5月第1次印刷
ＩＳＢＮ：978-7-5321-7031-9/I·5623
定　　价：25.00元

版权所有·不准翻印

故事会 大众文化出版基地　上海故事会文化传媒有限公司 出品（00848）www.storychina.cn

上海故事会文化传媒有限公司所有图书可办理邮购，免收邮费（挂号除外）
汇款地址：上海市绍兴路74号(200020)；　收款人：上海故事会文化传媒有限公司出版发行部
联系电话：021-64338113
如发现本书有质量问题，请与印刷厂质量科联系 T.：021-60829062

人猿泰山全译精编插画系列（全25种）
编 委 会

总 策 划：夏一鸣

主　　编：黄禄善

副 主 编：高　健

编辑成员

（按姓氏笔画为序排列）

田　芳　朱鉴滢　李震宇　张雅君

胡　捷　夏一鸣　高　健　黄禄善　詹明瑜　蔡美凤

百年文学经典 文化传播之最
人猿泰山驰骋的奇幻世界

黄禄善

美国文学史上不乏这样的作家：他们生前得不到学术界承认，死后多年也不为批评家看好，然而他们却写出了最受欢迎的作品，享有最大范围的读者。本书作者埃德加·赖斯·巴勒斯即是这样一位作家。自1912年至1950年，他一共出版了一百多本书，这些书涉及多个通俗小说门类，而且十分畅销，其中不少被译成多种文字，在世界各地广为流传。当代科幻小说大师亚瑟·克拉克曾如此表达对他的敬仰："埃德加·赖斯·巴勒斯具有重要地位。是巴勒斯，激起了我的创作兴趣。"另一位著名通俗小说家雷·布莱德伯利也说："埃德加·赖斯·巴勒斯也许可以称为世界历史上最有影响力的作家。"然而，正是这个被众人交口称誉的作家，对前来采访的记者说："我不认为我的作品是'文学'。"而且，面对众多书迷的"如何走上文学道路"的提问，他也只是轻描淡写地回答："那是因为我需要钱。我35岁时，生活中的一切尝试都宣告失败，只好开始搞创作。"

确实，埃德加·赖斯·巴勒斯在从事文学创作前，有过一段十分坎坷的生活经历。他于1875年9月1日出生在美国芝加哥，父亲是南北战争期间入伍的老兵，后退役经商。儿时的巴勒斯对未来充满了幻想，曾对人夸口说父亲是中国皇帝的军事顾问，自己住在北京紫禁城，并在那里一直待到10岁才回国。但是，后来的事实表明，这一良好愿望只不过是一团泡影。从密歇根军事学院毕业后，他在美国骑兵部队服役，不久即为谋生四处奔波。他先后尝试了许多工作，包括警察和推销商，但均不成功。1900年，他和青梅竹马的女友结婚，之后两人育有两儿一女。接下来的日子，埃德加·赖斯·巴勒斯是在贫困中度过的。为了养家糊口，他开始替通俗小说杂志撰稿。他的第一部小说《在火星的卫星下》于1912年分六集在《故事大观》连载。这部小说即刻获得了成功，为他赢得了初步的声誉。同年，他又在《故事大观》推出了第二部小说，亦即首部"泰山"小说。这部小说获得了更大成功。从此，他名声大振，稿约不断，平均每年出版数部书。第二次世界大战期间，他以66岁的高龄奔赴南太平洋，当了战地记者。1950年3月19日，埃德加·赖斯·巴勒斯因心力衰竭在美国逝世。

埃德加·赖斯·巴勒斯是美国文学史上第一个重要的通俗小说家。他一生所创作的通俗小说主要有四大系列。第一个是"火星系列"，包括《火星公主》《火星众神》和《火星军魁》。该"三部曲"主要讲述一位能超越死亡界限、神秘莫测的地球人约翰·卡特在火星上的种种冒险经历。第二个系列为"佩鲁塞塔历险记"，共有七部。开首是《在地心里》，以后各部依次是《佩鲁塞塔》《佩鲁塞塔的塔纳》《泰山在地心里》《返回石器时代》《恐惧之地》《野蛮的佩鲁塞塔》，主要讲述主人公佩鲁塞塔在钻探地下矿藏时，不小心将地壳钻穿，并惊讶地发现地球核心像一个空心葫芦，那里住着许多原始人，还有许多古生动物和植物。1932年，《宝库》杂志开始连载埃德加·赖斯·巴勒斯的第三个系列，也即"金星系列"的首部小说《金星上的海盗》。该小说由"火星系列"衍生而出，但情节编排完全不同。主人公卡森·内皮尔生在印度，由一位年迈的神秘主义者抚养成人，并被教给各种魔法，由此开始了金星上的冒险经历。该系列的其余三部小说是《金星上的迷失》《金星上的卡森》和《金星上的逃脱》。第五部已经动笔，但因"二战"爆发而搁浅。

尽管埃德加·赖斯·巴勒斯的"火星系列""佩鲁塞塔历险记"和"金星系列"奠定了他的美国早期重要通俗小说作家的地位，但他成就最大、影响也最大的是第四个系列，也即"人猿泰山系列"。该系列始于1912年的《传奇诞生》，终于1947年的《落难军团》，外加去世后出版的《不速之客》，以及根据遗稿整理的《黄金迷城》，总共有25种之多。中心人物泰山是一个英国贵族后裔，幼年失去双亲，由母猿卡拉抚养长大。少年泰山不仅学会了在西非原始森林的生存本领，还具有人类特有的聪慧。凭着这一人类特性，他懂得利用工具猎取食物，并从生父遗留下来的看图识字课本上认识了不少英文词汇。随着时光流逝，他邂逅美国探险家的女儿简·波特，于是生活发生急剧变化，平添了无数波折。接下来的《英雄归来》《孤岛求生》等续集中，泰山已与简·波特结合，生了一个儿子，并依靠巨猿和大象的帮助，成了林中之王，又通过一个非洲巫师的秘方，获取了长生不老之术。再后来，在《绝地反击》《智斗恐龙》《真假狮人》《神秘豹人》等续集中，这位英雄开始了种种令人惊叹的冒险，足迹遍及整个西非原始森林、湮没的大陆。

　　从小说类型看，"人猿泰山系列"当属奇幻小说。西方最早的奇幻小说为英雄奇幻小说，这类小说发端于古希腊荷马史诗《伊利亚特》和《奥德赛》，成形于19世纪末英国小说家威廉·莫里斯的《世界那边的森林》，其主要模式是表现单个或群体男性主人公在奇幻世界的冒险经历。他们多为传奇式人物，有的出身卑微，必须经过一番奋斗才能赢得下属的尊敬；有的是落难王子，必须经过一番曲折才能恢复原有的地位。在冒险中，他们往往会遭遇各种超自然邪恶势力，但经过激烈较量，正义战胜邪恶，一切以美好告终。人猿泰山显然属于"落难王子"型主人公。他本属英国贵族后裔，却无端降生在无名孤岛，并险些丧命。在人迹罕至的西非原始森林，他与野兽为伍，经历了难以想象的生存危机。终于，他一天天长大，先后战胜大猩猩和狮子，又打死猿王克查科，并最终成为身强力壮、智慧超群的丛林之王。值得注意的是，埃德加·赖斯·巴勒斯在描写人猿泰山的这些经历时，并没有简单地套用英雄奇幻小说的模式，而是融入了自己的创造。一方面，他删去了"魔法""仙女""精灵"等超自然因素；另一方面，又增加了较多的现实主义成分。人们在阅读故事时，并不觉得是在虚无缥缈的奇幻天地漫步，而是仿佛置身栩栩如生的现实主义世界。正因为如此，"人猿泰山系列"比一般的纯英雄奇幻小说显得更生动、更令人震撼。

毋庸置疑，人猿泰山驰骋的奇幻世界是"人猿泰山系列"的又一大亮点。在构筑这一虚拟背景时，埃德加·赖斯·巴勒斯显然借鉴了亨利·哈格德的创作手法。亨利·哈格德是19世纪英国著名小说家，自80年代中期起，他根据自己在非洲的探险经历，创作了一系列以"遗忘的年代，湮没的城市"为特征的奇幻作品。譬如《所罗门王的宝藏》，述说一个名叫阿兰的猎手在两千多年前的奇幻王国觅宝，几经曲折，终遂心愿。又如《她》，主人公是非洲一个奇幻原始部落的女统治者，她精通巫术，具有铁的统治手腕，但对爱情的执着酿成了她一生最大的悲剧。"人猿泰山系列"的故事场景设置在人迹罕至的原始森林，在那里，虎啸猿鸣，弱肉强食，险象环生。正是在这一极端恶劣的环境中，泰山进行了种种惊心动魄的冒险。在后来的续篇中，埃德加·赖斯·巴勒斯还让泰山的足迹走出西非原始森林，到了传说中的亚特兰蒂斯、废弃的亚马逊古城，甚至神秘的太平洋玛雅群岛。所有这些埃德加·赖斯·巴勒斯笔下的荒岛僻壤，与《所罗门王的宝藏》《她》中"遗忘的年代，湮没的城市"如出一辙。

如果说，亨利·哈格德的"遗忘的年代，湮没的城市"给"人猿泰山系列"提供了诡奇的故事场景，那么给这个场景输血补液的则是西方脍炙人口的动物小说。据埃德加·赖斯·巴勒斯的传记，儿时的他曾因体弱多病辍学，并由此阅读了大量西方文学著作，尤其是鲁德亚德·吉卜林的《丛林故事》、欧内斯特·西顿的《野生动物集》、杰克·伦敦的《野性的呼唤》。这些小说集动物故事、探险故事、寓言故事、爱情故事、神秘故事于一体,给埃德加·赖斯·巴勒斯以深刻印象。事实上,他在出道之前,为了给自己的侄儿、侄女逗乐,还写了一些类似的童话故事,其中一篇还在《黑马连环漫画》上刊登。西方动物小说所表现的是达尔文和斯宾塞的"物竞天择""适者生存",体现了自然主义创作观。以杰克·伦敦的《野性的呼唤》为例,主要角色布克原是法官的看家狗,过着养尊处优的生活。但有一天,它被盗卖,并辗转来到冰天雪地的阿拉斯加,当起了运输工具。在那里,布克感到自然法则无处不在:狗像狼一般争斗,死亡者立刻被同类吃掉。但它很快学会了生存,原始的野性和狡诈开始显现,并咬死了凶残的领头狗,最终为主人复仇,加入了荒野的狼群。"人猿泰山系列"尽管将"弱肉强食"的雪橇狗变换成了虎、狮、猿以及由猿抚养长大的泰山,但这些人猿、半人半兽之间的殊死争斗同样表现出"生存斗争"的残忍。特别是泰山攀山越岭、腾掠树梢,战胜对手后仰天发出的一声长啸,同杰克·伦敦笔下布克回到河边纪念它的恩主被射杀时的长嚎简直有异曲同工之妙。

鉴于"人猿泰山系列"成书之前曾在《故事大观》《宝库》等杂志连载,不可避免地带有杂志文学的某些缺陷,如情节雷同、形象单调,等等。历来的文论家正是根据这些否定"人猿泰山"的文学价值,否定埃德加·赖斯·巴勒斯的文学地位。但"二战"以后,尤其是20世纪70年代之后,随着西方通俗文化热的兴起,学术界对于"泰山"小说的看法有了转变,许多研究者都给予积极评价,肯定埃德加·赖斯·巴勒斯的美国奇幻小说鼻祖地位。而且,"读者接受"是评价一部作品的最佳试金石。"人猿泰山系列"刚一问世,即征服了美国无数读者,不久又迅速跨出国界,流向英国、加拿大和整个西方。尤其在芬兰,读者简直到了如痴如醉的地步。一本本英文原著被译成芬兰语,一版再版,很快取代其他本土小说,成为最佳畅销书。更有甚者,许多西方作家,包括芬兰、阿根廷、以色列以及部分阿拉伯国家的作家,在埃德加·赖斯·巴勒斯去世后，模拟他的套路，创作起了这样那样的"后泰山小说"。世纪之交，埃德加·赖斯·巴勒斯的"人猿泰山系列"再度在西方发酵，以劳雷尔·汉密尔顿、尼尔·盖曼、乔·凯·罗琳为代表的一大批作家，基于他的"泰山"小说模式，并结合其他通俗小说要素，推出了许多新时代的奇幻小说——城市奇幻小说，并创造了这类小说连续数年高踞《纽约时报》畅销书排行榜的奇观。而且，自1918年起，"泰山"小说即被搬上银幕。以后随着续集的不断问世，每年都有新的"泰山"影片上映和电视剧播放，所改编的影视版本之多，持续时间之长，观众场面之火爆，创西方影视传播界之"最"。2016年，华纳兄弟影业又推出了由大卫·叶茨导演、亚历山大·斯卡斯加德等众多知名演员加盟的真人3D版好莱坞大片《泰山归来：险战丛林》。21世纪头十年，伴随迪士尼同名舞台剧和故事软件的开发，"泰山"游戏又迅速占领电脑虚拟世界，成为风靡全球的少年儿童宠爱对象。此外，西方各国还有形形色色的"泰山"广播剧、"泰山"动漫、"泰山"玩偶，等等。总之，今天的"泰山"早已超出了一个普通小说人物概念，成了西方社会的一种文化符号、一种文化象征。

优秀的文化遗产是不分国界的。为了帮助中国广大读者欣赏埃德加·赖斯·巴勒斯、读懂埃德加·赖斯·巴勒斯，了解当今风靡整个西方的奇幻小说的先驱，上海故事会文化传媒有限公司组织翻译了这套"人猿泰山系列"，这也将是国内第一套完整的"人猿泰山系列"。译者多为沪上高校翻译专业教师，翻译时力求原汁原味、文字流畅，与此同时，予以精编、插画。相信他们的努力会得到认可。

目 录

前言	人猿泰山驰骋的奇幻世界	1
	序	001
1	O-220飞船	004
2	佩鲁塞塔	014
3	剑齿虎	028
4	萨古斯人	046
5	飞机坠落	061
6	中新世恐鸟——迪厄	075
7	佐拉姆部落之花——佳娜	089
8	佳娜和格里德利	105
9	希普塔巢穴	118

10	别跟着我	133
11	克洛维洞穴	148
12	费里沼泽	165
13	蛇人	179
14	穿越幽林	192
15	囚徒生涯	206
16	成功逃脱	218
17	终得团聚	231

人物介绍

杰森·格里德利：美国探险者，飞船副总指挥官，计划去地心世界探险，救出地心世界佩鲁塞塔的国王大卫·因内斯。

祖普纳：飞船的船长。

冯·霍斯特：船长的助手。

姆维尔：飞船上的战士。

塔盖世：公类人猿，和泰山不打不相识,成为朋友。

马瓦洛特：类人猿国王。

佳娜：佐拉姆部落的少女，美丽勇敢。

索尔：佳娜的哥哥，和泰山一起历险。

阿凡：克洛维部落的首领。

欧文：克洛维部落的少年，首领阿凡的儿子，被泰山所救。

序

小朋友们应该不会对佩鲁塞塔感到陌生吧？佩鲁塞塔是一个地心世界，位于地球这个空心葫芦内核的表面。

大卫·因内斯和艾伯纳·佩里发现佩鲁塞塔纯属偶然。那时佩里发明了一种机械探矿器，希望能借此找到新的无烟煤层。然而，他们把探头钻入地壳后却发现无论如何都无法改变探头的方向，他们只能继续直着向下钻孔，那时钻孔深度已有五百英里。到了第三天，储存的氧气消耗殆尽，佩里已经失去了意识。就在大卫也即将陷入昏迷之际，探头刺穿了地球核心的地壳，舱内再一次充满了新鲜空气，二人才转危为安。

到达佩鲁塞塔之后的几年里，大卫·因内斯和艾伯纳·佩里经历了各种各样奇怪的冒险。因内斯曾历尽千辛万苦，不惧危险地乘探矿器回到地球，想要将20世纪的文明带给他在佩鲁塞塔建立的王国，传授给这里石器时代的原始人。

在佩鲁塞塔，原始人和同伴斗争，更多时候他们同野兽和爬行动物斗争。在迈向文明的道路上，佩鲁塞塔才刚刚迈出了很小的一步。但是大卫·因内斯和艾伯纳·佩里从来没有见过佩鲁塞塔这样的地方。它是如此的广袤无垠，生存于此的各种动植物更是不计其数，这些是地球所无法比拟的。

一些人认为，对地球和佩鲁塞塔来说，陆地和海洋的位置刚好相反。佩鲁塞塔是陆地的地方，地球上就是海洋；佩鲁塞塔是海洋的地方，地球上就是陆地。还有一小部分人认为地球内部这个广袤无垠的地心世界或许就是幻想出来的。

地球上陆地面积为五千三百万平方英里，只占地球总表面积的四分之一。而佩鲁塞塔陆地面积占其总面积的四分之三。光是连绵不断的山脉，苍莽神秘的热带雨林，一望无际的平原，就占到了一亿二千四百一十一万平方英里，海洋的面积也并不狭小，有四千一百三十七万平方英里。

因此，只考虑陆地面积，就会让人觉得很奇怪。为什么佩鲁塞塔面积比地球大，却可以被地球内部容纳？佩鲁塞塔这个世界同地壳外面的世界不一样，生活在地球表面的我们要接受恒定不变的自然法则，而佩鲁塞塔则违背了我们所遵循的自然法则。

佩鲁塞塔的太阳位于地球的正中心，与地球上的太阳相比，是一个小小的球体。可是它散发出的光芒却足以照亮整个佩鲁塞塔，洒满苍郁繁茂的热带雨林，给万物带来无尽温暖与勃勃生机。佩鲁塞塔的太阳永远悬在天顶，所以在佩鲁塞塔没有夜晚之说，永远都是正午时分。

在佩鲁塞塔这个世界，没有星星，太阳也没有明显的升落，所以不会有东南西北之分，更不会有地平线。因为不管人们从哪个方向看过去，佩鲁塞塔地面都是向上的弧线，一眼望过去，平原，海洋，远处的高山都在不断向前、向上延伸直至消失在视线当中。正如我们所知，如果一个世界里没有太阳，没有星星，没有月亮，那里自然也不会有时间这个概念。因此，佩鲁塞塔是一个永恒的世界。这个世界里没有讨厌的人提醒我们要做"勤劳忙碌的小蜜蜂"，也不会有"时间就是金钱"这种概念。时间对于地球上的我们来说，好像是世界的灵魂、社会的基本契约。然而在幸福安定的佩鲁塞塔，时间什么都算不上，只能代表一片虚无。

地球上的我们曾三次收到过佩鲁塞塔发来的沟通信号。由此我们得知，佩里给石器时代人们带回的第一件礼物是火药；接着，他又带去了步枪以及装有小口径机枪的小型战船；第三次，他带去了自己最喜爱的无线电技术。

某种意义上来说，佩里有几分经验主义者的意味。知道了这一点，当我们发现佩里发来的无线电波与地球上已知的所有电波都不一致，波长也都不相同时，也就不会感到特别吃惊了。在第一次收到来自佩鲁塞塔的消息时，泰山和杰森·格里德利也没有感到吃惊，并对新发现的电波进行了实验。

佩里最后传过来的消息声音微弱，隐隐约约听得不是很清。大意是佩鲁塞塔的第一位国王大卫·因内斯正身陷囹圄，被关在科尔萨岛黑暗无光的地牢中，而他挚爱的萨里岛则位于离阿兹卢拉岛不远的高原上，与他隔着千山万水。

Chapter 1

O-220飞船

泰山停下脚步，凝神细听，嗅到空气中有丝不寻常的气息。当时，就算你置身于此，也未必能听到泰山所听到的声音，也未必能感知到泰山所感受到的世界。除了夹杂在新生植物中腐烂花草所发出的阵阵恶臭，再也嗅不出其他的诡谲之处。

那声音从十分遥远的地方传来，隐隐约约，就连泰山也听得不是很清楚，不能确定声音的来源，但是他能肯定的是，一群人正朝他走来。

这位丛林之王——泰山，对于犀牛、大象或是狮子来往穿梭于这片丛林早就习以为常，处之泰然，但若是人类到来，就会引起他的高度警惕，并会仔细查看。因为世间生灵千万种，唯有人类最为危险，他们所到之处无不风云骤变、争端不断。

泰山从小就一直生活在巨猿之中，从不知世上还有像他一样的生物。自打人类出现后，他就提高警惕，在这些总能带来冲突的两只脚生物侵入丛林之前做好准备。虽然有着来自不同种族的人类朋友,但泰山从未因此放松警惕。只要有谁踏进他的领地,他一定会把他们的目的和动机问得一清二楚。所以,当他察觉异常时,便穿过葱郁的林间道路,循声前去一探究竟。

泰山离这一行人越来越近,他敏锐地捕捉到了一连串的声音。听到有人轻轻地走路,有人赤着脚走路,还听到当地搬运工一边在重负之下跟跄前进,一边唱着号子。随后,泰山闻到了黑人特有的气味,其间还夹杂着另一种不太明显的味道。根据气味,还未等到队伍的先锋沿着游猎路线前来,泰山便推测出有位白人正在游猎。而现在,泰山正站在那标记明显、十分宽阔的游猎线路上静静等待着。

一行人沿着兽道前行,走在队伍旁边的是一个年轻白人。他大摇大摆地走着,并未察觉到泰山已经打量了他好一会儿了。同许多野兽以及原始人一样,泰山的直觉准得可怕,总是能准确判断所遇到的陌生人是敌是友。他对这一行人的印象还不错,心中大抵是认可的。

泰山迅速地转过身,静静地穿过树林,停在队伍前面不远的地方,随即跳进兽道等待探险队员们的到来。

兽道的拐弯处出现了一群非洲民兵。看到泰山,他们纷纷停下了脚步,开始喊喊喳喳地交谈起来。这些民兵是其他地区新征的士兵,不认识人猿泰山,所以见到泰山的时候尤其兴奋。

泰山严肃地说道:"我是泰山,你们来我这里做什么?"

那个年轻白人本来站在非洲民兵的旁边,一听到泰山的问话,马上走到泰山面前,一脸微笑面露期待地问道:"你是格雷斯托克勋爵吗?"

"我是人猿泰山。"泰山回答道。

"我运气真好，我们一路从南加州过来就是为了找你。"年轻白人说道。

"你是谁？找我做什么？"泰山询问道。

这群人中另一个人回答道："我叫杰森·格里德利，至于为什么来找你，说来话长。希望你有空陪我们前往下一个营地，到那儿耐心听我讲完我和队员们来这里做什么。"

泰山点了点头，说道："丛林中的我们有的是时间。你们准备在哪里扎营？"

"我们在最近的村庄找了一个向导为我们带路，但是他刚刚身体不舒服，一个小时之前就回去了。我们这群人对这片地方都不太熟悉，不知道要走多久才能找到适合扎营的地方？"

泰山答道："不到半英里就有个适合扎营的地方，那个地方还有水源。"

"太好了！"格里德利说道。探险队员们继续前行，想到可以早点扎营，背着大包小包的队员们一边嬉笑，一边唱起歌来。

泰山一路陪着格里德利，直到傍晚和他一起喝咖啡时，才想起自己还没有问格里德利为什么到这里来。

泰山说道："现在可以告诉我，你们为什么大老远从南加州跑到非洲腹地了吧？"

格里德利笑道："既然我已经来到了这里，见到了你，我肯定会告诉你的。我忽然有种预感，你听完我的故事，肯定会觉得我太疯狂。但是我接下来要告诉你的事情千真万确。我有一个探险计划，为了来这里将探险计划告诉你，获得你的支持和经济方面的援助，我已经投入了大量的金钱和时间，我准备而且愿意投入更多的金钱，甚至我所有的时间。不幸的是，就算我倾尽所有，也不能完全负担起探险队所需的费用。不过，这并不是我来找你的主要原因。我当然可以自己到别处去筹集必要的资金，但是我认为实现这个探险计划，寻求你的帮助最为合适。"

"不论你打算让你的探险队做什么，潜在利润一定非常大，不然你怎么会甘愿拿自己的钱来冒这么大的风险。"泰山说道。

格里德利回道："相反，据我所知，目前为止，还没有人凭此挣到钱。"

泰山笑道："你不是美国人吗？"

格里德利回道："我们美国人并非都热衷于挣钱。"

"那你们的目的是什么？把整件事情说给我听听。"

"有一种说法不知你有没有听说过，说地球是个空心球体，在它的内部还有一个世界，也有人居住。"

泰山回道："科学家研究之后不是将这种说法推翻了吗？"

格里德利问道："可是科学家并没有完全推翻这种说法，不是吗？"

泰山回道："科学家已经完全推翻了。"

格里德利问道："我曾经也认为这种说法已经完全被推翻了，直到最近我自己收到来自地球内部世界发来的消息。"

泰山叹道："啊，真令人惊讶！"

"我当时也特别吃惊，但是我确实和来自地球内部世界的艾伯纳·佩里通过无线电进行了沟通，他给我发的信息我还复制了一份。我这儿还有一份宣誓书可以证实这件事的真实性，当时有个人跟我在一起，同时听到了来自佩鲁塞塔的消息，他的名字你应该不会陌生，这份宣誓书就是他写的，你看一下。"

他从文件夹里取出了一份宣誓书递给泰山，同时还拿出了厚木板封皮包着的一沓手稿。

"我不应该花时间来讲地底人塔纳的故事，因为他的故事太长了，对说明我的计划也不是十分必要。"格里德利说道。

泰山说道："你想说就说吧，我听着呢。"于是格里德利在泰山面前念了半个小时手稿。读完之后，他告诉泰山："就是这些，让我坚信佩鲁塞塔这个地方一定存在。大卫·因内斯处境非常糟糕，被关在科尔萨的地牢中，这就是我来找你的原因。我们探险计划的首要目的就是将他从地牢中救出来。"

泰山问道："你认为我们能成功将因内斯从地牢中救出吗？因内斯认为地球南北两极都有一个进入地心世界入口，你觉得这种说法正确吗？"

格里德利说道："坦白说，我不知道该相信什么。收到佩里从地心世界发来的消息之后，我就开始着手调查。我发现从南和北两个极点可以进入佩鲁塞塔这种说法并不新鲜，有众多证据可以证明。我找到了两本书，其中一本是1830年出版的书，另外一本出版的时间更靠近现在。这两本书都完全印证了这种说法。此外，许多科学假说所无法解释的著名现象似乎都在这两本书中找到了合理的解释。"

泰山说："哪些？举个例子。"

格里德利说道："比如说，几乎每个来北极探险的人都遇过来自北方的暖风和暖流，报纸上也报道过。在高纬度的极北区，已经找不到长有绿叶的树木了，然而那些从极北区飘来的树枝上竟然有绿叶出现。还有就是北极光现象，大卫·因内斯的说法就很容易解释北极光现象。佩鲁塞塔这个世界中心有太阳，太阳的光芒有时能够穿过极点入口处的雾气和云层，就形成了极光。在极地的部分地区，厚厚的冰雪覆盖在花粉上，除了地心世界，想不出它可能来自于其他哪个地方。还有就是，爱斯基摩人生活在最北地区，他们却称自己的祖先来自更北的地方。上面提到的这些都说明南北极点可能存在进入地心世界的入口。"

泰山问道："难道挪威探险队的阿蒙森和埃尔斯·沃斯证实了北极点存在地心世界入口这种说法吗？迄今为止，极点附近的大片区域不都还是无人探索的吗，难道有飞机航班能够到达极点附近吗？"

"可能是因为地心世界的入口太深不可测了。轮船、飞船或是飞机沿着入口边缘下沉了一小段距离，直到他们返航时都未察觉刚才已经进到了入口。之所以没人发现地心世界的入口，下面这种说法最能够站得住脚。所有来北极探险的人都发现指南针和其他科学仪器在北极点附近出现异常的现象，这令他们百思不得其解。但实际上，多数情况下，这些探险者仅仅到达了地心世界入口的外边缘，他们观察到的现象只是在所谓的'北极点'附近，观察到的数据当然会出现误差，令他们无法理解。"

泰山问道："你确定地球内部有个叫佩鲁塞塔的地方吗？而且北极点还有进入地心世界的入口？"

格里德利回答道："我确定有地心世界——佩鲁塞塔，但是我不确定极点周围是否有进入佩鲁塞塔的入口。我只能说，有足够证据可以证明，我刚才提到的探险队一定存在。"

"假设在极点有个进入地心世界的入口，你打算用什么方法去那里探险？"

"目前现有的交通工具中，最合适的是硬式飞船。要实现我的计划，需要按照现在的齐柏林飞船设计出一种特制的硬式飞船。这种飞船使用氦气作燃料，同其他交通工具相比，具有更高的安全系数。我已经仔细考虑过这个问题。可以确定的是，如果北极确实存在进入地心世界的入口，那么我们乘飞船到达那里，的确会遇到许多困难。即使这样，我们所遇到的困难也远远不及挪威探险队之前遇到的那样多,他们曾经试图穿过极点到达阿拉斯加州。我认为乘飞船到那达极点不是问题,但是如果想在寒冷的北冰洋中找到一个相对安全的停泊点,飞船需要航行很远的距离。而我们沿着极地孔外缘绕路的距离则会更远。大卫·因内斯在北冰洋里发现了科尔萨岛屿的北角,之后他就被科尔萨人关了起来。

"我们面对的最大风险可能是无法返回地球,操控飞船需要氦气,如果氦气耗尽的话,我们将会无计可施。但是无论是对于探险家还是科研人员来说,生死考验是他们在工作时所必须面对的。如果可能的话,我想造一艘这样的飞船,它的外壳足够轻,却又坚硬无比,能够抵抗大气层中的压力。它不需要用危险的氢气以及昂贵的稀有气体氦气做燃料,仅仅凭借其外壳就能实现最大浮力的飞行。"

泰山说道:"即便这种想法可行,谁又会对它感兴趣呢?"

格里德利摇摇头说道:"将来的某一天或许够实现吧,现在已知的材料都达不到要求,所有可以抵抗大气层压力的舱体都太重了,根本没办法将它们升到天上。"

泰山说道:"或许能成功,或许会失败。"

格里德利问道:"你的意思是?"

泰山回道:"你刚才说的让我想起我的朋友埃里克·冯·哈本最近告诉我的一件事。他既是科学家也是探险家,上次见到他的时候,他刚从威伦瓦兹山二次探险回来,他在那里发现了一个沿湖居住的部落。那个部落里的人用一种金属做船,船虽轻如软木,却坚如钢铁。他带回来了一些金属样本,上次见到他的时候,他正在他父亲指导搭建的实验室里做实验。"

格里德利问道:"这个人在哪里?"

泰山回道:"冯·哈本博士的研究团队在尤尔必,在此处的西边,到那里需要四天的路程。"

泰山和格里德利讨论这件事情一直到深夜,泰山现在对这件事情十分有兴趣。第二天,他们前往尤尔必城去找冯·哈本博士的研究团队。第四天,他们到达尤尔必城,见到了冯·哈本博士、他的儿子埃里克以及埃里克美丽温柔的妻子。

我并不打算叙述佩鲁塞塔探险队组织人员、准备物资的细节。这部分内容包括了发现富含他们命名为"哈本奈特"的金属本土矿的过程,整个过程充满了冒险和刺激,可以写一本书了。

泰山和埃里克·冯·哈本正在探测金属矿藏的具体位置,并将哈本奈特金属运输到海岸。格里德利想要建造一艘能够达地心世界的飞船,他挑选了一家位于腓特烈港的公司帮他特制飞船,正和这家公司的工程师进行交谈。

格里德利将哈本奈特金属样本带回腓特烈港进行全面的测试。建造飞船的设计图已经画好,一切准备就绪,等到装有矿石的船一到,就可以马上开始秘密建造飞船了。六个月后,飞船建好了,正式命名为"O-220"。人们一般认为,O-220是新设计的普通硬式飞艇,欧洲有那么多商业航空公司,O-220一定会被其中一家买走,用作普通的载客飞机。

O-220的外壳像一根巨型的雪茄烟,船体长九百九十七英尺,直径为一百五十英尺。船舱内部有六个大型密封舱,船舱内部按照中心线可以分成上下两部分,上方的三个密封舱连起来与飞船长度相当,下方的也是如此。沿着船体两侧的上下密封舱之间有许多长长的通道。发动机、泵、汽油以及石油补给就存放在这里。

飞船中的火灾隐患可谓无处不在,所以发动机室的位置要尽可能地避开火灾隐患。飞船依靠氢气提供升力。除了发动机、发电机以及螺旋桨上的套管和轴承以外,O-220飞船的其他材料几

O-220飞船 | 011

乎都用的是哈本奈特这种金属防火材料。

船头和船尾有两条横向通道，将左舷发动机、右舷发动机与燃料通道连接起来。两个攀登轴从飞船底部升到顶部，将横向通道一分为二。

船头攀登轴的上端是小油门以及船顶的观察舱，一条狭窄的走道将船头的观察舱和船尾的小炮塔连接起来，修理枪支的设备就放在这个走道里。

沿着船舱主龙骨而建的是主船舱，整个主舱是完整的一块儿，由于它是刚性结构，可以避免船舱悬在船体下。O-220飞船带有六个装有轮箍的大型、重型轮子，支撑在主舱体底部。龙骨舱尾部载有一个小型侦察单翼机，O-220飞行过程中可以将它下放至舱体底部或使其着陆。

八台气冷式发动机为众多螺旋桨提供了驱动力，船体每一侧都有多对交替错开的螺旋桨，空气从船头的螺旋桨流过，不会干扰后面的螺旋桨。发动机的功率达到五千六百马力，可以驱动飞船以每小时一百零五英里的速度航行。

O-220飞船的纵轴线穿过整个机身以及飞机正中心延伸到管状大梁，以及哈本奈特金属片焊接的外皮。一根由哈本奈特金属制成的管状轴穿过飞机的正中心，许多小的管状轴从飞机正中心散开，就像车轮的辐条。由于哈本奈特的材质极轻，船体总重量为七百五十吨，而升起的真空舱就重达二百二十五吨。

为了操控飞船，方便着陆，每个真空舱都配有八个空气阀门，由船头龙骨末端的控制舱控制，设计了六个泵，三个在右舷，三个在左舷发动机通道，这种设计可以在必要的时候更新舱内气体，将舱内空气排出。如果出现主控制室舵机突然失灵的情况，船头的控制舱以及船尾的左舷发动机通道的备用舱可以控制着特殊的船舵和升降舵。

主龙骨舱是船长和船员的住所，除此之外，枪支、弹药、食品储藏室、厨房，以及补给的汽油罐、石油罐、水罐都存放在这里。后面的舱体构造是这样的，一旦发生紧急状况，所有东西都可以瞬间清空，在一些紧急情况下，一部分汽油罐、石油罐可能会滑到舱体底部，可以立即减重。

总而言之，飞船很不错。格里德利和泰山希望凭借它发现地心世界入口并且拯救出佩鲁塞塔的国王——关在科尔萨地牢中的大卫·因内斯。

Chapter 2

佩鲁塞塔

六月，一个晴朗的早晨，破晓之际，O-220飞船凭借自身的驱动力缓缓驶出飞机库。灌满汽油的飞船整装待发，即将开始进行负载条件下的模拟试飞，模拟之后在长途飞行中可能会遇到的各种情况。O-220飞船下部的三个密封舱内充满了空气，为了保持平衡，携带了足量的压舱水，这样既能保证O-220飞船在地上轻松地移动，又能完全保证它的安全，可以像操纵汽车一样轻而易举。

O-220飞船的水泵打开，放出底部三个密封舱中的空气，同时慢慢卸下压舱水。就在这时，巨大的飞船缓缓从地面升起。

建造飞船的公司中，参与此次试飞的全体机组人员也被选作佩鲁塞塔探险队员。

祖普纳被选为飞船的船长，他负责建造飞船，在设计飞船的过程中也发挥了举足轻重的作用。冯·霍斯特和道夫是船长的两位助手，都曾是英国皇家海军的指挥官，船上还有领航员海恩斯中尉。除此之外，船上还有十二名工程师以及八名机修工，一名厨师和两名男佣。

泰山是整个探险活动的总指挥官，格里德利是副总指挥官，这艘飞船上有十位战士，包括姆维尔和九名瓦兹瑞战士。

看到飞船平稳自如地升入城市天空，负责监控飞机运行状态的祖普纳再也控制不住内心的激动。

他喊道："这是我见过最好操作的飞船了，只需轻轻按一下按钮，它就可以自己飞到空中！"

海恩斯说道："我没有特别惊喜。我知道O-220飞船一定可以做到，建造这艘飞船耗费的人力是其他飞船的两倍。"

泰山笑着说道："海恩斯，你又说这个。我坚持要增加船员并非是对航行缺乏自信。我们即将要去的这个世界是一个完全陌生的地方。或许我们需要很长时间才能到达那里。我已经告诉了那些志愿参加探险队的人员很多次，一到达目的地，我们就要战斗，到那时我们需要两倍的人数，回来的途中我们可能会发现人手不够，并非我们每个人都能回来。"

海恩斯说道："你说得对！"飞船探险表面上风平浪静，实则危机四伏，九死一生。

泰山回道："我希望你能平安归来，也希望跟着我们出去探险的每个人都能平安归来。我认为我们已经准备好了，格里德利和我一直在研究航海，希望航行过程中，你能教我们一些实际的航行经验。"

祖普纳笑道："海恩斯，有人要拜你为师了。"

海恩斯咧嘴笑了笑，说道："凡是我知道的都教给他们。但是飞船归来后，要请我在柏林吃顿大餐，我还要继续做O-220飞船的领航员。"

格里德利说道："无论如何，我们肯定能够平安归来。"

泰山说道："为了做好充足准备，我准备让瓦兹瑞士兵给机修师和工程师帮忙。这些士兵智商都非常高，学习能力很强，如果我们突然遇到一些灾难，难以找到那么多对发动机和船上的机械都非常熟悉的人，可以找他们来帮忙。"

祖普纳说道："你做得对，就应该这样做。"

O-220飞船闪着金色的光芒，正翱翔在天际，向北飞行。拉芬斯堡离飞船越来越远，飞速消失在飞船的视线中。半个小时以后，飞船飞到了多瑙河上空。多瑙河如同一条飘动的灰色绸带静静地流淌，衬得周围更加安静。

O-220飞船在空中飞行的时间越久，祖普纳就越难以抑制自己的兴奋之情。他说道："我相信我们这次试飞一定会非常成功。我可以保证：我们找不到比O-220更完美的飞船了。O-220飞船标志着航天时代的新纪元，我们已经走了400英里，到了汉堡。对O-220飞船进行全套的适航性飞行试验，试飞效果十分满意。"

泰山说："我们的试飞航线是先到汉堡，然后再返回腓特烈港。不过既然到了汉堡，为什么要再返回腓特烈港呢？"

其他人明白泰山的意思后，纷纷向祖普纳投去了不解的目光。

格里德利说道："是啊，为什么？"

祖普纳耸了耸肩说道："我们装备齐全，补给也充足啊。"

海恩斯问道："可是我们为什么要再返回腓特烈港，白白走这800英里的路程呢？"

泰山说道："如果大家都没意见的话，我们继续朝北飞行，O-220飞船试飞之旅将成为地心世界探险之旅的首次真正飞行，我们要对探险计划进行保密。"

O-220飞船计划沿着东经10度向北到达北极。为了避免引起不必要的注意，航线可以稍微偏离原来的路线。飞船经过汉堡西侧，途经北海水域外围，然后朝正北驶去。经过斯匹次卑尔根岛的西面，穿过天寒地冻的北极荒原。

O-220飞船航行的平均速度维持在每小时75英里，第二天午夜时分，O-220飞船才到达北极点附近。海恩斯认真地说道："按照我的计算，我们现在应该正好在北极点上方。"所有人听完情绪都变得高涨。泰山建议飞船减速，此时飞船离地几百英尺，正在冰雪覆盖的荒野之地上空绕圈盘旋。

祖普纳笑着说："看到意大利国旗，我们就可以认出来了。即使挪威探险队经过这里时做了一些标记，现在也被大雪盖住了。"

北极这片地区荒无人烟、浮冰成群，飞船在上方绕圈飞了一周后，便沿着东经170度向南飞行。

飞船从极点向南飞行的过程中，格里德利、海恩斯、祖普纳的内心既激动又紧张，他们要么目不转睛地盯着各种飞行仪器，要么呆呆地望着下方荒凉的景象。格里德利认为北极进入地心世界的入口位于北纬85度，东经170度。他面前放着各种飞机仪器：指南针、无液气压计、灵敏高度计、航速表、倾角仪、升降航速指示器、承载板、计时器和温度计。这些仪器中他最关注的是指南针，他认为正确地使用指南针是找到进入地心世界入口的关键。

飞船平稳地向南飞行了五个小时后，众人忽然感到飞船明显向西偏离了航线。

格里德利提醒道："船长，稳住方向。如果我没猜错的话，目前我们正处在地心世界入口的上边缘地带，只是指南针的方向发生了偏移，我们的航线并未发生偏移。沿着这条航线一直走，指南针会偏转得更加离谱。如果我们现在向上升或者直接穿过地心

佩鲁塞塔 | 017

世界入口朝中心航行，指南针会来回偏转。地心世界入口极深，我们无法到达中心入口。我认为我们现在正在入口东部的边缘，如果你操纵右转舵，让飞机偏离现在的航线，飞机就会缓缓地螺旋式向下飞入佩鲁塞塔。但是接下来四百到六百英里的路程，指南针将会完全失去作用。"

祖普纳摇了摇头，充满疑问地说道："如果天气状况好的话，我们或许可以成功呢。但是如果有风的话，我怕不用指南针，我就没办法保证飞机还能够沿着原来的航线飞行。"

格里德利说道："尽你所能就可以了，搞不清的时候就操纵右转舵。"

飞船上的所有人都紧绷着神经，高度紧张，几个小时都无人说话。

海恩斯突然大叫一声："看，我们前面有片没有结冰的水域！"

祖普纳说道："果然，即使没有地心世界入口，我们也能预料到这种情况。自从第一次听到格里德利'南北极存在地心世界入口'的理论，我就持怀疑态度。"

格里德利笑着说道："我确实是咱们这群人中唯一一个对所有地心世界相关理论都信服的人。但是请不要再说这是我的理论，因为这些并不是我的理论，如果最后这些理论被证明是错误的，我也不会感到惊讶。你们当中如果有人在过去几个小时里观察过太阳，就会同意我的说法。即便极点不存在进入地心世界的入口，极点这个地方地壳的气压也一定非常低，我们已经下潜了很长一段距离。你们发现了吗？这里午夜的太阳比平常都要低，如果我们继续沿着原航线向下走，太阳会越来越低，最终我们就看不到太阳了。如果我没搞错的话，我们待会儿看到的将会是佩鲁塞塔永恒的正午太阳。"

突然电话响起,海恩斯接起了电话,那头说道:"一切正常,先生。"片刻之后,他挂断了电话,说道:"船长,是冯·霍斯特报告了观察舱的情况,他在前方观察到了陆地。"

祖普纳听完海恩斯的话,叫道:"陆地?根据航海图来看,出现在这个方向的陆地只可能是西伯利亚。"

格里德利说道:"西伯利亚位于北纬85度南边,距北纬85度一千多英里,而我们现在处在北纬85度南边不到三百英里的地方。"

海恩斯中尉说道:"现在有两种可能性,要么我们在北极发现了新的陆地,要么我们正在驶向佩鲁塞塔的北部边界。"

格里德利说道:"我们不就是要去佩鲁塞塔吗?"

"看看你的温度计。"

祖普纳喊道:"见鬼!只有华氏二十度。"

泰山说道:"现在这片陆地一览无余,算得上不毛之地了,只能看到些零星的雪花。"

格里德利说道:"这个地方怎么跟因内斯描述的科尔萨岛北部区域那么像啊?"

格里德利说的话很快就传到了船长及其他船员耳朵里。尽管没有理由证明下方的陆地就是佩鲁塞塔,但是每个人都欣喜若狂,他们在当班间隙跑到走道中,或者透过小舷窗瞥一眼地心世界。

O-220飞船正平稳向南飞行,午夜太阳的光晕也逐渐消失在飞船的视野范围内。佩鲁塞塔正午太阳赫然出现在飞船前方视野里,正发出明亮的光辉。

飞船下方的自然风景快速地变换着,先看到的是一片荒芜之地,接着是错落有致的小山,山上长满了郁郁葱葱的树木,现在前方是绵延不绝的热带雨林,表面上看起来是弯曲向上的弧线,一直向上，直至消失在远方的视线中。这里就是佩鲁塞塔——格里德利梦中的佩鲁塞塔。

越过古老神秘的热带雨林，映入眼帘的是绵延起伏的平原，大大小小的树丛点缀其中。蜿蜒曲折的小溪星罗棋布，充分灌溉了平原的每一方沃土，最终注入江河。

一大群野兽正在一片芳草茵茵的开阔牧场吃草。目光所到之处，不见一人踪影。

泰山说道："这个地方就是我梦想中的天堂。船长，准备着陆吧。"

受到下方空气阻力的影响，这艘巨型飞船着陆的过程极为缓慢。

飞船下到快接近地面时，他们发现没有带短梯子。由于船体底部离地面只有六英尺高，整船的人都直接跳了下去，跳到佩鲁塞塔没膝的杂草中，只有一位船长和两位船员没有跳下来。

泰山说道："我想我们可以找点肉吃，我们的飞船太吓人了，把野兽都吓跑了。"

道夫说道："据我目测，有不少猎物。我们不用跑远，就可以捕捉到猎物。"

泰山说道："目前，我们最需要的就是休息。几个星期来，为了准备这次探险任务，我们每个人都一直在高强度工作，过去的三天晚上，我们哪一个人睡觉超过两个小时了？我想咱们还是先待在这里，等大家都好好休息之后，再将科尔萨岛系统搜索一遍。"

泰山的建议得到了大家的一致同意，大家也做好了休息几天的准备。

格里德利对祖普纳船长说："最好还是严令禁止任何人离开飞船，更确切地说是不允许任何人靠近舱门附近。没有你的允许，

佩鲁塞塔

任何人不能去远处冒险，除非是船长提议大家一起出去才可以。因为我们在佩鲁塞塔肯定会遇见原始人，野兽也无处不在。"

泰山说道："我希望，我做事情可以不用向船长打报告。"

祖普纳说道："我认为你在哪里都能照顾好自己。"

泰山说道："与其和大家一起去打猎，还不如我自己去，收获只会更大。"

祖普纳继续说道："无论如何，你是总指挥官，命令由你宣布，如果你自己不遵守规定的话，也没有人会有意见的。我相信我们剩下的所有人都不期待发生这样的事情——没有你的带领，大家独自在丛林中流浪。"

除了值班人员外，船上人员每四个小时换一回班，轮流休息。

泰山第一个睡好觉离开飞船。他扔掉了身上穿的衣服。自从他离开非洲丛林参与到O-220飞船的准备工作以来，他就一直穿着这些衣服，让他觉得非常束缚，十分不舒服。此刻，从船里走出的不是一位打扮精致的英国男人，而是一位近乎赤裸的原始勇士，他拿的武器也是自己平常经常携带的猎刀、长矛、弓、箭、长缆绳。打猎的时候，他更喜欢年轻时候用的那些兵器，而不是文明时代的火器。

那时，道夫中尉是唯一在值班的船员。他目送泰山离开，看到黑头发的丛林之王在开阔的平原中来回穿梭，最终消失在森林中，目光中全是羡慕。

泰山看着有些树木觉得眼熟，有些树木则从未见过，这样一片热带雨林就足已深深吸引泰山了，让他忘记过去几周在文明世界那些不愉快的日子。他很高兴能够离开飞船，尽管他喜欢所有同伴，但他更愿意独处。

泰山终于回到了森林中，重新找到了自由，开心得像个刚放学的孩子。他终于不用再穿那令人感到束缚的衣服了。这里的一切都保持着大自然原来的面貌，看不到任何人类破坏的痕迹。他深吸一口自由的新鲜空气，纵身一跃，跳到附近一棵树上，在丛林里荡来荡去。森林郁郁葱葱、生机盎然，此时此刻，他心旷神怡，只想享受这份欢乐。他像疾风一样穿过佩鲁塞塔的森林，速度如同闪电一般，吓得路上各种鸟儿"嗖"的一下跑开了，可怕的是泰山竟然没有发出一点声音。野兽们看到泰山，纷纷掩护同伴潜逃。然而泰山并不在意，他不是来打猎的，也不是来这里寻找新猎物的。此时此刻，他只想享受当下。

　　泰山没有思考过时间流逝的问题。他也没有意识到，在佩鲁塞塔，时间是永恒的。佩鲁塞塔的太阳永远高悬在天顶，永远是正午时光。与之相比，地球上的人们为了在地球发展的过程中留下自己的烙印，仿佛一生都在全速冲刺，但是依然徒劳无功。泰山也没有留意距离和方向的问题，他很少有意识地去思考这些问题。泰山能力很出众，他有能力去应对每一个紧急情况，但是他却没有意识到自己内在力量的强大，他从未停下来思考过下面这些事情：他在地球上时，丛林中友好的太阳、恬静的月亮以及温柔的星星可以帮助他区分"昼"与"夜"。种种他所习以为常的事物都用一种无声却又温暖美好的语言来同他交流，这种语言只有丛林中的人才能体会到。

　　泰山似乎转变了想法，他放慢了速度。跳到了一条兽道中，睁大双眼，打量着周围所有的新事物。他看到古老的藤蔓盘旋缠绕在参天大树上，说明这片森林有一定年头了。手边鲜花烂漫，又让泰山有种置身于地球森林的感觉。忽然泰山觉得自己被某种东西抱住，扔到了高空。

　　泰山大意了，平时的他很有防范之心，刚刚沉醉于新世界的奇妙景象，让他放松了警惕，没有认出是什么野兽抓到了他。

几乎在野兽出现的瞬间，泰山就意识到刚刚发生了什么。几乎都不用想，他就知道这件事是个灾难，嘴角不由得闪过一丝遗憾的微笑。他掉进了一个非常原始的陷阱，只有那些没有警觉的野兽才会掉进这样一个陷阱。

一个生皮套索埋在泰山刚刚经过的兽道中，它的上端系在树枝上，树枝向下弯曲，伸了出来。泰山刚才经过，触发了机关——刚才的事情就是这么发生的。如果套索没有束紧泰山的胳膊的话，或许他还有逃脱的可能性。

但事实上，泰山被挂在兽道上方六英尺处，套索牢牢地兜住他的臀部，手肘和手腕被牢牢地绑在体侧，难以动弹。让他更加无助的是，他的头朝下吊着，摇摇摆摆，就像铅锤摇来摆去，直转得他头晕眼花。

泰山使尽浑身解数，想把一只手臂从缠绕的绳索中抽出，以便他能够摸到猎刀来给自己松绑，但是事与愿违。身体的重力作用让绳索不断收紧，不管他做什么，生皮套索只会越来越紧，嵌入他的肉中，勒出一道道印子。

他很清楚，既然遇到了陷阱就表明肯定有人在附近，很快他们就会过来检查猎物，他自己的原始狩猎常识告诉他，布下了陷阱，人们是不会长时间不管不问的，因为一旦有猎物中了圈套，人们就需要马上赶来将猎物拿走，以防猎物成为其他食肉动物和各种鸟儿的盘中餐。他想知道设置陷阱的这群人是什么人，自己是否能与他们成为朋友。不论他们是什么人，他希望这群人能赶在食肉兽之前来检查陷阱。正当他脑中闪过这个想法的时候，他灵敏的耳朵听见了越来越近的脚步声，他听得出来这不是人的脚步声。一阵风吹过，他却无法闻到前方动物的任何气味，他心里清楚这种动物也闻不到他的气味。这种野兽从容不迫地走近泰山，泰山还没有看到它，就知道它是一种有蹄动物。所以，他完全没有必要感到害怕。如果佩鲁塞塔的动物拥有和地球上动物完全不一样的特征，他才可能感到害怕。

刚才的想法令他宽慰了些许，谁料就在这时一股浓烈的气味直往他鼻子中窜，闻到这种气味，泰山的头发一下子就竖了起来。是泰山害怕吗？不，这是遇见宿敌的自然反应。这种气味他之前从未闻到过，不是狮子，不是猎豹，气味有点像大型猫科动物。

一种动物穿过下方灌木丛，几乎是悄悄地走过来，但是泰山还是听到了那细微的窸窣声。要么是猫科动物意识到泰山的存在，要么是它的猎物接近了泰山。

后者先出现在泰山的眼中——一头像巨型公牛一样的动物，它长着宽宽的犄角，一身松软的毛，泰山看到它之后，它又沿着兽道前行了数十码，然而它没有看到悬挂在前方路中间的泰山。它是佩鲁塞塔的一种野牛。地球上的古生物学者认为，这种牛已经灭绝了很长时间，现如今地球上的牛的祖先就是它们。

泰山摇摇晃晃地挂在路前方，野牛站在那里看了好一会儿。

泰山没有出声，他不想将它吓走，泰山意识到这群野兽中一定有只食肉动物，正慢慢靠近他。泰山刚产生"我把它吓跑"的想法，就意识到自己判断失误了。体型硕大的野牛发出低沉的"哞哞"声，用前蹄刨着地面，紧接着低下头，愤怒地用巨大的犄角抵向地面。没过多长时间，这只动物已经来到了自己面前，它发出雷鸣般的吼叫声，它低下头，竖起尾巴，小跑起来阻止敌人进攻。

泰山意识到，如果头被那么硕大的犄角顶一下，或者被笨重的牛头撞一下，那么自己的头盖骨就会像蛋壳一样碎掉。

受到重力作用，生皮绳索第一次被拉长，于是乎泰山摇摆得

佩鲁塞塔 | 025

轻柔了一点，头晕目眩的情况得以减轻。他时而面对野牛，时而背对野牛。泰山此时此刻完全处于孤立无援的境地，内心感到十分屈辱，完全没有意识到自己马上要面临死亡。从孩童时期起，泰山一直与死神同行，他见识过各种各样的死亡方式，早已不再惧怕死亡。他清楚地知道，这是他活在世上的最后一段时间，他也像其他人一样，无法避免死亡。然而他热爱生命，他还不希望死去，心中劝说自己的唯一方法就是不要去臆想，做那些徒劳无功的事情。但是他觉得还没有为生命燃烧过就要去死，这不是他想要的。现在，他的身体慢慢旋转，转动过程中他不想看到气势汹汹的野牛，所以一直闭着眼睛。一想到自己马上就要死了，这一点小小的愿望也没法实现，他的心就沉了下来。

泰山就在那里等着野牛过来撞他，还没等一会儿，突然一声尖叫划破了整个天空。叫声恐怖凄惨，泰山从未听过这样的声音。野牛的低嚎声突然提高了好几个分贝，其中还混杂着其他可怕的声音。

泰山悬挂的身体再一次旋转起来，他看到了地球上的人多少年来都没有见过的一幕。

一头老虎紧紧地贴在野牛宽广的肩膀和脖颈上，老虎体型十分巨大，泰山几乎不敢相信自己的眼睛。老虎大刀一样的獠牙从上颌伸出，深深地插进野牛的脖子里，野牛没有选择逃跑，而是停在兽道上，用尽全身力气驱赶老虎，向后挥舞着自己的犄角，试图将老虎从肩膀上甩下来，或是剧烈地摇晃整个身体，想要摆脱这生不如死的困境，整个过程中一直发出痛苦又愤怒的低嚎声。

老虎不断变换位置，终于在野牛身上找到了支撑点。它以闪电般的速度向后挥舞着前爪，照着野牛头的一侧就是重重的一击——这一击真是致命，野牛强大的头盖骨被击得粉碎，头掉在兽道中。它一死，老虎就能专心地美餐一顿。

　　老虎和野牛搏斗的过程中没有注意到泰山，直到开始吃野牛时，它才注意到，兽道前方相隔几码的地方挂着一副旋转的身体。它马上停止了进食，低下头，放平身体，上唇翻过来，发出可怕的咆哮声。它看着泰山，深如洞穴的喉咙中发出低沉、威胁的吼叫。它慢慢从野牛身上站了起来，向泰山走去，长而弯曲的尾巴愤怒地抽打着地面。

Chapter 3

剑齿虎

一战后，许多难民遗留在不知名的沙滩上。一战如火如荼的时候，罗伯特·琼斯得到了晋升，是劳工营的二等兵，原先他与周围的环境格格不入，后来他调到了敌防线后方的战俘集中营。虽然其他人都没有他那么自由，但是他的好个性帮他交到了朋友，赢得了大家的喜爱。

在对士兵职位重新洗牌的过程中，罗伯特·琼斯似乎被遗忘了。最后，监狱都被转移了，他还留在这里，不过他并没有因此情绪低落。他从被俘者那里学到了许多知识，和他们中的许多人成为朋友。这些战俘在阿拉巴马州为罗伯特·琼斯找了一份工作，一位军官食堂的仆人教会他做菜。船长祖普纳就是看他会做菜才选他来参加 O-220 飞船的探险。

O-220 飞船上，罗伯特·琼斯打了个哈欠，伸了伸懒腰，在狭窄的舱位上翻了翻身，睁开眼睛，坐直身子，吃惊得叫了出来。

他嗖的一下跳到地板上，头从打开的舷窗中伸了出来。

他喊道："天哪！我睡过头了！"

他盯着佩鲁塞塔正午的太阳看了好一会儿，太阳照耀着他，他急匆匆地穿好衣服，冲进了厨房。

他看了看厨房墙上的闹钟，时针指向六点，自言自语地说道："真有趣，没有人睡过头，"他竖起耳朵，听一听闹钟有没有走动，喃喃地说道，"闹钟没有坏啊。"然后他沿着船的一侧向厨房走去，将厨房的门关上，又将身子从门口探出，这次探得更远，看了看太阳，然后摇了摇头说道："是太阳出问题了吗，那我现在做的是早饭、午饭还是晚饭呢？"

格里德利从他的舱位走出，晃悠悠地穿过狭窄的走道来到厨房，说道："早上好，琼斯，别站在门口了，早饭做了吗？"

琼斯回道："你们都认为是早饭吗？"

格里德利回道："是早饭啊，只需要一些烤面包、一杯咖啡、两个鸡蛋，怎么方便你怎么做就好了。"

罗伯特·琼斯叫道："我知道了，数字时钟是不会错的，那就是佩鲁塞塔的太阳出毛病了。"

格里德利咧嘴笑道："我要下船走几步，十五分钟后就回来，你看见泰山了吗？"

"没有啊，从昨天起就没有见过泰山。"

格里德利回道："奇怪了，他不在舱位上。"

格里德利就在飞船周围飞快地散了散步，十五分钟后他回到了餐厅，看到祖普纳和道夫正在等早餐，他高兴地招呼道："早上好啊。"

祖普纳说道："我不知道怎么回你，不知道应该回早上好，还是晚上好。"

剑齿虎 | 029

道夫说道："我们到这儿十二个小时了，但是这里的一切，都同我们刚到这里一样，看不出时间的变化。我已经观察了这块表四个小时了，要不是这块计时表十分精密，我都不能保证我们到厨房才十五分钟，而不是一星期。"

格里德利说道："这个地方的确会让人们产生一种不真实感。"

祖普纳问道："泰山在哪儿，他不是经常早起吗？"

格里德利说道："我刚才问了琼斯，他说没见到泰山。"

道夫说道："几个小时前，我那时刚开始看表，他就离开了飞船。大概三个小时前，或者更久之前。我看到他穿过田野，进入了森林。"

格里德利说道："但愿他不是一个人出去的。"

祖普纳说道："凭我对他的印象，他是能够照顾好自己的。"

道夫说道："我本来也这样想，但过去四个小时发生的事情，让我怀疑在佩鲁塞塔这个地方他能否照顾好自己，尤其是他身上只带了一些原始的武器。"

祖普纳问道："你是说他没有带火器？"

道夫说道："他带着弓和箭，长矛和绳索，我认为他还带了一把猎刀，不过就算他把这些都带上，都不如带一把小手枪。刚才看表的过程中，我看到许多可怕的动物，我觉得还是带着手枪靠谱，万一他遇上了这些动物呢？"

祖普纳问道："你什么意思？你刚才看到什么了？"

道夫不好意思地笑了笑："实话实说，船长，我都后悔告诉你了。因为我也不能保证我看见的就是真的。还是告诉你们吧。一个小时之前，一头熊从我们飞船附近经过，离我们的飞船只有几百码。"

祖普纳说道："这没什么特别的啊。"

道夫说道："可是这头熊不是一般的熊。"

格里德利问道："怎么说？"

道夫说:"这头熊很大,有公牛那么大,如果我跟在它后面,我会想带野战炮。"

祖普纳问道:"你只看到一头熊吗?"

道夫说道:"我还看到了一群老虎,不是一头老虎,至少有十二头。它们比地球上的孟加拉虎还要大,像熊一样,比地球上我见过的所有的熊都大。它们的体型十分巨大,獠牙也是我见过的所有动物中最吓人的——弧形的大尖牙从上颌伸出一直到脚底,足有八英尺长。它们来到小溪边喝水,然后分散走开,几头向森林走去,几头向那边的大河走去。"

祖普纳说道:"即使泰山拿着步枪,他也无法应付这样的老虎。"

格里德利说道:"如果在森林里的话,他是有能力逃脱的。"

祖普纳摇了摇头,说道:"我感觉事情不大对头,希望泰山不是一个人出去的。"

道夫接着讲道:"熊和老虎就已经够吓人了,但是我还看到了另一种生物,让我感觉到更可怕。"

琼斯多多少少还是有点特权的,他从厨房里走了出来,正睁大眼睛饶有兴趣地听道夫讲述自己所见的动物,此时男佣维克托过来服侍船长。

道夫继续说道:"是的,我看到了一种奇怪而又强大的动物,它径直飞到飞船上方,我找到了观察它的绝佳视角,起初我想它可能是一只鸟,离近了才发现它是一只长有翅膀的爬行动物。它的头又长又窄,它飞得离飞船如此之近,我甚至能看清它的大嘴,嘴里面长着无数颗又长又锋利的牙齿。眼睛上方的头部长长的,形成一个尖角。体型十分巨大,臂展少说也有二十英尺。我正观察它的时候,它突然飞到离飞船很近的地面上。再飞起来的时候,它的爪子里抓着一只像绵羊那么大体型的动物,它带着这样大的一只动物一起飞,看起来竟然毫不费力。很显然,它是一种食肉动物,事实上,它绝对有足够的力气抓起一个人。"

琼斯听到道夫说的话,吓得张大了嘴巴,接着赶忙用手捂住了嘴,身体缩成一团,肩膀禁不住颤抖。他转身悄悄地离开了房间,进了厨房关了门,他才松了口气。

维克托问他:"你怎么啦?"

琼斯叫道:"上帝啊,你们听道夫讲那只飞蛇把羊带走的事情了吗?"

琼斯又回到餐厅时,看到人们更加认真地听道夫讲话。

祖普纳说道:"那可能是翼手龙。"

道夫回道:"是的,我认为它是无齿翼龙。"

格里德利问道:"你觉不觉得我们应该派出一个搜查小分队?"

祖普纳回道:"我怕泰山会不高兴。"

道夫建议道:"要不我们伪装成打猎小分队去找找泰山吧。"

祖普纳说道:"如果他一个小时之内不回来,我们就这样办。"

这时,海恩斯和冯·霍斯特进入餐厅,祖普纳和道夫告诉他们俩,泰山不在船上。听了道夫描述,知道泰山有可能碰上那么可怕的动物,他们两个和其他人一样,开始担忧起泰山的安危。

冯·霍斯特对祖普纳说道:"船长,要不我们在附近巡航找找看?"

格里德利问道:"假如泰山回到这个地方,找不到我们了怎么办?"

祖普纳问道:"你能够将飞船开回这块锚地吗?"

海恩斯中尉说道:"我也不确定,我们的仪器在佩鲁塞塔几乎起不了什么作用。"

格里德利说道:"那我们最好还是待在这里,等他回来吧。"

祖普纳说道："假如我派出一支搜查小分队搜寻泰山的足迹，我们有几成把握能够找到回来的路？"

格里德利说道："这不难，去的过程中，我们可以在沿路的树上刻路标，这样我们就很容易找到回来的路。"

祖普纳说道："好的，那我们就这样办吧。"

格里德利说道："让冯·霍斯特、姆维尔、瓦兹瑞士兵和我一起去吧，他们有过追踪的经验，打过仗，对丛林也有一定的了解。"

道夫说道："但是他们并不了解佩鲁塞塔这片丛林啊。"

格里德利坚持道："至少他们比其他人更了解丛林，不是吗？"

祖普纳说道："我认为你的计划不错，不管怎么说，你现在是总指挥，我们其他人都很乐意听从你的命令。"

格里德利说道："我们所有人都不曾遇到过现在的情况。任何基于个人经验和知识所做出的提议或命令都是不可取的。在这种情况下，我想我们还是进行充分讨论之后，再做决定。而不是仅仅盲目地尊崇官方权威，听老大的。"

祖普纳说道："过去都是泰山拿主意，我们都乐意听他的，这样也很省事儿。我觉得你说得很对，只是想不出比这个更可行的办法了。"

格里德利说道："很好。"他转向冯·霍斯特问道："中尉先生，你会和我一起去吗？"

冯·霍斯特咧嘴笑了笑，大声说道："你问我去吗，你要是不带我去，我可是不会原谅你的。"

格里德利说道："我想我们最好还是马上准备一下，尽早启程吧。"看到瓦兹瑞士兵和冯·霍斯特吃完了饭，他告诉海恩斯："我想让他们带上步枪，这些家伙们枪打得很好，可他们偏偏钟爱战矛和箭，瞧不上更现代点的武器。"

剑齿虎 | 033

海恩斯说道："是的，我发现了。姆维尔前几日告诉我，他觉得带着火器就是承认自己懦弱。他们进行打靶练习时会用步枪，但是当他们出去，遇到狮子和犀牛时，他们会放下步枪，只带上自己的长矛和箭。"

道夫说道："如果他们看到我刚才所见的动物，可能会明白步枪的重要性。"

格里德利说道："冯·霍斯特，务必带足弹药，依我所见，在这个地方，我们不需要带任何粮食。"

祖普纳说道："在这个哪里都是猎物的地方，那些打不到猎的人只能饿死了。"

冯·霍斯特离开去装弹药了，格里德利则回到舱位，为待会儿出去探险做准备。船长和船员都在场，为出去寻找泰山的探险队送行，十位坚定的瓦兹瑞战士跟在格里德利和冯·霍斯特的身后准备出发，表情十分自豪。琼斯大声说道："希望所有的飞蛇都离开这个地方。"他同其他人一起目送搜查小分队穿过平原，消失在对面幽深黑暗的丛林中，然后抬头看了一眼天空，太阳依然是正午时分，他摇了摇头，抬起手掌示意再见，转身返回了厨房。

搜查小分队刚离开飞船，格里德利就指派姆维尔到排头去观察泰山之前留下的足迹。他是这支小分队中最富有经验的追踪者。姆维尔在平原地带以及刚进丛林的时候还能辨认出泰山的足迹，而到了大树下面这个地方，就找不到泰山的足迹了。

姆维尔说道："泰山从这里进入的森林，他能够在树林上方、中间以及底部穿行，没人能跟得上他。"

格里德利问道："所以，姆维尔，你的意思是？"

姆维尔说道："如果这片丛林是泰山自己的领地，我可以很确定地说，他会径直走到他想去的地方。还有一种情况，他可能正在打猎,闻到其他兽类的气味或者看到了它们的足迹,他可能会改变方向。"

冯·霍斯特说道:"他刚刚肯定正在打猎。"

姆维尔说道:"倘若他刚才正在打猎,他刚开始肯定沿直线走,看到兽类的痕迹或者进入到兽道中才会转变方向。"

格里德利问道:"那么他接下来会做什么?"

姆维尔答道:"他或许正等在兽道上方,抑或是沿着兽道走。在这样一个对他来说全新的地方,我认为他会沿着兽道向前走,因为他对于未知的地方,总是充满好奇,每当踏入一个新的地方,他总想去一探究竟。"

格里德利说道:"接下来我们沿着同样的方向,一直向前走吧,先走到兽道再说。"

姆维尔和他手下的三个战士一直向前走,遇到灌木挡路时,便将其砍下开路,时不时在树上刻下记号以便返回飞船。格里德利靠着口袋中指南针的帮助,给大家指出前进路线,否则凭借佩鲁塞塔永远正午的太阳,要找到准确的位置是十分艰难的。此时,阳光暖暖洒下,透过树叶的缝隙照射下来,在地上投射出斑驳的树影。

冯·霍斯特大声说道:"天哪,这森林这么大,在这样一个地方找人,不就是人们常说的大海捞针吗?"

格里德利说道:"大海捞针也有一线希望,不是吗?"

冯·霍斯特说道:"我们不如偶尔开个枪好了?"

格里德利说道:"好主意,步枪炸药装得多,枪响声也比我们的左轮手枪大。"

冯·霍斯特告诉了其他人自己的想法,他让三个瓦兹瑞士兵每隔几秒鸣枪示意三声,格里德利和冯·霍斯特两个人都没有拿步枪，两人各拿了把45口径的柯尔特式自动手枪。这样走了一会儿，又改为每半个小时鸣枪一声。搜查小分队在森林里向前走着，成员的心一点一点地沉了下去，觉得他们的搜索徒劳无功。

又过了一小会儿，森林的景致变得不太一样了。树木不似之前见到过的那么密集，矮矮的树丛虽没有之前那么繁密，依然形成了一道几乎难以穿越的屏障。在这里他们看到了一条宽广的兽道，无数动物蹄子踩过这条路，把它磨损得不像条新路，厚重的脚掌在兽道外表面留下两英尺深或者更深的脚印，杰森·格里德利跌跌撞撞地向前走着。

格里德利对姆维尔说道："我们不用再在树上刻字了，只要沿着这条兽道一直走，只需要在分叉路口和十字路口做好标记就可以了。"

毕竟，有些错误是无法避免的。当他们打算返回的时候，沿着这条路做的许多标记都没什么用处。

路越来越好走，瓦兹瑞士兵大摇大摆地走着，步伐轻快，很快就走了数英里。他们被佩鲁塞塔正午的太阳迷惑了，时间好像静止了，周围生机勃勃的各种动植物不仅引起了瓦兹瑞士兵的注意，也勾起了格里德利和冯·霍斯特的兴趣。

他们见到了各种奇奇怪怪的猴子，令人吃惊的是，一些猴子体型巨大，从外表上看和人类长得非常像。毛色或亮丽或暗沉的各种鸟儿飞在路中间，灌木丛中隐约可以看见许多动物庞大的身躯，听到它们肉垫踩到地面的声音。

他们偶尔会穿过了一片如墓地般死寂的森林，接着又来到另一个地方，这里充斥着动物的低吼声、咆哮声，以及尖叫声。

突然传来了一阵十分激烈原始的声音，冯·霍斯特听完后说道："我想看看是什么动物发出的声音。"

格里德利回道:"我们从没有听到过那样的声音,这声音令人震惊。但是我想现在这些动物对我们肯定有所警觉,不单单是因为我们一行人数众多,而是因为对这些动物来说,我们身上的气息是诡异的、陌生的。刚刚我们鸣枪的声音一定已经激起了它们的疑心,闻到我们身上的气味,自然让它们的疑心更重。"

冯·霍斯特说道:"你们注意到了吗?我们听到的声音大多从后面传来,我说的是刚才听到的那更原始的低吼声。那听起来像大象的吼叫声和嘈杂声似乎是从前面以及左右两边传来的,不过听声音,离我们有相当远一段距离。"

格里德利问他:"你怎么知道的?"

冯·霍斯特回道:"我也说不上来,就好像我们排成一排向前走着,野蛮的食肉动物跟在我们身后。"

格里德利笑着说道:"佩鲁塞塔这个地方,太阳永远是正午时分也有它的好处,至少能保证我们不会在黑暗的丛林中过夜。"

就在这个时候,冯霍斯特和格里德利听到一声惊叫声,循声看去,只见跟在后面的瓦兹瑞士兵一边说:"长官们,快看!"一边将手沿着小径向后指。顺着瓦兹瑞士兵手指的方向,格里德利和冯·霍斯特看到一头巨大的野兽正在队伍的后面沿小路逃走。

冯·霍斯特喊道:"天哪!我之前还以为道夫在夸大其词。"

格里德利大声喊道:"太不可思议了,前不久我们脚下五百英里处还是拥挤的街道,鳞次栉比的汽车。在地球上,电报、电话和收音机十分普遍,人们丝毫不为之惊奇,无数的人一辈子都用不上武器来防身,然而此时,我们站在这里,却看到了地球上已经灭绝了一百万年的剑齿虎。"

冯·霍斯特大声说道:"如果在这儿能看见剑齿虎,那么绝不会只有这一头,应该有十几头。"

其中一个瓦兹瑞士兵问道："我们要开枪吗？"

格里德利说道："目前不需要，把枪收好，随时做好准备，现在它们似乎仅仅只是跟着我们。"

队伍后面的瓦兹瑞士兵看到剑齿虎，慢慢地向后退，姆维尔退回到格里德利的身边。

"长官，我们在这条路上闻见了大象的气味，已经很长时间了。这股气味或许是其他动物的气味，只不过闻起来像大象的，味道有点奇特。刚刚我看到前面有几头野兽，我认不出来它们是什么动物，但是如果不是大象的话，也是类似大象那样的动物。"

冯·霍斯特说道："我们现在真的是水深火热，进退两难。"

姆维尔说道："我们两边要么是剑齿虎，要么是大象，我都能听见它们经过灌木丛发出的沙沙声。"

队伍中的其他人或许都跟他有同样的想法，他们或许也留意到了树林中的异样，由于某种原因，没人说出这句话罢了。于是他们沿着这条路继续缓慢前行，忽然一片大的露天空地映入眼帘，这块地方树木稀少，灌木丛也不茂密，大概有一百英亩，空地那边还是森林。

无数条小路都能通向空地的中心。这块空地中走出了一列奇怪的动物，搜查小分队的人从未见过这些动物，它们体型巨大，像公牛一样，皮毛长长的，还长着宽阔的犄角。

空地中聚集了一群动物。有马鹿、体型庞大的树懒、乳齿象和猛犸象，以及一种体型巨大却十分笨重的动物，这种动物看起来像大象，却又似乎一点也不像。它的头有四英尺长，三英尺宽。它的鼻子比大象短，也十分有力，巨大的尖牙向下弯曲，从下颌伸出，牙尖则向内弯曲朝着它的身体。它的肩膀离地距离至少十英尺，长度少说也有二十英尺。唯独那双如猪耳般小巧的耳朵让它看起来不那么像大象。

看到眼前的这幅场景，格里德利和冯·霍斯特瞬间忘了还有一群老虎在他们后面跟着，他们两个停下来，不可思议地看着聚集在空地中的这一大群动物。

格里德利问道："你见过这些动物吗？"

冯·霍斯特答道："没有，其他人也都没见过。"

格里德利答道："虽然在地球上，这些动物几乎都灭绝了，我也可以认出它们中的大部分。但是这种动物把我难住了。"说着，他伸出手指，指了指那牙尖向下，笨如大象的动物。

冯·霍斯特说道："中新世的巨兽。"

姆维尔停在冯·霍斯特和格里德利旁边，睁大眼睛惊恐地看着眼前的景象。

格里德利问道："姆维尔，你怎么看？"

姆维尔答道："长官，我想我现在知道怎么回事了。现在如果我们想逃走，唯一的办法就是尽可能快地穿过这片空地。剑齿虎把这群动物驱赶集中到这里，不久这里就会有一场厮杀，那场面我们每个人都没有见过。即使我们不死在剑齿虎口中，我们也会被那群竭尽全力想要逃脱剑齿虎魔爪的野兽踩死。"

格里德利说道："姆维尔，你说得对。"

冯·霍斯特说道："我们前方只有一条通路。"

格里德利将冯·霍斯特叫到身边，指出了一条道路，走这条路可以穿过空地，到达另一侧的森林。他说道："很明显我们现在唯一的机会就是赶在剑齿虎包围这些野兽之前，从这条路穿到对面的森林。我们已经在空地上又走了这么远，想要找树木避难很困难，因为这群剑齿虎离我们实在太近了。我们应该团结一致，除非有队员被抓走，否则不到万不得已不要开枪。"

冯·霍斯特叫道:"看,剑齿虎们正从各个方向往这块空地逼近,已经将这群猎物包围。"

姆维尔说道:"长官,我们前方那条通路还在。"

一行人正小心翼翼缓缓地穿过空地,野兽们焦躁地在空地上来回踱步,所有行为无不显示出它们十分紧张和害怕。剑齿虎到来之前,它们一直在那里静静地来回走动,一些动物盯着空地上矮矮的草丛,另一些动物则看着稀稀落落树木上的小树枝。看到了第一头剑齿虎出现,它们的反应马上就变了。一头体型巨大的公乳齿象卷起象鼻,发出刺耳的尖叫声,在那一瞬间,所有的食草动物都立刻进入警觉状态。这些野兽一看到剑齿虎出现或是鼻子嗅到了老虎的气息就会变得惊慌失措,有些动物则是看到同伴们紧张的状态,自己也变得惊慌失措。每头野兽都害怕地叫了起来,尖叫声、粗吼声、低嚎声、咆哮声,各种声音此起彼伏,一浪高过一浪。

冯·霍斯特哭着说道:"看这些剑齿虎,应该有几百头。"他没有夸张,因为剑齿虎从各个方向逼近空地时,中间几乎没有空隙,唯独在小分队一行人对面留了一条路。剑齿虎正从森林里冒出来,将猎物围住。它们没有急冲冲地冲向那些大型猎物面前,大部分大型猎物这些剑齿虎是不敢袭击的,除非跟很多同伴一起,它们才敢袭击。

现在,一头巨型公猛犸象扬起自己的尾巴,竖起了耳朵,将象鼻高高翘起,悬到头顶。二十头剑齿虎发出令人毛骨悚然的吼叫,跳到猛犸象的前面,猛犸象见状一下子失了勇气,转身离开,转了一个大圈回到兽群当中。猛犸象体型壮硕无比,体重也不轻,力气又十分巨大,它是有能力与长有利爪的剑齿虎抗衡的。它本有能力在剑齿虎的包围圈中打开一个口子,其他动物也都可以趁机蜂拥而出，但是它没有这样做。

那群吓呆的食草动物，注意力都集中在气势汹汹的剑齿虎身上，没有留心从他们身边经过的无关紧要的人类。但是，有一种动物例外，那就是野牛。它低嚎着，用爪子刨地，径直地跟着搜查小分队。闻到剑齿虎身上的气息，听到大象激昂的叫声，以及其他动物尖利的叫声，它变得惊恐万分，不由得唤起敌意，发起怒来，想把心中的惊惧发泄出来，于是低下头要朝搜查小分队发起攻击。一个瓦兹瑞士兵将步枪举至肩膀，朝着它开了一枪，这头史前的牛尝到了现代子弹的厉害。

步枪的声音响起，盖过了空地上方其他的声音，其他的声音瞬间静止，剑齿虎和它的猎物们齐刷刷地看着这一小帮人，人类在这群威猛的野兽面前是如此渺小。一头像大象的巨兽，竖起了小小的耳朵，尾巴直挺挺地竖着，缓缓地走向他们。其他动物立刻效仿他，似乎这一大群动物都正往搜查小分队这边聚集。前方的森林离他们还有一百码远，格里德利意识到，现在他们遇到的情况前所未有地危急。

"我们必须马上逃跑，冲这些动物齐射子弹，逃到树林里去。如果它们攻击我们，我们每个人都要赶紧逃跑，保命要紧。"

听到格里德利的命令，瓦兹瑞士兵们转过身去，面向朝他们缓缓走来的兽群开枪射击。雷鸣般的枪鸣声吓到了正在前进的野兽们，它们踌躇不前，想了会儿还是转身返回了，但是跟在这群野兽身后的剑齿虎却又一次朝搜查小分队走来，这时搜查小分队正朝森林里拼命奔跑。

冯·霍斯特崩溃地大声哭喊："救命啊，它们来了！"向后一瞥，他看到这样一幕：那些野兽发现剑齿虎跟在它们的身后，如同惊弓之鸟，早已像疯了一般，四处狂奔逃窜。谁也说不好，这混乱的局面是否会让搜查小分队的人遭受直接攻击，但是有一点是可以肯定的，如果他们不能赶在逃窜的动物前面安全到达森林，他们肯定难逃此劫。

格里德利说道："再扫射一次。"瓦兹瑞士兵转过身，又一次冲着兽群开枪，像大象的巨兽、野牛、两头猛犸象中了枪，踉跄地走了几步，跌倒在地。然而兽群中那些未中枪的动物并没有停下它们的步伐。它们从同伴的尸体上跳过，朝着逃跑的人类发出雷声般的怒吼。

此时此刻，确实已经到了各自保命的时刻，兽群步步紧逼，勇敢的瓦兹瑞士兵甚至都将步枪扔掉了，因为逃跑的时候步枪没什么用，反倒像个累赘，影响他们逃跑。

几只马鹿跑得比其他动物快，冲到了兽群的最前方，从小分队队伍的中间冲出，将小分队分为左右两拨。

格里德利和冯·霍斯特正试图掩护瓦兹瑞士兵撤退，用左轮手枪来阻止乱窜的野兽攻击。他们成功改变了几头领头儿野兽的逃跑方向。而现在，一只体型巨大、红色的雄鹿从小分队中间穿过。为了避开那巨大的鹿角，小分队成员不得不快速跳开。雄鹿后面冲出一头受了惊的可怕的野兽，将小分队两拨成员分隔得更远。

距离格里德利不远的地方长着一棵参天大树，离空地的外沿还有一小段距离，野兽将格里德利与撤退的瓦兹瑞士兵分开了，他现在孤身一人。格里德利调转了方向逃跑，冯·霍斯特则拼命地跑到丛林，丛林现在与他近在咫尺。

格里德利被一头体型巨大的树懒击倒，之后他从地上爬了起来，从逃跑的乳齿象旁边经过，找到了一棵树。他像逃跑的大部分动物一样，抱住这棵树。这颗参天大树巨大的树干暂时地保护了他。片刻之后，他爬到了树枝上。

一爬到树枝上,他的脑海中闪现的第一个念头是"我的同伴都去哪里了"?他在树枝上待了一会儿,眼前看到的只有一群群向前猛冲跳跃的野兽们,十分可怕。丝毫没有哪个地方能看出人类的痕迹,格里德利心知肚明,这些可怕的野兽,哪一个都重得难以估量,这些动物的脚底下怎么可能还有活物。

格里德利知道搜查小分队中的一些人已经到达森林,但是他想知道是否所有人都安全地到达了森林,他尤其担心跟在瓦兹瑞士兵后方不远处的冯·霍斯特。

格里德利的眼睛瞄向后方的空地,他看到了这样一幕,估计地球上从未有人见过这一幕,至少几千只动物,有大有小,跟着带头的动物在逃命。在逃命过程中它们稍微休息了一下,就被它们身侧的和身后的剑齿虎超过了。那些不那么强壮的野兽被剑齿虎拖到后面,强壮一点的野兽正在跟剑齿虎搏斗,残疾的动物或者跛脚的动物留在队伍后面,它们会攻击兽群中的其他动物,或是将其他动物往后拖。

为首的动物疯了一样地向前冲,穿过了空地。可是当它们就要踏进森林里时,却遭到了阻拦,于是那些跟在后面的动物也被迫放慢脚步,它们怕得要死,都爬到了前面动物的背上。马鹿跳到乳齿象的背后,从它沉重的身躯上翻过,向前逃跑;而石山羊则在岩石间跳来跳去;身躯笨重的猛犸象将那些体型小的动物撞到地面上。野兽们为了活下去激烈地搏斗,象牙和犄角被顶得伤痕累累,鲜血直流。到处都是凶猛的剑齿虎,眼前这幅场景——恐怖血腥,令人作呕,原始暴力,野蛮残忍,却偏偏又有一种别样的魔力。

剑齿虎缓缓地从各个方向截断兽群,想要包围部分动物,它们成功了,虽然只包围了几只野兽,还都是残疾的。

剑齿虎将目标锁定它们，开始包围这群野兽，不断逼近它们，而这群野兽早已怒不可遏。

剑齿虎们三三两两或是二三十头一起跳到这群野兽身上，将它们扑倒在地，最后包围圈中只有一头体型巨大的公猛犸象还活着，它厚厚的皮毛上面溅满了鲜血，象牙被顶得鲜血直流，它站在包围圈中发出凄惨的低吼，格里德利眼前看到的是动物之间原始的力量的比拼，智慧与勇气的较量。

这头象像个孤独的战士，明知自己注定难逃厄运，依然发出挑衅的声音，向剑齿虎挑战，看到这一幕，格里德利的心揪了起来。

数百头剑齿虎包围了这头公象，然而很显然，尽管剑齿虎数量众多，面对这头猛犸象依然不敢轻举妄动。这些剑齿虎咆哮着、嚎叫着，有一部分悄悄地逃走了。猛犸象突然转身时，三头剑齿虎从后面开始攻击它，猛犸象的反应跟剑齿虎一样快，迅速转过了身，正面对着老虎。两头剑齿虎抓着它的象牙，将其向上抬。几乎同时，二十头老虎从各个方向冲向大象，从背部和侧面牢牢地扣住大象。大象好像被闪电击中了一般，腿蹲坐下来，身体一直向后滚，滚的过程中压过了十二头剑齿虎。

格里德利还没有来得及为大象欢呼，就见大象跟跟跄跄地站了起来，向相反的方向扑过去，抓住身下的剑齿虎，暴怒的老虎们受了伤，发出尖利而又可怕的声音。猛犸象身上的鲜血从上百个伤口中同时喷涌而出，结果又有二十头剑齿虎扑上去攻击它。

尽管猛犸象殊死搏斗，失败的结果依然难以避免，最后它还是被制服了，剑齿虎们将它大卸八块，但是它还奋力挣扎，想要重新站起来与剑齿虎们搏斗。

搏斗风波就这样结束了吗？并没有。这群残忍的剑齿虎为了分得更多的猎物互相打斗。虽然它们每头分得的肉已经够吃的了，但是它们生性贪得无厌，喜好猜忌，残暴无度，还是要跟同伴搏斗。

剑齿虎们为了这顿饱餐已经付出了沉重的代价，剑齿虎的尸体撒满了整块空地，活下来的剑齿虎慢慢地品尝象肉，一些豹子、鬣齿兽以及野狗走过来，试图寻找一些残渣饱餐一顿。

Chapter 4

萨古斯人

剑齿虎悄悄接近泰山，泰山意识到自己是难逃一死了。剑齿虎正愤怒地逼近他，在生命中的最后时刻，泰山脑子里竟然都是对这种强大生物的敬佩。

如果一定要死，泰山宁愿战斗至死。想到命运安排眼前这个庞然大物来结束自己的生命，不禁心潮澎湃。他不惧怕死亡，反倒有点好奇，死后会发生什么事情。丛林之王泰山是没有信仰的，他不信教。不过，从某种意义上来说，他同那些与大自然朝夕相处的人一样，想法和宗教信徒不谋而合。他深深地知道，大自然的力量是多么强大，大自然中充满着生命的奇迹。这让泰山意识到，以人类有限的认知，不可能了解生命最初起源于哪里，因而泰山的想法与科学理论算是风马牛不相及。说到上帝，泰山对他的认知更为原始，认为上帝是人性化的神。尽管他认识到自己对宗教及上帝一无所知，他也更愿意相信，死后他会复活。

剑齿虎一步一步逼近泰山，泰山此时此刻思绪万千。他的目光定格在剑齿虎那长长的獠牙上，那獠牙上还沾着口水，闪闪发光。他心想，獠牙很快就会刺穿自己的身体。就在这时，树林里传来的声音打断了他的思绪。显然，剑齿虎也听到了这种声音，它停下了脚步，抬起头盯着上方的树林。泰山发现这种沙沙声是从自己头顶正上方的树枝中传来的，他抬起头，只见一种动物正对他怒目而视，这种动物看起来很像是大猩猩。

头顶树叶的间隙中又浮现出两张野蛮的脸。泰山瞥了一眼其他的树木，看到跟刚才一样的动物，它们全身长满杂乱的毛，脸上满是怒气。他觉得这些动物既像大猩猩，又不像大猩猩。面目身形特征看着更像人一点，其他特征看起来则更像大猩猩一点。泰山瞥了一眼，正好看到它们满是毛发的手中挥舞着棍棒。泰山回头看了看剑齿虎，只见剑齿虎眼睛向上环顾一圈，看到那些像大猩猩的动物正对它怒目而视，马上变得踌躇不前，怒气冲冲地嗥叫，发出威胁的低吼。

剑齿虎停下了脚步，不过只停了一会儿，它便再一次怒气冲冲地向泰山走去。树上的动物见状跳下，抓住那根将泰山吊在半空中的绳子，迅速将其向上拉。就在这时，剑齿虎一跃而起，想要一把将自己的猎物夺回来。岂料旁边树林中那些看起来像猩猩的动物同时蹿出，拿着木棒冲着剑齿虎的头和身体就是一顿暴打，将泰山从剑齿虎的魔爪中毫发无伤地救出。片刻之后，泰山发现自己被三头长毛野兽拉到了树枝之间，从这三头野兽对自己的态度来看，它们至少没有剑齿虎那么恐怖。

其中两头野兽站在泰山两侧，一边一个，抓住泰山的胳膊，另一头野兽一只手掐住泰山的脖子，另一只手拿了根木棒，悬放在泰山头顶，紧接着泰山对面的野兽嘴唇里发出一连串声音，泰山听完十分震惊,震惊程度不亚于头一次听到剑齿虎咆哮的反应,是那么始料未及,不过这两种叫声的意义却相去甚远。

泰山对面的动物说道:"卡——高达!"

在泰山曾经所在的那片丛林中,"卡——高达"根据语调的不同有以下几种意思:第一种表示命令别人投降:"你投降吧。"第二种表示质疑:"你还不投降?"第三种是宣告投降:"我投降。"

这句话从来自地心世界的多毛类人猿嘴里说出,那么它的意思最可能是本来的意思。泰山认为巨猿的语言是万物语言的鼻祖和根基。巨猿、小猿、大猩猩、狒狒、猴子对这种语言进行了不同程度的改善,许多语言可以被丛林中许多其他物种和鸟类理解。由于家养动物曾经风行一时,所以家养动物语言中融入了许多人类的词汇。与之截然不同的是,经历了无数岁月变迁,巨猿的语言还保留了最初的样子,毫无改变。

这些地心世界的类人猿即使只说了一个字,也有两种可能性。要么它们同地球上的其他猩猩一样,拥有共同的祖先;要么就是地心世界生物的进化和发展是一成不变的,原始语言只有这一种形式,任何低等生物朝人类这种高级动物进化的过程中,都可能说出这句话。掐着泰山脖子的那只类人猿只说了一个词,但泰山对这个词的印象最为深刻。他从少年时代,说的就全是巨猿的语言,这个词对他来说再熟悉不过了,那些来抓捕他的动物总是对他说这个词。

那只公类人猿问他:"卡——高达(你认输吗)?"

泰山回道:"卡——高达(认输)。"

泰山对面的那头类人猿听到泰山跟自己说一样的话,惊得手中的木棒不由得落了一半,他用猿语问道:"你是谁?"

泰山回道:"我是泰山,既是勇猛的猎人,又是勇猛战士。"

公类人猿问道："你来马瓦洛特这里做什么？"

泰山回道："我来和你们交个朋友，不是来和你们这儿的人吵架的。"

公类人猿一听，马上放下了手中的木棒，树上其他类人猿听到泰山的话纷纷围了过来，泰山周围的树枝一下子承载那么多重量，不由得压弯了些，更加垂向地面。

公类人猿问道："你怎么会说萨古斯语？过去我们也捉住过吉拉克人，但是你是第一个会说萨古斯语的，你不仅会说而且还能听懂。"

泰山说道："我们那儿的人就说这种话啊，我还是一个小孩的时候，卡拉以及克查科部落的人就教会了我这种语言。"

公类人猿说道："我从未听说过克查科部落。"

另一只类人猿接着说道："或许他在撒谎，我们还是把他杀了吧，他不过是个吉拉克人。"

又一只类人猿说道："把他带回马瓦洛特部落，整个马瓦洛特部落的人或许可以一起把他杀了。"

"好主意，把他带回部落，我们杀他时可以跳舞。"又一只类人猿说道。

类人猿的语言与我们人类的语言不一样，人类听它们的语言，有时候像是在咆哮，有时候像是在吼叫，有时候像是在咕哝，时不时还像在尖叫。无论讲什么语言的人类，都几乎没法理解类人猿的语言。但是泰山能够理解这种语言，我们称这种语言为"萨古斯语"。它是交流思想的一种方式，类似于人们语言中的停顿。

商讨好怎么处置泰山之后，这群类人猿将注意力重新转回剑齿虎，剑齿虎早已返回并找到自己的猎物，它从横卧的尸体上越过，但是没有进食，而是眼睛死盯着树上那帮让它恨得牙痒痒的类人猿。

萨古斯人 | 049

那三只类人猿用一根鹿皮条将泰山的手腕紧紧绑在背后,其他类人猿重新打量起剑齿虎。剑齿虎每次想要前进一步,类人猿们就开始"噼里啪啦"地朝它脸上扔木棒,时间隔得刚刚好。于是剑齿虎什么也做不了,只能不停地躲避飞来的木棒。正当剑齿虎应付不过来的时候,一部分类人猿会重新跳到地面上,灵敏迅速地将木棒从地上拾起来,敢这么做的类人猿通常是整个丛林里身材最娇小,反应最灵敏的。这一冒险举动显示出它们高度的自信以及超强的勇气,因为它们几乎算是从剑齿虎的爪子里抢走了木棒。

剑齿虎连连遭受暴击,被打得鼻青脸肿,只能一点点地向后退,最后它实在承受不住类人猿们雨点般的暴击,忽然转过身,钻进了灌木丛里。刚开始还听得见它慌不择路逃跑的声音,过了好一会儿声音才消失。剑齿虎离开后,类人猿们跳到野牛的尸体上。类人猿们用獠牙将肉撕裂,有时他们会像老虎一样打来打去,只为抢一块好肉。与那些生活在底层人类不同,他们不会只顾着自己狼吞虎咽,吃饱之后,他们会剩点肉,留给早已等在一旁的豺狼和野狗。

泰山在一旁看到了这幕残忍的场景,不过他一言未发。类人猿们在饱餐的时候,泰山则在更仔细地观察他们。跟他原来所在的丛林中那些类人猿相比,这群类人猿体格比较小。不过,尽管它们不像大猩猩那样重,但也绝对算得上是强壮有力了。相较于大猩猩,这群类人猿胳膊与腿的形状和比例都更接近人类,但不同的是,这群动物全身长满了棕色的长毛,让它们外表看起来更像野兽,它们的脸甚至看起来比大猩猩还要凶狠残忍,而就颅骨发展程度来说,它们的脑容量应该和人类差不多。

它们全身裸着,浑身上下没有一丝一毫的装饰,唯一的武器就是木棒。这种木棒显然是用某种锋利的工具削出来的，具有良好的平衡性，要做成这种武器似乎需要耗费一番力气。

类人猿们饱餐完后，转过身来，进入兽道，沿着刚才泰山掉进陷阱的方向走过来。离开之前，它们重新整理了绳索，小心翼翼地在上面铺上土和树叶，把捕捉器放好，以便让那些第一次从此经过的动物触发捕捉器。

看到它们刚才的动作如此胸有成竹，手指是如此灵巧，泰山意识到这群动物虽然看起来像野兽，但是它们早已有了人的思维。或许它们仍处于进化过程中的低级阶段，但是，毋庸置疑，虽然它们的脸和皮肤像猩猩，但是它们拥有人类的大脑。

这些类人猿，我们可以称其为——萨古斯人。它们沿着丛林里的小路向前走，跟人一样，是直立行走的。但是它们在其他方面和人猿泰山那片丛林中的人差不多。既不笑也不叫，一言不发，就如同沉默寡言的哑人。不过萨古斯人的某些感觉器官要比人类灵敏厉害得多，与人类不同，它们主要是靠耳朵和鼻子来观察敌方动静，并且永远保持高度警惕。

按照人类的标准看，萨古斯人很丑陋，甚至长得有点恐怖。不过泰山不这么觉得，萨古斯人的一举一动，在他眼中都气度非凡，举止大方，充满了一种原始美。或许人们一直以来对于祖先的想象就是这样的。

理论家刻画人类原始祖先的时候，有时习惯将我们的祖先描绘成一种整日担惊受怕、怯懦无比的动物。他们生活的环境周围都是残暴凶狠的野兽，所以它们从一出生就开始逃命，一生都生活在担惊受怕之中。但是这种说法似乎不合情理，照理论家描述，人类祖先那么弱，不具备攻击其他动物和自保的能力，再没有勇气的话，怎么可能活得下去。与之相比，有种推论可能更符合实际，那就是人类的祖先有某种自大情结——一种广泛存在的情结，最初表现为愚蠢的自我中心论——祖先们永远在小心翼翼，可是它们并不感到恐惧。其他任何理论都站不住脚，除非我们认为一种长有兔子心的动物生出了人，而人类拿着一端绑有石头的粗制矛就能够抓到野牛、猛犸象以及熊。

佩鲁塞塔的萨古斯人，其进化程度跟地球上的尼安德特人差不多，或者可能比尼安德特人的进化程度更低。必要的时候，萨古斯人会选择逃跑这种权宜之计，从这种行为来看，泰山丝毫不觉得萨古斯人已经发展到了尼安德特人那个阶段了。可它们若从树林间走过，则看起来淡定从容，凶猛无比，就好像是"万物之灵"，不惧万物。泰山相较于其他人更能明白萨古斯人这种看似前后矛盾的行为举止，因为他自己在丛林中曾经就是这样，根本不知道恐惧是什么。所以一边"不惧万物"，一边"保持机灵头脑，小心谨慎"，这两者并不矛盾。

这些萨古斯人发现泰山被抓时，并没有马上靠近他，而是停在离他有一段距离的地方。那附近有一棵空心树木，这棵大树的树枝已经贴到了地面上。其中的一个类人猿拿起自己的木棒拍打空心树木，一下、两下，一下、两下、三下。敲了一会儿，停了下来，接着又按刚才的节拍敲打树木。拍打声响彻整个丛林，这样敲了三次之后，一部分萨古斯人接收到了信号，停了下来，凝神细听，另外一部分萨古斯人则趴到地上，耳朵贴着地面去听这声音究竟是什么。

拍打声从空中悠悠地传来，听得不是很清楚。从地面上传来的声音则更加清晰，这是一串应答信号，一下、两下，一下、两下、三下。

它们听完之后，看起来心满意足，爬到附近的树木上，找到一个舒服的位置待着,好像在这儿安歇下来,等着什么事发生。其中两个萨古斯人很轻松地就将泰山拉到空中,将他的两只手绑在背后,没有别人帮助的情况下,泰山连爬都爬不成。

泰山自从跟萨古斯人走了之后,就没有说过话。不过他现在转身对着自己旁边的一个萨古斯人说道:"帮我松绑,我不是你们的敌人。"

那个萨古斯人听完说道:"塔盖世,这个吉拉克人想要松绑。"

塔盖世是一只公类人猿,它长着长长的犬牙,十分引人注目,听到这话,它愤怒地望向泰山,就这样看着泰山,看了好长时间,眼睛一眨不眨。泰山看着这半人半兽的东西,感觉到它一定有别的歪点子。这时塔盖世回答道:"那就给他松绑。"

另一只公类人猿有点按捺不住,略带不满地问道:"为什么啊?"

塔盖世咆哮道:"因为我,塔盖世,说要给他松绑。"

"你又不是马瓦洛特,它是国王。它说松绑的话,我们才能给他松绑。"

"图亚德,我不是马瓦洛特,我是塔盖世,塔盖世说了,就要给他松绑。"

图亚德转到泰山身边说道:"马瓦洛特马上就回来了,如果马瓦洛特说要给他松绑,我们就给他松绑,我们不听命于塔盖世。"

塔盖世像黑豹一样,足下生风,悄无声息地一下子就跳到图亚德身边,掐住它的喉咙。没有任何警告,甚至没有丝毫的犹豫。泰山看来,塔盖世与那些他在地球上熟悉的类人猿并不相同,因为地球上的类人猿在向对方发起致命袭击之前,都要进行长时间的准备,要么是挺挺腿,趾高气昂地朝对方走去,要么嘟嘟囔囔朝对方骂脏话。但是塔盖世的大脑反应如人脑一样迅速,似乎下

萨古斯人 | 053

决定和行动是同时进行的。

　　塔盖世沉重的身体压得图亚德站的那根树枝摇摇欲坠，对于生活在树上的动物来说，从树上跌落下来是很自然的事情。它们从树上掉落下来，都用一只手抓住了同一根树枝，用另一只手互相攻击，时不时要用上獠牙来攻击对方，后来它们再一次从树上跌下，这一次跌落到了地面上。打斗全程它们两个都没有说话，只是发出了低沉的吼叫声，塔盖世锋利的白獠牙差点刺到了图亚德的颈动脉。图亚德竭尽全力地防守，迅速转动身体，从塔盖世的手里挣脱，成功逃跑了。塔盖世像个足球运动员，跳到半空中，用自己的长毛手臂抱住了图亚德的双腿，将它重重地摔在地上，它站在图亚德的背后，仍然张着大嘴，图亚德的脖子就在它眼前，只能任其摆布。

　　它问道："卡——高达（你认输吗）？"

　　图亚德低吼道："卡——高达（认输）。"听到这句话，塔盖世立马从图亚德身上站了起来。

　　塔盖世像猴子一样，四肢灵活，纵身一跃跳回树枝上。它说道："把这个吉拉克人手腕上的绳索解了。"与此同时，它用那双恶狠狠的眼睛打量着四周，看还有没有人像图亚德一样，敢反抗它的命令。这一次没有一个萨古斯人说话，其中一个萨古斯人将泰山拖到树上，解开了绑在他手腕上的绳索，全程没有一个人反对。

　　塔盖世说道："如果他想逃跑的话，就杀了他。"

　　绳索被解开之后，泰山认为它们会将自己带的刀拿走。当套索"啪嗒"一声合上，将他从地面吊起，矛、弓和箭都掉在了地面上，尽管这些武器就掉在陷阱下方十分显眼的地方，萨古斯人也并未留意这些武器，当然它们也没有注意到泰山所带的刀。泰山可以确定的是萨古斯人肯定看到了他的刀，他不能理解为什么萨古斯人对刀视而不见，除非它们不知道这个东西的用处，或者它们看不起刀的作用，觉得没有没收刀的必要，不值得在上面费功夫。

图亚德现在悄悄溜回树上，自己缩成一团，躲得远远的，独自在那里生闷气。

泰山忽然听到远方某种动物正在靠近，声音十分微弱。又过了一会儿，萨古斯人才听到远方传来的声音。

塔盖世正色说道："它们来了。"另一个人盯着图亚德说道："马瓦洛特来了。"泰山现在知道它们为什么要用木棒拍打树木，发出声响了。他好奇的是那群类人猿聚在这里要做什么。

它们终于来了，对泰山来说，在这一群人中认出它们的王——马瓦洛特并非难事。一群人中走在最前面的那个，脸上有许多灰色的毛发掺杂其间，肤色稍微泛蓝。

萨古斯人和泰山一认出朝这边走的那拨人，就从树上跳到了地面上，马瓦洛特在离它们还有二十步的地方停了下来，说道："我是马瓦洛特，和我一起来的是我部落的人。"

塔盖世答道："我是塔盖世，和我一起的是部落里的其他人。"看起来似乎塔盖世也有自己的一拨人，而它是这拨人的头儿。

初步防御性的对话结束了，马瓦洛特向前走着，跟着它的是部落里的公类人猿、母类人猿，还有幼猿。

马瓦洛特用凌厉的目光看着泰山，问道："这是什么？"

塔盖世回道："这是吉拉克人，我们在布置的陷阱中发现的。"

马瓦洛特问道："你叫我们过来饱餐一顿，就给我们吃这个？你应该把他带回部落的，反正他会走路。"

塔盖世回道："这不是信号中提到的猎物，真正的猎物是野牛，一头剑齿虎杀了它，它的尸体就在这附近，我们在那里布置的陷阱抓了这个吉拉克人。"

马瓦洛特咕哝道："好嘞，我觉得我们可以一会儿再吃这个吉拉克人。"

其中一个说道："我们同剑齿虎搏斗之后，又吃吃睡睡了很多次了，马瓦洛特。"

塔盖世领着一行人沿着小路向前走，走到了野牛的尸体旁。那些带着幼孩的母类人猿偶然走近看到泰山的时候，发出了愤怒的咆哮声，公类人猿看着泰山的眼睛也写满了疑惑，所有看见他的类人猿都似乎陷入了一种不安的情绪。萨古斯人这种方式以及刚才的言行举止让泰山想起来克查科部落那些巨猿，这感觉是如此强烈，就像真的一样，虽然此刻泰山不过是它们的俘虏，但他在这个完全陌生的环境中有种奇怪的感觉，感觉他此时此刻正待在克查科部落，自己的家里一样。

部落之王马瓦洛特在泰山面前不远的地方走着，走在它旁边的是图亚德。它们两个一直小声交谈着，时不时地瞄一眼走在它们前面的塔盖世，很明显图亚德一直主导着谈话，听了它的话，马瓦洛特似乎变得异常不安。

泰山可以看出马瓦洛特正陷入狂怒状态，图亚德告诉它的话明显地煽动了它的情绪。

图亚德似乎还想进一步激怒马瓦洛特，它的目的达到了，似乎部落里的每个人明显都被激怒了，当然不包括塔盖世在内，它此时正在前面带队，走在马瓦洛特和图亚德的前面。事实上，其他所有类人猿的目光都集中在马瓦洛特身上，随它一举一动而转移。马瓦洛特此时此刻明显处于暴怒状态，部落里的其他人都感觉到，它全身都传递出狂怒不安的讯息。看到野牛尸首的那一刻，一场暴风雨毫无征兆地爆发了：马瓦洛特挥舞着重重的木棒，"嗖"的一下朝着塔盖世的方向跳过去，明显是想要从头后面给塔盖世重重一击。

日常生活中，泰山为了活下去，一直都在同其他生物搏斗，这种生活经历已经将他训练成一个脑子反应快，身手敏捷的人。他心里明白，这群与他同行的类人猿，生性残暴，他们当中不会有他的朋友。他现在对塔盖世有一定的了解，从刚才的事情可以看出它生性倔强，对图亚德充满恶意。或许塔盖世是唯一一个可以和自己做朋友的人，而且就目前的情况看来，塔盖世自己也需要一个朋友，因为当马瓦洛特拿着木棒向他敲过来的时候，没有一个类人猿把手举起来保护它，也没有人提醒它要小心。泰山出于自身的利益，一方面想要和塔盖世做朋友，另一方面觉得要搏斗就公平竞争嘛。在这两种想法的驱动下，他已经做出了反应，他准备要插手这件事情。

他大声地喊道："小心，塔盖世！"猝不及防，其他人猿都来不及阻止他，他便迅速跳到前方，顾不上图亚德，大手一扫，猛地将马瓦洛特推到小路旁边的树丛中。

听到泰山大声警告，塔盖世就变得警觉起来，它四处转身看了看，看到暴怒的马瓦洛特举着木棒要打它，差一点就打到了它的头上。不过这不是最让它惊讶的，之后的一幕才让它吃惊，不由得瞪大了眼睛。那个奇怪的吉拉克人（泰山）——就是刚刚它俘虏的那个人，从后面一跃而起，跳到马瓦洛特身后。他古铜色无毛的手臂快速滑到马瓦洛特的脖子上，勒紧了它的脖子，接着他转到马瓦洛特面前，弯下身子，抱着马瓦洛特的大腿，将这只全身长满毛发、体型巨大的公类人猿从头顶扔到那些跟随它的小喽啰们脚边，这些小喽啰早已吓得目瞪口呆。随后那个奇怪的吉拉克人（泰山）跳到了塔盖世身边，转身面对着与塔盖世一伙儿的类人猿。

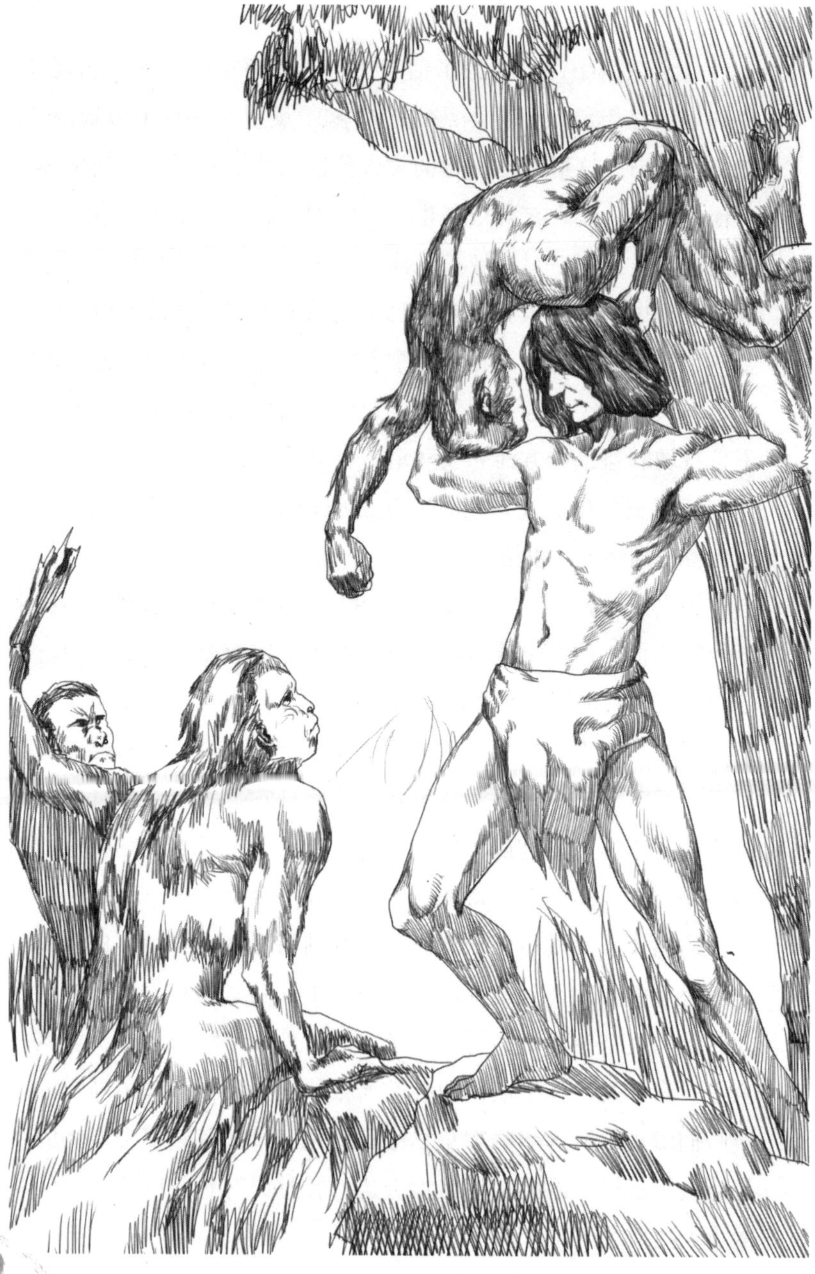

随即，有二十个类人猿举起了木棒朝泰山和塔盖世打了过来。

泰山问道："塔盖世，我们要待在这儿和它们搏斗吗？"

塔盖世回道："待在这儿，它们会杀了我们。如果你不是吉拉克人，我们还有可能从树林中逃脱，但是逃跑你又不行，我们只能留在这儿和它们搏斗。"

泰山回道："你带路，你们带的路没有我泰山跟不上的。"

塔盖世说道："跟我来。"说话间，它使劲将木棒扔出，扔到那些靠近他们的小喽啰脸上，转身沿着兽道逃跑了。它用力跳了十几下，跳到了一棵大树悬垂的树枝上，泰山紧随身后。

跟泰山所料想的一样，马瓦洛特手下那些长满毛发的小喽啰们追着他俩跑了一小段路，便放弃追赶了。他非常自信，以前在丛林中的时候，整个部落里所有的人都追不上他，除非是他自己回来。

塔盖世发现那些人明显放弃了追逐他俩时，就在一棵大树的树枝上停下了脚步。

它停下来靠近泰山说道："我是塔盖世。"

泰山回答道："我是泰山。"

塔盖世问道："刚才为什么提醒我？"

泰山回道："我告诉过你，我不是你的敌人，我看到图亚德煽动马瓦洛特，要它杀了你，它的计谋就要得逞了。我给你提醒只是因为当我被抓的时候，是你让我免于被杀的命运。"

塔盖世问道："你来萨古斯人的国家干什么？"

泰山答道："我来这儿打猎。"

塔盖世问他："你现在想去哪儿？"

泰山回道："我想回去找我们的人。"

"他们在哪儿？"

泰山一时不知怎么回答，他抬起头看了看太阳，阳光透过树叶的缝隙，渗出丝丝暖光。环顾一周，都是树叶。树叶、树干、树枝上没有任何东西可以指示方向，泰山明白，他迷路了。

Chapter 5
飞机坠落

格里德利在树上找到了一个暂时的避难所，他站在树枝上向下看，看到剑齿虎在下面大吃特吃，他觉得有点可怕，可还是不自觉入了迷。

他刚才目睹的场面十分壮观，十分野蛮，让他想起地球上人类进化萌芽阶段出现的各种生物。他之所以会这样想，或许是因为刚才目睹的场景解释了地球上部分生物灭绝的原因。

佩鲁塞塔的剑齿虎在围捕森林中其他野兽时，将它们都赶到空地进行屠杀，从这一行为我们就可以看出剑齿虎的大脑进化程度远远超过地球上的食肉动物了，这么多头剑齿虎为了某种共同的利益能保持行动一致，实在很让人惊讶。

格里德利目睹大量的动物死在剑齿虎手中，而且很多死得不值，因为以剑齿虎的数量，根本吃不完那么多肉，那些动物的肉只能放在那里腐烂，腐烂之后，肉的味道变得难以下咽，任何一头剑齿虎都吃不下去。狡诈的剑齿虎已经进化到这样一个水平,将来可能会影响自己,最终招致自己的灭亡,因为它们残暴易怒,嗜血成性,肆意屠杀,无论什么生物都难逃它们的魔爪。如果任由它们长期这样屠杀下去,剑齿虎的猎物将面临灭绝的命运,猎物灭绝之后,剑齿虎由于饥饿,也会相继死去。

地球上的剑齿虎称霸的时间不长,而且这段时间应该非常可怕,这一点在佩鲁塞塔这个地心世界可以得到证实。

剑齿虎的智力发展到了一定阶段,就会招致自身的灭亡。就如同侏罗纪时代的巨型食肉恐龙一样,它导致了同时代其他生物的灭亡,最后导致自身的灭亡。格里德利发现,这个推论同样适用于解释地球上人类的进化,在不远的将来,人类也可能会灭亡。事实上,他可以确切地回想起来,统计学数据显示,近两百年来,人类数量暴增,地球上的自然资源枯竭,最后一代人可能会饿死或者采取吃同伴的方法延续自己可憎的生命,不过也只能持续很短一段时间。

格里德利想,或许自然世界就是一个实验室,实验室永远都在研制完美的产物,每种称霸一时的生物都是追求完美产物过程中的试验品。所以先有无脊椎动物,接着是鱼类,然后是爬行动物、哺乳动物,最终进化出了智慧更高的人类,这些动物不得不臣服于人类。

人类之后会是什么生物呢?格里德利可以确定,人类之后肯定还会有某种更厉害的生物,毫无疑问,这种生物的产生,将是造物主做过的最错误的事。这种生物身上一定汇集了从无脊椎动物到哺乳动物身上所有的劣性,而这些动物身上的优点却少有体现。

看到下面的场景,格里德利不由得有了刚才的想法。与此同时,他脑海里还想到了一些更加重要的事情,就是他的同伴在哪里,他们是否安全。

他看了看空地,没有活人的痕迹,也没有死人的痕迹。他大声叫喊了好几次,没有一个人回答他,他的声音无法盖过正在进食的老虎发出的咆哮声和低吼声,他心里很清楚自己的声音几乎没有传到远处的可能性。他希望自己的同伴都逃走了,不过他仍旧十分担心冯·霍斯特的命运。

格里德利想到的第二件事就是自己怎么逃回O-220飞船。他认为傍晚时这群老虎就会离开。他习惯性地抬头看了看太阳,想要记录下时间,忽然意识到这里是不会有夜晚的,这里永远都是正午时分。他想知道自己离开飞船多长时间了,就看了看自己的表,马上就意识到这表上的时间没有任何意义。从他上一次看表到现在,时针已经转了一圈多了,自离开O-220飞船,他就沉浸在周围发生的事情中,现在该怎么估算时间呢?

不过他知道剑齿虎最终吃饱了,肯定会离开的。跟在剑齿虎身后的是鬣齿兽、豺狼以及跟它一样凶残、同祖先的野狗。格里德利看到后面这些动物与老虎保持着相当一段距离,或者在后面站着,十分想要逃走。格里德利意识到这些动物和剑齿虎一样,都是他逃跑的障碍。

鬣齿兽们垂头丧气地注视着剑齿虎进食。它们的身体和完全成年的獒犬那么大,腿短却十分有力,下颚宽大,肌肉发达,背上和肋部长满了深色的毛,而胸腹部却长满了白色的毛。

格里德利饱受饥饿的困扰,抑制不住地想睡觉,因而他知道自己离开O-220飞船肯定很长时间了,然而树底下的剑齿虎竟然还在进食。

只有格里德利看到了死在树下的这头野牛。剑齿虎离这里非常远，最近的剑齿虎离这里也有五十码远，所以这头野牛没有被吃掉。格里德利非常饿，两眼虎视眈眈地看着野牛，他环顾四周，估测这棵树离最近的剑齿虎有多远，试着计算出从他下到地面到爬到树上安全位置需要多少时间。看到剑齿虎活动，他只觉得行动如风，其中一头剑齿虎跳得非常高，高度差不多跟格里德利暂栖的树枝齐平。

如果离他最近的那头剑齿虎发现他，并朝他扑过来的话，那么他心中这个逃脱计划的成功概率微乎其微。尽管如此，格里德利还是决定冒一次险，因为他实在是太饿了，要么挨饿，要么冒险，饥饿战胜了恐惧。格里德利拔出猎刀，慢慢从树上下到地面上，眼睛一直警觉地盯着离他最近的那头剑齿虎，他迅速从野牛的后腿上切下了几长条肉。

距他最近的那头正在进食的剑齿虎抬起了头，格里德利见状赶紧又切了一长条肉，把刀收进刀鞘，快速爬回树上，回到安全地带。这时那头剑齿虎又低下了头，看着猎物闭上了双眼。

格里德利找到了许多枯枝，又折了一些树上的树枝，在树杈之间生起了小火。

他烤的是野牛肉，肉的边缘烤得焦糊，里面的肉都还是生的。不过格里德利发誓说他这一辈子都没吃过这么好吃的东西。

格里德利自己都不知道从烤肉到吃肉到底花了多长时间，当他再一次向下看向空地的时候，他看到多数剑齿虎已经停止了进食，正悠哉游哉地朝森林走来，腹部鼓鼓的，明显可以看出是吃多了。剑齿虎走后，那些鬣齿兽、豺狼和野狗才靠过去，准备饱餐一顿。

鬣齿兽们不让其他动物靠近，自己先吃了起来，格里德利看到鬣齿兽后面排起了长队，是的，他没有看错。鬣齿兽们吃饱离开后,野狗们才过来吃,它们吃的时候把豺狼赶到一边,不让它们靠近。

这一边,格里德利早就在树枝之间搭好了一个平台,他已经睡了一觉,因为口渴,活活把他渴醒了。

野狗已经吃完,正要离开。格里德利还能闻到腐肉的味道,这种味道提醒他最糟糕的事情可能会出现,剑齿虎或许会再回来。尽管如此,他也决定不再等了,下去找水喝。

他从树上下来,绕着空地边缘走,一边时刻留意着森林中的动静,一边寻找探险小分队进入空地的那条路。野狗们悄悄溜走,冲着格里德利大声咆哮,露出吓人的獠牙。格里德利看它们肚子那么鼓,就知道它们吃得有多饱,所以不怎么怕它们。所有动物中,他唯独对臭名昭著的豺狼心怀蔑视。

格里德利发现许多小路都可以进入空地,但令他沮丧的是,他没有发现一个明显的标志能让他想起来时走的那条路。探险小分队留下的脚印也早已被剑齿虎肉垫留下的印迹覆盖了,完全看不出一点痕迹。

他试图重新想起自己从空地跑到刚才那棵树上走的是哪条路,想着想着,他突然发现了一条可以走的路,虽然他也不能确定这条路是否正确。佩鲁塞塔太阳一直是正午十分的太阳,真令人想不明白,太阳一直照着他,好像在嘲笑他的无助。

格里德利独自一人走在这条偏僻的小路上,他知道自己随时都可能与那些地球上早已灭绝的野兽打照面,他想知道人们的祖先类人猿是怎么生存下来的,为什么遗传给后代的尽是缺点,没有优点。他十分怀疑自己否能活着回到 O-220 飞船,这时候再想能活到娶妻生子简直是荒唐可笑。

对格里德利来说,他这一生中感觉自己最没用、最无助的时刻莫过于此时了。他沿着这条没有尽头的路步履蹒跚地走着，丝毫没有考虑这条路是通往O-220飞船的路，还是通向相反方向的路。他沮丧万分，甚至有些恼火，不过他什么也做不了。可恶的太阳眼睛一眨不眨地盯着他——太阳真的太可恶，太无情了，它肯定能看到飞船在哪儿，但是它连个方向都不帮他指出来，根本不能帮他找到飞船。

他只觉得口干舌燥，心烦意乱，不过他还可以暂时忍着。就在这时，他突然看到一条小溪从小路间流了出来。他在小溪边大口大口痛饮起来，生了一小堆火，烤了些野牛肉吃了，吃完之后他又在溪边喝了好几口水，然后又拖着疲惫的身体上路了，但是精神恢复了不少。

另一边，O-220飞船上，随着时间的流逝，留在船上的船长和机组人员变得越来越沮丧，他们越来越担心探险小分队同伴的安危，最后他们几乎可以确信探险小分队遭遇了不幸。

祖普纳说道："到现在为止，他们已经出去了快72个小时了。"过去的72个小时中，多数时间，祖普纳、道夫、海恩斯三个人要么待在上方的观察舱，要么在飞船后部狭牢的走道里来回踱步。祖普纳伤心地说道："我这辈子从没像现在这么无助，我承认我不知道魔鬼会做什么。"

海恩斯说道："正如你所见，我们的行为多么依赖我们习得的习惯、风俗以及先前的经验，甚至在面对棘手的问题时，我们乐于称其为紧急情况，不过在这里没有风俗，没有习惯，也没有先前的经验可以指导我们渡过难关。"

道夫说道："我们只能依靠自己的大脑想办法，我们实在也想不出办法来，实在是惭愧。现在我们周围的情况不像在地球上那样。在地球上，如果我们有队员失踪的话，我们完全可以四处找找看看。

只要不是太远，我们可以集体乘飞船飞过去。通常情况下我们还是能飞回根据地的。但是在佩鲁塞塔，如果我们飞到一个看不到根据地的地方，我认为我们中任何一个人都不具有让飞船顺利飞回根据地的本领。我们唯一的希望就是他们能够成功找到回来的路，回来的时候 O-220 飞船还停在原地。"

厨房位于观察舱下方五十英尺的地方，此时琼斯从厨房门后斜出了大半个身子，看了看一直照耀着飞船的太阳，太阳还是正午时分的太阳。他单纯善良的脸上浮现出困惑的表情，丝毫看不出对太阳的敬畏。他回到厨房，从裤子口袋里拿出一只兔脚（在西方，兔脚是吉利幸运的象征，人们常用兔脚祈求好运），两只眼睛温柔地看着它，将它放在头顶，大力摩擦起来，同时嘴里哼哼唧唧地说着些前言不搭后语的话。

走道最上方是绝佳的观测位置，海恩斯中尉通过强力望远镜观察四面八方的景色，他观察了许久，似乎大到灌木，树木，小到青草叶他都看得一清二楚。祖普纳、道夫、海恩斯，三个人早就看到佩鲁塞塔的野兽们在空地穿来穿去，但是看到一只又一只动物从远处森林里走出的时候，他还是会把望远镜放低，看看有没有探险小分队的人，但是最后看到的都是动物，没有人。现在海恩斯却突然紧张得大叫起来。

祖普纳问道："怎么了？你看到了什么？"海恩斯大声说道："我看到了一个人，是人，我可以确定。"

道夫问道："在哪儿？"说话间他和祖普纳也拿起望远镜看了起来。

道夫说道："在门的两点钟方向。"

"要么是格里德利，要么是冯·霍斯特，要么是落单的人。"

祖普纳转身对道夫说道："中尉先生，马上找十个人过来。确保他们都带上武器,带上那十个人出去看看那个人,抓紧时间啊!"他喊完,道夫就已经下到观察舱下面的攀登轴那里了。

祖普纳和海恩斯在观察舱看到那个人正迈着沉重的脚步稳步朝飞船的方向走来。道夫带着那十个人朝着他的方向走过去,尽管这两拨人正在朝对方靠近,但是由于这个地方高低起伏,他们互相却看不见对方,直到他们的距离不到一百码远时,才看到了对方。道夫只看了一眼就认出来,那个人就是格里德利。

道夫和船员们赶紧跑过去,紧紧握着他的手,格里德利见到道夫,第一句话就问道:"探险小分队其他人回来了吗?"

道夫摇了摇头说道:"目前就你一个回来了。"

格里德利眼睛中刚刚燃起的希望之光瞬间黯淡了下去,他看起来非常疲惫,和来这里护送他的十人小队打了个招呼,队伍由工程师和机修工组成,格里德利现在看起来比他们年纪还大。

格里德利说:"我很久之前就看到飞船了,具体多久之前,我也不知道。回程途中,一头老虎准备袭击我,我在和它搏斗时弄坏了表。另一头老虎逼得我上了树,那棵树就在空地的边缘,在树上能看到飞船。感觉好像我已经走了一个星期了,道夫,我走了多长时间?"

"七十二小时。"听到这句话,格里德利马上面露喜色,说道:"时间还不长,我们没有理由放弃其他人,我真的以为我走了一周,我睡了好几觉,也不知道我睡了多长时间,似乎有很长一段时间没有睡觉,因为我实在太累了,又累又渴到了极点。"格里德利跟着道夫以及十人护送小队回去的时候,一直要别人告诉自己,他离开之后,飞船上发生的一切事情,连细节也不放过。直到他见到了祖普纳和海恩斯,他才向大家讲述了自己的遭遇,以及同伴们这次不幸的探险经历。

他跟祖普纳和海恩斯打完招呼后,说道:"我想做的第一件事——洗澡,让琼斯给我做点牛肉吃,我洗完澡,边吃边讲,再仔细给你们讲讲这次探险的遭遇。只需几块牛肉、几个野果就能够让我有胃口。"

半小时后,格里德利洗完澡恢复了精神,刮好了胡子,换了一身干净的衣服,来到餐厅吃饭,祖普纳、海恩斯、道夫在那里等着他。

琼斯满脸微笑地走进厨房,说:"见到你们所有人很高兴。我算着就有好事发生,大家都好运。"

格里德利说道:"好的,我很高兴回来,最高兴的是见到你,我太想念你做的菜了,不过为什么你觉得我将会有好运?"

"是的,我刚才和兔脚进行了交谈,它不会骗我的,只要相信它,就有好运气。"

祖普纳说道:"琼斯,我看到你周围有许多兔子,我们马上就能测一下。"

"是的,船长,但是你不能在天黑出月亮的时候测,要在天没黑,月亮没出的时候测,否则就不灵了。"

格里德利说道:"有你真好,我怀疑在佩鲁塞塔这个地方不会有好运气,等会儿你需要再问下兔脚。"

琼斯问道:"怎么样?

格里德利笑道:"神灵告诉我如果你不赶紧把食物放在桌子上,会有事情发生哦。"

琼斯急忙走进厨房大声说道:"好的,马上就来。"

格里德利吃饭的时候,他详细地讲述了过去七十二小时他遇到了什么。祖普纳、海恩斯、道夫三人试图根据他的描述,推测出他到底是沿哪个方向走的,走了多远。

祖普纳问道："没有冯·霍斯特和瓦兹瑞士兵，你一个人再带一支队伍能找到那片空地吗？"

格里德利答道："我找得到。从进到森林开始，我们就在树上做了记号，然后我们左拐进入一条小路。事实上，如果我们再派一支队伍过去的话，我就不需要看记号了。"

其他船员吃惊地看了他一会儿，大家都不再说话了，空气中充满了尴尬的气氛。

格里德利继续说道："我有一个更好的计划。我们现在剩下的有二十七个人，船上必须要留下十二个人。其他十五个人成立一支新的搜查小分队。不算我的话，还有十四个人。你们先听完我的计划，再决定是否派出这样一支搜查小分队。我认为道夫可以领导这支小分队。祖普纳船长您和海恩斯留在飞船上，如果我们没有人回来的话，你们最后可以乘飞船去搜寻我们。"

祖普纳说道："我觉得你还是不要去了。"

"我不跟你们搜查小分队一起去，我自己开着侦察机出去。我的意思是你们至少等我出发之后二十四小时之后再出发，好让我看看能否找到那些失手的船员。"

祖普纳摇了摇头，怀疑地说："海恩斯，道夫和我讨论了驾驶侦察机找到失踪队员的可能性。海恩斯比我们任何人都清楚，一旦飞行员看不到飞船，就很难确定它的位置。要知道，我们不了解这个国家的任何地标，飞船飞行没有地标作参照怎么行呢？"

格里德利说道："我都考虑过了，就算孤注一掷，好歹还有一线希望。"

海恩斯说道："让我去吧。除了船长祖普纳，我的飞行经验最丰富。毫无疑问，我们不能派船长去冒险。"

格里德利回答道："你们三个可能都比我适合开侦察机，但我不能因此就推卸责任,我有责任保护好探险队的每一个成员,知道每个人的情况。对于寻找失踪的探险队员这件事来说,我的责任比你们都大。这种情况下,我不允许其他人去冒险,我知道你们能够理解我,也会同意我的做法。"

四人抽烟的抽烟,喝咖啡的喝咖啡,沉浸在自己的世界中。又过了几分钟,才有人说话。祖普纳打破了沉默。

他说道:"你乘侦察机出去之前,先睡一大觉,我们会把飞机推出来,先彻底检查一番,我们尽可能为你做好所有准备工作,让你能够成功巡航。"

格里德利说道:"谢谢,你说得对,是该睡一觉。我讨厌浪费时间,飞船准备工作一完成,你们就把我叫起来吧。我现在去舱位中睡一会儿。"

格里德利睡着之后,祖纳普船长把船尾龙骨舱的侦察机下放到地上,飞船上的工程师和船长对侦察机进行了一番细致的检查。

侦察机还没有检查完毕,格里德利就跳到了地面上。

祖普纳说道:"你怎么没睡多长时间?"

格里德利说道:"我也不知道睡了多长时间,不管怎样,感觉休息过来了,我们的同伴还在某个地方等待营救,我不能再睡了。"

祖普纳问道:"你想走哪条路线?你觉得用什么方法最可能成功返回?"

"假设他们完全迷路了,我会把侦察机开得尽量远,开到他们可能去的所有地方。等侦察机升到一定高度时,我会试着在船附近寻找一些天然地标,比如一座山,一片湖。航行过程中,我会时不时记下类似的地标。相信通过这种方式,我可以轻松找到回来的路。而且我带的燃料不够,航行二百五十英里就要原路返回了。"

如果船员们已经迷路，我找遍了他们可能会出现的所有地方，都没有找到他们的话，我就驾着侦察机在空中盘旋，希望他们听到侦察机发动机的声音能够点一堆火，向我发送求救信号。在这个哪里都是树木的国家，找到木头点火不是一件难事。

祖普纳看到格里德利身上背的步枪，他点点头问道："你要着陆吗？"

"除非我觉得没有必要着陆，否则我会在一片空地上着陆。最近的经验告诉我，在佩鲁塞塔这个地方，如果没有步枪的话，还是不要走太远。"

仔细检查一番后，格里德利跟祖普纳、冯·霍斯特和道夫分别握了握手，跟飞船上其他人挥手告别，大家看着他做着离开前的准备工作，心里都为他捏一把汗。

祖普纳说道："再见，朋友，希望你好运。"

格里德利狠狠地握了握祖普纳的手，他一直视祖普纳为坚定忠诚的好朋友。他打开侦察机的座舱坐进去。两名机械工转动着螺旋桨，发动机发出轰隆隆的声音，过了一会儿，侦察机缓缓起飞，穿过了一片片青青牧场，朝着远处的森林飞去。船员们看到侦察机快速向上飞，转了一个大圈，他们知道格里德利这是在寻找地标。飞船在开阔的平原上方转了两圈之后，快速飞走了。

格里德利驾驶飞船飞了一圈之后，就意识到飞机不适合在佩鲁塞塔这样的地方飞行。这个地方没有地平线，要想飞回原来的地方机会渺茫。他忽然看到一座很显眼的山，在他飞行过程中，这座山几乎一直都在他的视野范围内。

远处有许多小山，但是小山背后不是湛蓝的天空，也没有任何地平线可以参考。仅仅就只有小山弯曲向上，消失在远处。格里德利驾驶着侦察机在空中兜了两圈，都没有找到任何明显地物点，没有什么比 O-220 飞船着陆的那片平原更有标志性。

格里德利觉得自己不能把时间和燃料浪费在寻找地标上，因为根本不可能找到地标。短距离内，他能看到的地标只有 O-220 飞船着陆的那片平原，他不得不接受这个现实，暂时放弃寻找更好的地标。

原始森林的树木枝叶繁茂，遮天蔽日。地面上发生的一切，格里德利几乎都看不到。他觉得自己很有可能已经从同伴头顶飞过去了，看不到下方的情况让他感到很着急，但是又没有其他办法。如果返回的话，他要么得绕一圈，要么只能走夸张的"之"字形路线，他仔细地观察着地面，希望能够发现同伴的痕迹，或是求救信号。

格里德利沿直线飞行了两个小时，穿过了森林、平原、连绵不断的丘陵地区，但是他却没有发现同伴的任何踪迹。他已经按计划到达了最远的地方，再往前走是高大巍峨的山脉。单单看到这些山脉，他就决定返航。他判断那些失踪队员即使走到这儿，也应该意识到他们已经走错路了。

当飞机倾斜转弯的时候，他眼角瞥见了一个东西，就在他的上方，格里德利回头看了一眼，瞬间惊讶地屏住了呼吸。

一只巨大的动物正盘旋在他的上方，它的翅膀很大，几乎跟侦察机等宽。格里德利瞥了一眼就看到它深渊般的巨口，牙齿看起来凶猛异常。他马上意识到，这种原始生物正俯下身来准备袭击自己。

这只大型翼龙径直撞向了飞在三千英尺高空的侦察机。格里德利操纵飞机急速下降，想要摆脱翼龙的纠缠。结果，翼龙一个猛扑撞上了侦察机，卷到了螺旋桨中，格里德利听到一阵木头破碎的声音，还有金属摩擦的刺耳声。

一切发生得太快，五秒之后，格里德利还没明白刚才到底发生了什么。飞机就完全翻转了过来，与此同时，格里德利从飞机中跳了出来。他猛拉了一下降落伞上的绳索。忽然间什么东西击中了他，他失去了意识。

Chapter 6

中新世恐鸟——迪厄

　　塔盖世又问了泰山一遍："你们的人在哪儿？"
　　泰山摇了摇头，回道："不知道。"
　　塔盖世问道："你的国家在哪儿？"
　　泰山回道："我从很远的地方来，我不是佩鲁塞塔的人。"
　　塔盖世不能理解泰山说的话，它只知道泰山可能迷路了，找不到跟他一起的人了。在佩鲁塞塔，所有动物都有个特点，它们天生就具有归巢本能。在这里，太阳无法帮助人们识别东南西北，但是佩鲁塞塔的动物在出生时，大自然就赐予了他们这种奇特的归巢能力。
　　如果将塔盖世送到佩鲁塞塔的其他陆地，不管送到哪里，它都能准确无误地找到自己的出生地，正因为它从出生就有这种能力，所以塔盖世不明白为什么泰山会迷路。
　　塔盖世说道："不久前，我看到了一伙人，或许他们跟你是一起的,我带你去找他们吧。"

泰山丝毫记不得飞船停在哪个方向,既然塔盖世看到了一伙人,那么不管概率大小,有可能是探险队的人。他觉得不管是去其他地方还是跟着塔盖世一起去找那伙人,应该都差不多,于是他给了塔盖世一个手势,表示自己愿意跟他一同前去。

过了一会儿,泰山问塔盖世:"距离你见到那群人多长时间了?你看到他们的时候,他们在那儿待了多长时间?"

泰山想要听到塔盖世的回答,好根据它的回答判断下那群人究竟有多大可能是探险小分队的人。如果那群人是刚到这个地方的话,那么那群人很有可能就是他要找的人。但是他不满意塔盖世的回答,因为对塔盖世来说,它的脑海中完全没有时间这种概念。这两个人不紧不慢地踏上了寻找那群人的旅程。塔盖世之所以不着急,是因为它不知道时间为何物。泰山不着急,是因为按照他的生活方式,时间也算不上很重要的东西,偶尔遇到一些紧急状况时,时间才显得重要。

泰山和塔盖世——一对神奇的组合:站在左边刚刚进化成人猿的是类人猿塔盖世,站在右边的是英国贵族泰山,他们两个在很多方面是相似的。身上都长满了长长的毛发,二人之间的友谊正在悄悄酝酿。

起初,塔盖世还有点瞧不上泰山,它认为无论是比力量、灵活度、勇气,还是森林经验,泰山都远远比不上自己。不过,没过多久,它就见识到了泰山的勇猛,变得十分尊重泰山。它听从内心的想法,跟泰山之间建立了一种与友谊类似的忠诚关系。

他们一起打猎,一起战斗。剑齿虎在地面上搜寻猎物时,他们在树木之间荡来荡去,循着老树下存在已久的动物足迹前行,穿行在绵延起伏的青青草地,共同欣赏绚丽多彩的朵朵鲜花。

泰山和塔盖世都是捕猎的好手,所以他们两个在这个地方生活得非常好,不愁没有吃的。

泰山又造了一只弓,做了许多支箭,以及一支结实的矛。开始的时候,塔盖世并没有注意到泰山的武器,后来看到泰山用武器捕猎又快又容易,经常带肉回来,就对泰山的武器十分感兴趣,泰山先教它怎么用武器,后来又教它怎么做武器。

他们穿过的这片地区,水源丰富,猎物繁多。一些地方树木茂密,有许多大片大片的草地,食草动物成群结队地在阳光下吃草,由于这里食草动物众多,所以食肉动物的猎物充足——于是,这里的食肉动物也不计其数。

泰山曾以为再没有什么地方能够比得上地球,也没有什么丛林能比得上自己生活的那片丛林,但是他在佩鲁塞塔见识到很多神奇的东西,越见识到佩鲁塞塔的神奇,他就越热爱这个野蛮、原始的世界,这里各种生机勃勃的野生动植物都是他的最爱。佩鲁塞塔最大的优点就在于这个地方几乎没有人。泰山从未想过这个地方是如此完美,他已经见惯了自私残忍的人类,仔细想想,人类有时还不如丛林里的野兽呢。

泰山和塔盖世之间的友谊——起初源于两人对对方英勇行为的互相尊重,之后两人似乎又看到了对方身上令人钦佩的个人品格,两人之间的友情又进一步加深了。他们两人身上共有的一种品格就是不爱说话。只有在必要的时候,他们两人才说话,所以他们说的话其实非常少。

如果人们只在需要说话的时候说话,说得还非常快,那么98%的人估计选择当个哑巴,说话时从头到扁桃体都会产生和声,这是多么美妙的一件事情啊!

在佩鲁塞塔,泰山有塔盖世陪伴在身边。不仅如此,佩鲁塞塔奇异浪漫的景色，陌生原始的声音，诡异神秘的气味都给泰山下了一剂猛药，让他满心欢喜，以致他稍稍忘记了身上背负的责任。这时，他感觉寻找自己的同伴似乎变得不那么重要了。如果他知道同伴们遇了险，他肯定不会这样想，可是遗憾的是，他并不知道。相反，他只知道探险小分队的每个人都身怀绝技，能够保护自己的安全，最终能安全返回地球。泰山觉得即使没有他，探险小分队也不会受到什么影响。然而，他又想到自己必须找到他们，跟他们一起回去。因为不管早晚，他都要跟探险小分队的人一起回到地球。

塔盖世正带着泰山继续去寻找曾经见过的那群人，他们两个经过了一片绵延起伏的平原，平原上面有几棵绿树。途经这片平原的过程中，泰山颠覆了原来对佩鲁塞塔的看法。这个平原与他们之前经过的其他平原不同，似乎有点诡异，像是一片被遗弃的平原。为什么会被遗弃呢？那短得几乎看不见的草显然说明了一切，许许多多的兽群曾经在这里吃草，把这片草地的草吃没了，才转战到其他草地。这片平原上没有动物活动，缺乏生机，这让泰山情绪有点低落。即便刚才那个地方比这里危险，他也愿意待在刚才那个植物丰茂、动物繁多的地方，想到这里不禁有点后悔。

泰山和塔盖世朝着平原中心走去，他们看到了一大片纯绿色森林，森林是弯曲向上的，消失在远方的视线中。就在这时，一阵奇怪的嗡嗡声传到了他俩的耳中，他俩停下了脚步。与此同时，俩人都转过身望向后方天空的一角，声音似乎就从那个地方传来。

高高的天空中出现了一个小点。塔盖世冲泰山喊道："快跟我来，是希普塔。"一边喊着一边示意泰山跟着自己，带着他跑向大树下一处隐蔽的地方。

泰山和塔盖世在清凉的树荫下休息，泰山问塔盖世："什么是希普塔？"

塔盖世回道："希普塔就是希普塔，找不到什么词描述它，有时候马哈人会用希普塔来保护自己或者猎捕食物。"

泰山问道："希普塔是活的吗？"

塔盖世回道："是的，它非常坚固，速度还非常快。"

泰山说道："那不是希普塔。"

塔盖世问道："那是什么？"

泰山回道："那是一架飞机。"

塔盖世又问道："飞机是什么？"

泰山回道："很难和你解释清楚飞机是什么，我从地球来，飞机是我们那个地方发明的，它可以在天空中飞翔。"泰山一边说着，一边踏进了一片空地，他准备在这片空地给飞行员发一些信号，告诉他自己在这里，泰山乐观地认为这艘飞机是由O-220飞船带来的，正在寻找他。

塔盖世冲着泰山大声喊道："回来，你根本打不过希普塔，如果你站在空地上的话，它会俯冲下来，把你带走。"

泰山说道："希普塔不会伤害我的，我的一个朋友在上面。"

塔盖世回道："如果你不回到树下的话，你肯定会被希普塔带走的。"

飞机越来越近，泰山在空地上绕着小圈跑来跑去，想要吸引飞行员的注意，他时不时停下来朝飞机挥一挥自己的胳膊，但是飞机依然在疾驰，很显然飞行员没有看到泰山。

泰山一直坚持地跑来跑去，直到飞机消失在远方的视线里。他孤单地站在凄凉的平原上，眼睁睁地看着同伴的飞船离开。

飞船的出现唤起了泰山心中的责任感，他意识到既然同伴们正冒着生命危险来救他，那么自己应当竭尽全力找到O-220飞船。

泰山看到飞机经过,心中猜想了几种可能。如果飞机在上空绕圈飞行的话,那么它飞行的方向可能并不是O-220飞船所在的方向。如果飞机没有绕圈飞行的话,又怎么知道它是刚离开O-220飞船前来寻找自己,还是已经找了一圈回去了。

塔盖世从树底下走到泰山的旁边,说道:"那不是希普塔,我从没见过这样的东西,它比希普塔更大、更吓人。它肯定特别生气,一直发出可怕的咆哮声。"

泰山问道:"它并不是活物,那是地球人造的飞机,它可以载着人们在天空中飞行,开飞机的是我朋友,他正在找我。"

塔盖世摇了摇头说道:"它没有降落,我真开心。它肯定很生气,要么就是饿极了,不然它怎么会叫得那么大声。"

泰山心里清楚,塔盖世完全没有理解自己刚才关于飞机的解释,他还是会认为飞机是一种体型巨大、会飞的爬行动物,不过这不重要,真正困扰泰山的是——他现在朝哪个方向才能找到O-220飞船。最后他决定沿着刚才那架飞机前进的方向寻找O-220飞船,因为塔盖世曾向他保证沿着他领的方向一定能够找到那帮人,而塔盖世所指的方向恰巧和飞船前进的方向一样,那么似乎选择这条路线是最为明智的。

飞船发动机的轰鸣声消失在远方,此时泰山和塔盖世又重新启程,他们穿过了荒凉的平原,来到了一片崎岖不平的地带,映入眼帘的是许多低矮的石头小山。

穿过低矮的石头小山,沿着蜿蜒曲折的浅峡谷有条小路。峡谷一边的外缘是低矮的悬崖,悬崖表面有许多裂缝和洞穴,峡谷底部布满了形状各异的岩石碎片,只长了稀稀拉拉几株植物,种种迹象表明这个地方是个不毛之地。自从离开O-220,泰山还没有见过这么贫瘠的地方,这里的动物和水源很有可能也很稀少,看到这种情况，泰山和塔盖世大摇大摆地大步往前走。

空气中十分安静，泰山的耳朵始终保持警觉，他听到了飞机返回来的声音，先是听到了马达发出的"嗡嗡"声，突然一声刺耳的"嘎吱"声打破了刚才的宁静，声音似乎从峡谷上方很远的一个地方传来。

塔盖世怔了一下说道："是迪厄。"

泰山一脸疑惑地看着塔盖世。

塔盖世又说了一遍："是迪厄，还是一只发怒的迪厄。"

泰山问道："迪厄是什么？"

塔盖世回道："是一种很可怕的鸟，不过它的肉很好吃，而我现在非常饿。"

不管迪厄有多可怕，它是肉，而塔盖世很饿，这就足够了，泰山和塔盖世蹑手蹑脚向前走着，悄悄跟踪着他们的猎物迪厄。一阵风轻轻吹来，飘荡在峡谷里。泰山闻到了一股新奇诡异的气味。这是鸟的气味，闻上去有点像鸵鸟的气味，泰山根据味道的浓郁程度猜想这可能是一只大鸟散发出的气味，忽然泰山听到了动物发出来的尖叫声，声音非常大，混杂着翅膀的刮擦声。这些声音验证了泰山刚才的猜想。

塔盖世在前面走着，峡谷岩层上到处都是岩石碎片，这些岩石碎片对塔盖世来说简直就是天然庇护，它走到一大块圆形巨石下面时，突然停下了脚步，迅速向后退，泰山朝他走来，他给泰山使了个手势，让他绕着这块石头四周看看。

泰山按他的指示照做，终于发现，刚才那阵声音是一头凶猛的野兽发出的。泰山看到这头野兽并没有感到吃惊，他只是死死盯着它，只见它正狂乱地用爪子抓着悬崖边的裂缝。

对泰山来说，它只是一种生活在佩鲁塞塔这个世界的无名动

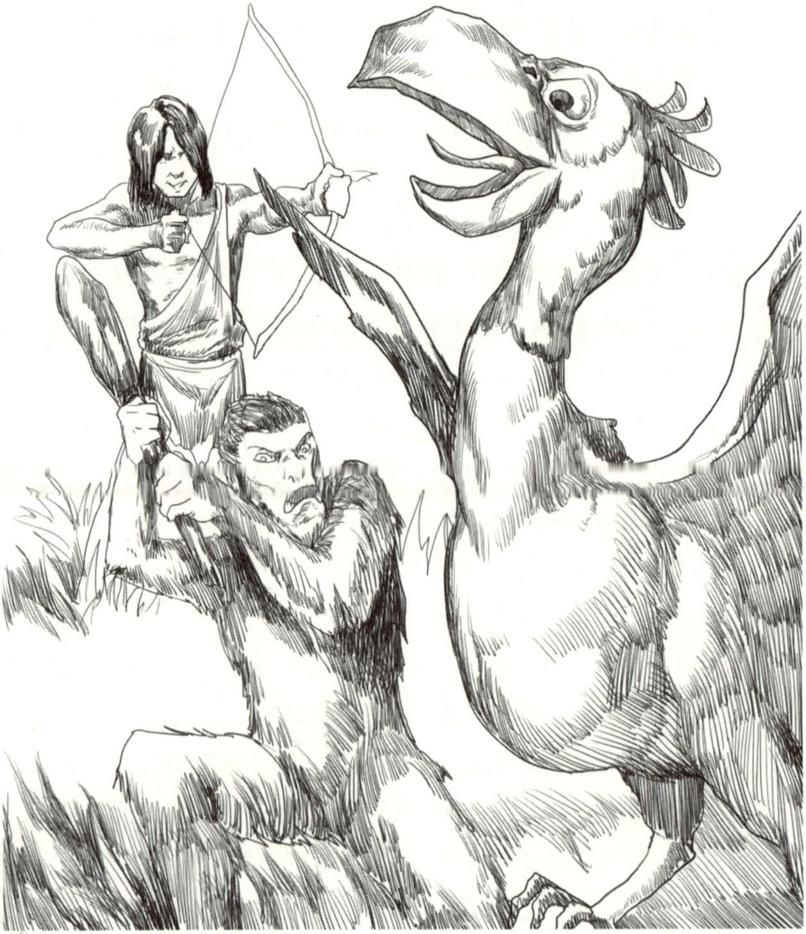

物；对塔盖世来说，它只是迪厄。他们都不知道这头野兽是中新世的恐鸟。他们看到的是一只比马都大的巨兽，长有羽冠，高出地面八英尺，长着弯弯的鸟喙，发出愤怒的尖叫声，鸟喙张开一个大口子。它疯狂地拍打着自己短而无用的翅膀，用自己有力的三趾爪拍打着前方缝隙中的东西。泰山看清楚了缝隙中的东西，那是一支矛，一个人正拿着那支矛。泰山很同情那个人，拿着矛这种武器根本无法抵抗迪厄强有力的攻击。

泰山打量着这头野兽，想知道塔盖世凭一根小木棒怎么同它搏斗并取得胜利。塔盖世之前躲在岩石后方，随时都可以用其遮蔽身体，泰山看到它现在正在悄悄从岩石后方溜出。泰山慢慢地向迪厄后方移动，那里也有一处可以藏身的地方。迪厄的注意力全部放在石缝里那个人，丝毫没有注意到后方的敌人正在慢慢接近自己。

塔盖世成功找到新的安全藏身地，他这边一藏好，另一边的泰山就跟了过来，现在他俩距离迪厄只有五十英尺。

塔盖世紧紧抓着木棒头小的那端，从藏身处极速跑了出来，举起木棒径直朝迪厄挥了过去，泰山紧随其后，拉弓搭箭。

不料泰山跑到半路时，迪厄听到了后方传来的声音，它转过身来，发现两个不知道从哪里冒出的东西，竟然妨碍自己进攻，它大叫一声，张大了利喙，对泰山和塔盖世发起了攻击。

塔盖世一看到迪厄转身，发现了它和泰山，就马上开始用力飞速旋转头上的木棒。迪厄冲过来时，它举起木棒狠狠地朝它强壮有力的腿上打了过去。泰山一瞬间明白了它进攻的意图，塔盖世这个类人猿，肌肉无比强壮有力，他拿的那根木棒又很粗，这一下打下去，能把迪厄的股骨"咔嚓"一下打折，那样的话，迪厄就任凭塔盖世处置了。可是假如塔盖世的木棒没有打中它的腿，又会发生什么呢？塔盖世几乎必死无疑了。

塔盖世为了猎物，可以豁出一切，不顾性命安危。早在很久之前，泰山就欣赏过它的英勇行为，但他这次的行为简直勇猛到了顶点，让人感觉他快要疯了。

事实上，泰山最不愿意看到的事情还是发生了，木棒并未打中迪厄的腿。他拉弓射箭，箭插到了迪厄的胸口上。塔盖世迅速跳到另一边，躲避迪厄的攻击，泰山又射了一箭，这一箭刺穿了迪厄的羽毛和外皮。泰山两箭都射到了迪厄身上，伤口很深，不过迪厄的速度并未放慢，泰山已感觉到雪崩之势，杀气渐渐逼近自己，他赶忙跳到塔盖世的右边。

迪厄还没来得及追赶泰山和塔盖世，塔盖世从地上的石头中拾起一块，使劲朝迪厄砸了过去，砸到了它的头，迪厄顿时感到头晕目眩，泰山一不做二不休，又射了两箭。正在射箭的时候，迪厄东倒西歪地朝他走来，正在这时一支矛从泰山肩部飞过，深深扎到了迪厄的胸口，迪厄像发了疯一样愤怒，这最后一矛下去，它终于倒下了，几乎是倒在泰山脚底下。

泰山此时已经完全顾不上考虑自己是否还有体力，更采用怎样的办法进攻或者防守。迪厄摔倒的时候，他毫不犹豫地拔出猎刀。

他拿着刀子一进一出，切断了迪厄的气管，过程十分迅速，终于又一次避免了一场殊死搏斗，此时他才第一次看到刚才那个掷矛的人。

他站得笔直，一脸困惑的表情，身材高挑、身形健硕，阳光下皮肤闪着轻微的古铜色光泽，头上毛发很长，绑着根鹿皮带。

他缠腰布的带子上除了矛，还别着把石刀。他眼神坚定，透露出智慧的光芒，身材匀称有形，这所有元素集中在一起，让泰山看到了从未见到的人类范本。

塔盖世重新将木棒找了回来,一边走向那个陌生人,一边说道:"我是塔盖世,我要杀了你。"

那个陌生人拔出石头刀,等在那里,先看了看塔盖世,又看了看泰山。

泰山上前一步,拦住了塔盖世说道:"等等,为什么要杀了他?"

塔盖世说道:"他是个吉拉克人。"

泰山提醒塔盖世:"可是他把你从迪厄手中救了出来。我的箭可杀不死迪厄,要不是他掷矛救我们,我们两个刚才都得死。"

塔盖世脸上出现困惑的表情,他不知所措地挠了挠头,最后说道:"但是如果我不杀他的话,他会杀了我的。"

泰山转向那个陌生人,指着塔盖世说道:"我是泰山,这是塔盖世。"

陌生人回道:"我是索尔。"

泰山说道:"让我们做朋友吧,我们不想跟你打架。"

泰山这么一说,那个陌生人更是摸不着头脑。

泰山看到他的表情,认为这个人或许听不懂他说的话,问道:"你能听懂萨古斯人的语言吗?"

索尔点了点头,说道:"能听懂一点,但是我们为什么要成为朋友?"

泰山反问他:"那么为什么我们要成为敌人呢?"

索尔摇了摇头说道:"我不知道,一般情况下是这样。"

泰山说道:"我们一起杀死了迪厄,如果我们不赶来的话,迪厄会杀了你;如果你不掷那根矛的话,迪厄就把我俩杀死了。所以,我们应该做朋友,而不是敌人,不是吗?你正准备做什么?"

索尔冲着泰山和塔盖世走的那条路抬了抬下巴,回答道:"回我的国家去。"

中新世恐鸟——迪厄 | 085

泰山说道："正好，我们也是这个方向，我们一起走吧。人多力量大嘛。"

索尔看了看塔盖世。

泰山问道："塔盖世，我们三个一起走，交个朋友，可以吗？"

塔盖世回道："这不合适吧。"塔盖世似乎感觉到了这位陌生人和它之间隔着几千年的文化与文明。

泰山脸上浮现出一丝笑容，他很少这样笑，他说道："来，我们一起走吧。"

泰山好像理所当然地认为其他人会遵守自己的命令，他转身处理起迪厄的肉，拔出自己的猎刀，切起肉来，将肉切成一块一块的。索尔和塔盖世犹豫了一会儿，用带着怀疑的眼光看了看对方。然后索尔走过去帮泰山切肉。又过了一会儿，塔盖世也加入了他们二人的行列。

索尔对泰山的钢刀十分感兴趣。有些东西，他用自己的石头刀费九牛二虎之力才能劈开，可是用泰山的钢刀切起来却易如反掌。塔盖世似乎并未特别留意其他二人所用的是石头刀还是钢刀，它用自己的尖牙在迪厄胸前撕开了一大块肉，然后狼吞虎咽地吃起生肉。泰山也举起了一块生肉，正准备像塔盖世一样大块朵颐，这时他看却到索尔正在用最原始的钻木取火的方式点火。三人吃得都很沉默，索尔找了个离他们两人有点距离的地方吃肉，他的直觉告诉他，其他两个人都比自己强壮。

三个人吃完饭以后，沿着向上的那条路走去，穿过这条路就能看到小山，泰山一路上继续追问索尔，问他从哪里来，他们国家的人怎么样。但是索尔会的原始萨古斯词汇很少，对这种语言的了解也很匮乏，所以他们沟通起来非常困难，泰山决定去学一下索尔的语言。

泰山曾经学习过各种语言，积累了很多经验，再加上泰山不达目标誓不罢休的性格，让他学起来并不是特别困难。索尔也很有兴趣地教泰山学语言，他给了泰山极大的帮助，泰山的语言水平突飞猛进。

他们三人到达小山山顶时，看到远方似乎有连绵不绝巍峨的高山。

索尔指着远处的山脉说道："那儿就是佐拉姆。"

泰山问道："佐拉姆是什么？"

索尔说道："那是我的国家，它就在希普塔群山中。"

这是泰山第二次听到别人提起希普塔，塔盖世曾说那个飞机就是希普塔，现在索尔又提到希普塔群山。

泰山问道："希普塔是什么？"

索尔满脸惊讶地看着泰山问道："你从哪里来的？你不仅不知道希普塔是什么，还不会说吉拉克语。"

泰山说道："我不是佩鲁塞塔的人。"

索尔说道："我不相信你是从其他地方来的，你不可能来自其他地方，只可能来自莫落普阿兹那片火红的海洋。唯一定居在莫落普阿兹的生物是小精灵，他们将埋在地底下的死人分成一块一块的，带到莫落普阿兹的海洋里，尽管那些小精灵我一个也没见过，我也能够保证他们肯定不长你这样。"

泰山说道："不，我不是来自莫落普阿兹，但有时我会想，我的那个世界也生活着一群大大小小的精灵。"

这三个人一起打猎，同吃同睡，一起赶路，他们对彼此的信任感一天天地加深，塔盖世再也没有用怀疑的眼光看过索尔，这三个人代表了人类发展史中的三个不同时期，但是这三个人却拥有许多共同点，从塔盖世生活的年代到泰山生活的年代，人类进化耗费了漫长的时间,但似乎并没有显著的效果,因为塔盖世和泰山实在太像了。

泰山甚至猜不到他离开 O-220 飞船多长时间了,但是他知道自己肯定走错路了。然而再转回去也没什么用,因为他根本不知道哪条路才是对的,他希望要么 O-220 飞船的飞行员能够看到他,要么 O-220 能在巡航范围内看到他的信号,他确信 O-220 飞船正在找他,同时,他觉得自己最好还是跟着塔盖世和索尔。

三个人又同吃同睡,重新启程。泰山从小山山顶向下望,看到他们前方很远的地方有一片开阔的平原,开阔平原上有一个东西,他不知道那是什么,但是他可以确定,无论那是什么,绝不是自然风景。它难以形容,看上去与周围的环境不协调,出于探索未知的本能,泰山朝着这个神秘物体的方向开始前行。

泰山在发现神秘物体的地方下山,他慢慢走近,直到看清这个神秘物体。泰山先是惊讶不已,进而万分沮丧,因为他看到的是一架飞机的残骸。

Chapter 7
佐拉姆部落之花——佳娜

佳娜——佐拉姆的部落之花,停下了脚步,回过头看了看后方和下方,都是岩石峭壁。她又累又饿,已经好长时间没睡觉了。她身后跟着四个男人,他们来自希普塔山脚下的费里,那里不属于佐拉姆的领地。

佳娜笔直地站了一会儿,然后俯身趴在一块粗糙的岩石上,那块岩石后面凸出来了几小块,能够挡住她一半身体。她在这个地方回头看了看刚才来时的路,那是一片人迹罕至的花岗岩。她从小生活在希塔的巍巍群山之中,她看不起生活在山下的男人,那些男人来追求她,她也看不上。那四个男人追她追到了这里,她或许会承认,他们还是有些勇气的,或许会比原来稍微看得起他们一点,不过她绝不会放弃努力,一定会努力甩掉那四个男人。

生活在佐拉姆的人十分厌恶费里的男人,他们偶尔会冒险穿过希塔群山的堡垒来偷女人,山上的少女貌美如花,早已是人尽皆知的事情。人们也都以此为荣，既然声名远扬，那么这件事就传到了其他国家男人的耳朵里，那些男人生活在巍巍群山下边的江河流域，他们甚至顾不上路途遥远，费尽千辛万苦来佐拉姆偷佳娜这样的女人，每年死在路上的青年就有百十个。

佳娜的姐姐拉娜就是这样被偷走的，她的记忆中，还有其他两个佐拉姆的女孩也被山下的男人偷走了，现在她的处境十分危险，她害怕极了，害怕面临和那几个女孩同样的命运。如果被偷走的话，那还不如死了算了。被偷走不仅意味着自己将会离开挚爱的高山，还会成为山下的女人，自己的孩子也会成为山下的孩子，对于生活在山上的人来说，没有比这更丢脸的事了，山上的男人只娶山上的女人，而来自佐拉姆、克洛维和达拉兹的男人会从自己的部落娶妻，或者从附近的两个部落偷女人成亲。

佐拉姆有许多年轻的小伙子喜欢佳娜，不过他们都未获得佳娜的芳心，她知道如果自己没有被其他部落小伙偷走的话，终有一天，自己会嫁给他们中的一个。

如果她最后落入克洛维或者达拉兹小伙的手中，她也不会觉得那么丢人，或许她可能还觉得开心，但是她宁愿死，也不愿意被费里的小伙子偷走。

佳娜好像花了很长时间在峭壁上寻找希普塔蛋，又好像刚开始寻找，谁知道呢？佳娜也没有办法测量时间，她的族人都生活在峭壁下方的山洞里。突然一个长满毛发的男人从后面的岩石上一跃而下，费尽力气想要抓到佳娜，怎料，佳娜的反应跟岩羚羊一样快，轻轻松松地躲开了，但是那个男人站在她和山谷之间。她准备绕回来，却发现被他的三个同伙拦住了去路，她赶紧逃跑，离开了群山环绕的佐拉姆，跑到了一个她从未来过的地方。

还没走多远，四个矮胖的长毛男人就停下来休息了。其中一个大喊道:"我们回去吧,史瑞克,你们不能抓她,这么漂亮的女人肯定是希塔山上的,只有希塔山上的男人配得上她。"

史瑞克摇着他的小尖脑袋,说道:"我见过她。如果我把她带到莫落普阿兹,我就能拥有她。"

另一个人说道:"我们的手都被锋利的岩石磨破了。"

"我们的鞋子几乎磨没了,脚都在流血,不能再往前走了,再走下去,我们就死了。"

史瑞克说:"是会死,但是只要还没死,我们就继续走,我史瑞克是老大,我说了算。"

其他三个人愤愤不满地喊了几声,史瑞克跟着佳娜继续向前走,另外三个人跟着他。他们来自低海拔地区,在这种高海拔地区,每呼吸一次都觉得十分费劲,不过他们不愿意继续追佳娜,其实是因为这个地方海拔太高,令人眩晕害怕,还有就是佳娜逃跑的这条路十分危险。

佳娜在山上看到他们上来了,他们四人又跑到佳娜右边的路上,佳娜站在能够看清楚他们的地方,身子挺得笔直。她单薄的衣衫是用剑齿虎幼崽皮做的,十分软和,衣服盖住了一部分圆润的玉腿,少女婀娜的身姿半隐半现。正午的太阳照在她浅铜色的皮肤上,阳光下,肩膀完美的轮廓清晰可见,头发也闪着美丽的光,有时闪着棕色的光泽,有时又闪着青铜色的光泽。她的头发松散地盘在头上,用细长空心的双齿型翼龙(长尾巴,与希普塔是近亲)骨头固定住。这些骨钉的上端用雕刻装饰,其中一些还带有颜色。她的额头上包了一块软软的、有颜色的兽皮。手上和脚上戴着镯子,这些镯子是用小动物的脊椎做的,把它挂在皮条上就成了镯子,上面不仅有雕刻还有着色。她的脚上穿着一双结实的便鞋,底子是用乳齿象的兽皮做的,头带中间插着一根羽毛;臀部别了一把石刀，右手拿着一支轻矛。

佳娜弯下身子拾起一小块碎岩石，扔向史瑞克和他的三个同伴。她喊道："回你们的沼泽地去吧，山下的介洛克（狼狗），我才不属于你们！"说完就转身朝那片人迹罕至的花岗岩跑去。

她的左边是佐拉姆，但是她所在的地方与佐拉姆之间有一条深深的裂口，于是她就沿着裂口的外沿走，有时沿着裂口最边缘的地方走，但是她丝毫没有被下方可怕的深渊吓到。她不停地寻找下去的方法，她心里很清楚，如果她横跨过去，她或许能够绕回佐拉姆，但是岩壁十分陡峭，有两千英尺高，一百英尺之内几乎找不到可以手抓的地方。

佳娜绕过了山肩，看到下方有一个绵延数英里，很大的国家——这个国家她从来没有见过——她知道自己已经穿过了巍峨的高山，她正看着下面这个地方，下面这个地方不属于希塔山范围，一路走来，路下方的裂缝越来越宽，最后她看到了一个大峡谷，这个大峡谷通往山脚，那里是一片富饶的平原，那里的小山更低，小山的斜坡上长满了各种树木，平原以外的地方都是森林。

对于来自佐拉姆的佳娜来说，这个地方是一个新世界，但是却吸引不了她，因为她知道凶猛的野兽以及山下的男人们正在这个地方走来走去。

她绕过右边的高山，左边是万丈深渊，后方是史瑞克以及他的三个同伴。

佳娜恐惧万分，害怕被抓，向前走了几码之后，她看到的不再是陡峭的墙垒，而是一片塌陷的岩脊。但是，即便到了这里，她也不知道自己是否有办法下去，她只能希望有办法下去。

佳娜刚才浪费了很多宝贵时间寻找进入峡谷的路，她忽然意识到史瑞克以及他的三个同伴已经追到她身后不远的地方，她纵

佐拉姆部落之花——佳娜

身一跃，从一块岩石跳到另外一块岩石上，史瑞克以及他的三个同伴见状加快了一倍的速度，他们觉得这次肯定能够抓住这个女孩，不料却在追赶的途中摔倒了。

佳娜瞥了一眼下方的路，上方塌陷的一大片花岗岩在下方一百英尺的地方，形成一条宽阔的岩脊，从山前伸出，形成了悬崖。

她回头看了看，还是能够看到史瑞克的身影。史瑞克正跌跌撞撞地向前跑着，喘着粗气，看起来十分笨拙，史瑞克离她如此之近，她必须马上作出选择。

有且只有一条路——悬崖边有一条路，暂时可以用来逃跑，不从这条路逃走肯定必死无疑。她将皮带一端系在矛尖头下端，另一端系在自己的脖子上，让矛从她的背部垂下。她跳到地面上，划过悬崖边缘。悬崖那边有抓手吗？或许有，或许没有。她向下看了看，悬崖表面十分粗糙，不是垂直的，而是朝山那边微微倾斜。她拿脚探了探，最后找到一块能够托起她的岩块，她放开了抓在悬崖顶部的手，用手摸索着，想找到一个裂缝，能够让她塞进几根手指，或者是一块突起的岩石，让她可以用来抓手。

她已经听到贾里人的脚步声正从上方传来，她动作必须快点了。她找到了一个支撑点，不过只能放下脚尖，此刻佳娜只觉得恐惧万分，那四个可怕的男人就在正上方，下面就是悬崖。

她松开了抓在悬崖边缘的另一只手，身体沿着悬崖侧面慢慢向下降，空出来的那只脚来回摸索，寻找其他支撑点。

佳娜沿着悬崖壁一步、两步、三步向下，忽然听到上方传来声音，她抬头看了看，看到了史瑞克那张长毛脸。

史瑞克一边趴在岩石边缘，一边冲着自己的同伴喊道："抓住我的腿。"其他三个同伴按他说的照做，他从悬崖上方伸出一条长长的毛胳膊，伸手去抓佳娜，史瑞克的手刚要摸到佳娜，佳娜就放开了所有抓手,跳到下方高高低低的岩石上去。她抬起头,看到史瑞克的拳头离她的脸只有几英寸。

史瑞克向下伸出的手指擦过了佳娜的头发。佳娜一只脚向下探了探,够到了一根小小的岩脊,她朝下踩去。史瑞克刚才差点就抓住了佳娜,不料却没抓到,这下恼羞成怒,但是这是他第一次这么近地看到佳娜仰着的小脸,心中想要占有佳娜的欲望更强烈了。但是他的胳膊只能伸这么长,不足以够到佳娜。史瑞克看了一眼下面的悬崖,感到恐惧万分,开始担心自己的安危。令人难以置信的是,佳娜竟然沿着悬崖向下爬了很远一段距离,都没有掉下来。史瑞克知道他们四个人不可能沿着佳娜刚才走的那条路走下去,如果他们四人继续从上面威胁佳娜,佳娜一着急踩空了,她的小命可就真没了。

想到这里,史瑞克站了起来,转向他的三个同伴,低声说道:"我们去找一条更好走的路吧。"说完他倚着悬崖边缘朝着悬崖下面的佳娜大声喊道:"山上的女孩,你赢了。我现在就回山下的费里去,但是我还是会回来,到时候我一定会娶你为妻!"

佳娜冲他大喊道:"希望你还没有回到费里,希普塔就把你抓走了,挖你的心,吃你的肉!"史瑞克没有回答她,佳娜看到史瑞克他们沿着来时的方向回去了,她不知道的是——史瑞克他们并没有回去,只是去找一找有没有其他容易一点的办法能够到达峡谷底部。史瑞克的话只是一个诡计,想要骗佳娜放松警惕。

佳娜舒了一口气,从刚才的紧张匆忙中缓过神来,小心翼翼地沿着悬崖的侧面向下移,终于踩到了花岗岩最上方的岩脊,花岗岩崎岖不平。更走运的是,佳娜在这里发现了希普塔的蛋,这让她不仅有东西吃也有水喝。

悬崖上方到峡谷底部的距离很长,佳娜下落得很慢,最后还是成功了。可就在佳娜落到峡谷底部的同时，史瑞克和他的三个同伴也找到了一条更好走的路，他们也朝峡谷下移，移到佳娜上方数英里的地方。

佳娜到达峡谷底部之后，犹豫了好一会儿要走哪条路。直觉告诉她通往佐拉姆的大体方向是沿着峡谷向上，不过根据她的判断，她应该下山，绕到山脚左边，去找一条好走的路，方便她回到佐拉姆。于是她不紧不慢地朝着山谷下面走去，并不知道自己身后跟着四个费里男子。

佳娜的左侧是峡谷壁，从悬崖上方下到峡谷底部的过程中，峡谷壁帮她承担了点重量，不是那么费劲，尽管如此她仍然遇到了一个难以逾越的障碍。面对障碍，比较明智的方法是去逃避障碍而不是去战胜它，于是佳娜继续朝着谷口下移。从那里可以进入一个美丽的山谷。

佳娜这一生从未如此靠近低地，她也从未想过低地竟是如此美丽，从小到大，她受到的教育都告诉她，低地是个非常可怕的地方，这里的人们居无定所。

呈现在佳娜眼前的是绝色美景，新而有趣，佳娜天生的探索精神驱使她神不知鬼不觉地沿着山谷向下越走越远，已经远远超过需要走的路程。

走着走着，佳娜突然听见高处传来一阵奇怪的声音，这声音她在佩鲁塞塔从未听过，她抬起头向上看了一眼，看到了一种动物，这声音一定是它发出的。

只见在她头顶很远的地方有一只大希普塔，似乎正发出阴沉的呻吟，但是这只希普塔实在是太大了，佳娜一辈子都没有见到这么大的希普塔。

在它上方，佳娜还看到了一只小希普塔，它正在咆哮，忽然这只小的希普塔朝着盯了很久的猎物扑了过去，佳娜听见了树叶刷刷的脱落声，撕裂声，随后那只小希普塔和自己的猎物双双坠向地面。这时候，忽然好像什么东西从这两只动物身上掉了下来，那东西甩在空中散开，螺旋下降，就像一只大蘑菇。"大蘑菇"慢慢下落，飘向地面，来回摇摆，佳娜看到了一根鹿皮绳，它的末端系了一块大石头。

奇怪的东西落下来，离佳娜越来越近，佳娜忽然看清，挂在那儿的是一个人的尸体，她又害怕又吃惊，不由得睁大了眼睛。

佳娜那个地方的人不怎么迷信，她们的文化还没发展到有祭司的阶段，但有些事情还是非自然逻辑解释得通。佳娜刚才看到两个大的爬行动物在高空中搏斗，其中的一个不知怎么竟变成了一个人，令人难以置信，简直就是可怕。于是佳娜做出了最自然的反应，转身就逃。

佳娜全速跑向峡谷，刚跑了一小段，就碰见了史瑞克和他的三个同伴。

史瑞克和他的三个同伴也目睹了刚才空中的那场搏斗，都看到有东西从空中飘到地面上，他们一度感到非常恐惧，但是他们却并未认出那是什么东西。逃跑的过程中，史瑞克发现佳娜正朝着他们这边跑来，一瞬间所有其他的想法烟消云散，心里只想着要占有佳娜。跟着史瑞克的那三个同伴早已吓得魂飞魄散，史瑞克还命令他们跟着自己向前冲，跑向佳娜。

佳娜一发现他们四个，就向右转，试图绕开他们，但是史瑞克派出一个同伴去拦截佳娜，佳娜见状就想朝左边跑，结果他们四人伸开胳膊拦住佳娜回往左边的路，让佳娜无处可走。

佳娜觉得不管是怎样的命运，都好过被史瑞克抓走，她再一次转过身去，朝山谷的方向逃去，那四个矮胖长毛的费里人跟在她后面追。这边格里德利刚刚打开降落伞的开伞索，飞机上的螺旋桨碎片就侧击中了他的头部，他恢复意识的时候，发现自己正躺在山谷尽头的草地上，草地绵软无比，峡谷从巍峨的高山中蜿蜒而出，通往一片平坦的地方。

格里德利心里十分厌恶自己，这一次出来搜寻自己的同伴，没有找到自己的同伴不说，结局还这么悲惨，简直就是灾难。落到地面之后他慢慢起身，解下了降落伞的背带，令他宽慰的是，自己负伤不重，只在太阳穴一侧有轻微擦伤。

格里德利心里最牵挂的是飞机，他心里清楚飞机肯定变成一堆废铁了，不过他还是抱有一线希望，万一能从废铁里找到步枪和弹药呢。正想着，忽然听到后方传来一阵暴怒的嚎叫声与咆哮声，格里德利听到声音，迅速转向右边。他看到地面上有一个小坡，小坡的顶部有四条佩鲁塞塔的狼狗。地球上的古生物学家对狼狗的了解程度，跟地心世界人们对狼狗的了解程度不相上下。狼狗跟一只成年的獒犬差不多大，它的腿短而有力，正生气地咆哮着，强壮的上下颌骨分开，嘴唇后缩，看不到它锋利的獠牙。

格里德利发现了狼狗，并且意识到狼狗并没有注意到自己——它们似乎还没发现格里德利——格里德利顺着狼狗的目光望过去，惊讶地发现一个女孩正朝它们迅速地跑来，女孩身后不远处跟着四个男人，很明显那四个男人正在追她。

忽然狼狗发出了恶狠狠的咆哮声，一下子打破了刚才相对沉寂的氛围，佳娜停住了狂奔的脚步，很显然她没有想到会遇到新的危险，她看了看狼狗，又回头看了看那四个追她的男人。

狼狗迈着悠闲的步伐走向佳娜，佳娜一脸迷茫，可怜兮兮地看着它们。眼下要想逃跑只有一条通路，她转到那条路上准备逃跑，却看到了格里德利，格里德利就在那条路的正前方，看到格里德利，佳娜犹豫了。

格里德利看到佳娜，直觉告诉他，这个女孩有点不知所措，此时佳娜面对的情况是：后面有威胁，两侧有追兵，突然在前方的路上又碰见一个人，这个人或许会斩断自己逃跑的最后一丝希望。

格里德利心中的善良之门开启，心一热，跑向那个女孩，大声地示意她跑到自己这边。

史瑞克和他的同伴们正从佳娜的后方和右侧接近她，狼狗从佳娜的左侧慢慢靠近她。佳娜犹豫了片刻，似乎下了决心，把命运交给未知。倘若落入四个费里男人之手，或者成为狼狗的猎物，都注定难逃厄运，那还不如将自己的命运交给这个不认识的男人。于是，佳娜转身朝格里德利飞奔过去，身后跟着四头野兽和四个男人。

格里德利拔出自己45口径的左轮手枪，朝着女孩跑过去。

狼狗正在发起进攻，为首的一只离佳娜非常近，佳娜跑着跑着忽然绊倒了，摔在地上。就在这时，格里德利跑到了她身边，朝着近在咫尺的狼狗开了一枪，狼狗倒在了佳娜的身上。

这一枪的声音不仅吓到了狼狗，还吓到了那四个费里男人，另一只狼狗停下了前行的脚步，史瑞克则命令其他三个人和他一起去救佳娜，他们四人听到枪声也停下了向前疾驰的脚步。

格里德利迅速将狼狗的尸体从佳娜身上抓起并扔掉，扶着佳娜站了起来，佳娜一把将石刀从刀鞘里拔出，准备用刀刺死格里德利。格里德利此时还不知道死亡近在眼前。对佳娜来说，除了佐拉姆的人，其他地方的人就是她的天敌，自然界的首要法则就是——不是你死就是我亡。可是就在佳娜即将把刀捅进格里德利身体的那一刻，她看到了格里德利眼中闪烁的微光，看到了他脸上真诚急切的神情，佳娜从未在其他人眼中见过这样的微光，也未曾在其他人脸上见过这般神情。他的表情是那么真诚，好像诉说着千言万语。佳娜与他目光相对，一下子懂了，这位陌生人刚才那样做，是想保护自己的安危，他想跟自己做朋友，而不是伤害自己。格里德利手中"长棒"（枪）发出的噪音和烟不仅吓到了四个费里男人和狼狗，也吓到了佳娜，不过佳娜心里清楚这个陌生人正是用它才保护了自己不受狼狗伤害。

佳娜慢慢放下了刀，格里德利的微笑也逐渐点亮了全脸，佳娜朝着格里德利嫣然一笑。

格里德利用左胳膊撑着佳娜的肩膀，都没有意识到，自己一直保持着保护佳娜的动作。他把佳娜从原地扶了起来，扭头看了看刚才逃跑的狼狗们，它似乎准备返回来，发起下一次攻击。

其中两只狼狗把目标转向了史瑞克和他的同伴，还有一只没有尖牙的狼狗正偷偷跑向格里德利和佳娜。

站在那里的四个费里男人准备好迎接狼狗的攻击，已经面向狼狗站成一排，他们四人分开站，中间的间距可以自由挥木棒。狼狗朝其中两个男人发起了进攻，这两个男人一人挑了一只狼狗分开打。一只狼狗朝史瑞克扑过来，史瑞克将木棒朝它扔过去，结果木棒准确无误地击中了狼狗的一条前腿，狼狗慢慢倒下的时候，站在史瑞克旁边的那个同伴跳上前去，拿起木棒朝着狼狗头部打去，木棒如雨点一般落下。

其中一个费里人拿起棍棒瞄准另一只狼狗，朝它的肩膀狠狠一击，但并没有成功阻止狼狗的进攻，狼狗把他扑倒在地，他现在唯一可以用来防守的工具就是他的粗石刀。他的同伴拿着木棒，一跃而起，朝着狼狗扑过来，这时，史瑞克在同伴的帮助下已经处理掉了另一只狼狗，正和他一起过来帮助他们。

格里德利丝毫没有注意到两个费里人正在和狼狗激烈地打斗，他的眼睛紧紧盯着向他和佳娜扑过来的第四只狼狗。

佳娜看到其余五人都全神贯注地应对狼狗的攻击，她知道这是她重获自由的好机会。

忽然，佳娜感觉那个陌生人的手臂放在了自己的肩膀上，他的动作很轻很轻，轻到佳娜只要轻微快速地动一下，就能挣脱他手臂。从离开家乡到现在，这个轻微的肢体接触让佳娜感受到了一种前所未有的安全感——或许是这个男人下意识保护她的动作让她也下意识地作出了最后的选择，她没有选择逃跑，而是选择留了下来，留在这个让她觉得比任何地方都安全的地方。

接着第四只狼狗咆哮着发起攻击，格里德利用左轮手枪射中狼狗，狼狗发出狗吠声。那只狼狗绊了一下摔倒了，面对如此强势的竞争，它竟停了下来，但是只停了一瞬间，随后又站了起来，疼痛让它几乎处于疯狂的状态，面对死亡，它陷入了深深的绝望。它跳起来准备去抓格里德利的喉咙，此时从它嘴里流出深红色的血沫。

枪声再一次响起，格里德利钻到了狼狗沉重的尸体下面。几乎在同时，费里男人们也解决了攻击他们的第二条狼狗。

格里德利感受到身上巨大的重量，他撑着地，狼狗冲着他的喉咙咬来，他想办法躲避狼狗那可怕的嘴，将自己的左前臂插到了狼狗的嘴里。等他挣扎着从狼狗身下逃出的时候，狼狗的嘴已经合不上了，他爬了起来，看到佳娜使劲地将粗糙的石刀从狼狗的尸体里向外拔。

狼狗究竟是死于自己的最后一颗子弹，还是佳娜的刀下，格里德利不得而知，他只觉得钦佩且感激这个女孩，她那么瘦弱，行为却如此勇敢，面对如此可怕的野兽，她站在自己的身边，镇定自若，随机应变。

四只狼狗死了，躺在地上，但是格里德利的麻烦却并未结束，他杀完第二只狼狗，刚站起来的时候，佳娜就抓住他的胳膊，向他身后的方向指了指，说道："他们来了，会杀了你，然后把我带走。我不想跟他们走。"

她说的话格里德利一句都听不懂，但是从她说话的语调，娇美脸庞上的表情，可以明显看出：比起狼狗，她更害怕现在向他们走近的这四个男人。格里德利转过头，看了一眼那四个男人就明白为何了，那四个男人看起来和狼狗一样残忍——对比费里人和所谓的低等生物，很明显可以发现：人类的外表并不高大威猛，看起来和凶残的食肉动物别无二致。

格里德利举起自己的左轮手枪，瞄准为首的那个费里人，不过那个人不是史瑞克。他说道："滚开，你们的丑脸吓到这个女孩了。"

为首的那个费里人说道："我是高夫，我要杀了你。"

格里德利说道："如果我能听懂你说的话，我可能会同意你的意见，但是看到你们那毛喇喇的脖子以及小小的额头，我就知道我们不是一类人，我肯定听不懂你们说话。"格里德利不想杀这个男人，但是他知道不能让这个男人靠得太近，如果自己误杀了这个男人的话，也会感到良心不安。但显然他身边的这个女孩不知道格里德利的想法，她一直在不停地讲话，明显是想让格里德利采取些行动。她意识到格里德利不能理解自己所说的话，于是摸着格里德利的手枪，用自己棕色的食指指了指高夫，表明自己的意思。

高夫此时离格里德利和佳娜只有十五步左右的距离，格里德利看到费里人正要包围他和佳娜，他知道自己必须马上做点什么。

出于人道主义，他冲着正在接近他的费里人头顶上方开了一枪。枪声十分刺耳，四个费里人听到枪声均停下了脚步，很快就发现他们中并没有人受伤，于是他们冲格里德利一阵嘲笑，高夫一心想的是，抓住这个女孩自己就可以回费里了，于是继续前行，同时挥了挥自己的木棒，恐吓格里德利。于是格里德利冲着高夫又射了一枪，这一枪要了高夫的命，也让他十分后悔。高夫身体一下僵住，停下了脚步，脸部抽搐起来。

格里德利感觉到其余三个人的木棒离自己很近，完全可以打到他和佳娜。他转身冲着其余三个人又射了一枪，其中一个费里人中枪倒在了路上。史瑞克和另外一个同伴看到这一幕，转身逃跑了。

格里德利环顾四周，看了看四只狼狗的尸体以及费里男人的尸体，说道："这个小国很美，不管是谁，只要在这里长大的话，都会爱上它。"

佳娜站在原地，一脸崇拜地看着格里德利。这个陌生男人的一切都令她好奇，让她浮想联翩。他长得和自己之前见的男人都不一样，他穿着奇怪的衣服，周围认识的人中没有像他这样穿衣服的。他的武器如此先进，不仅能够吐烟还能吐火，还能发出巨大的轰鸣声。她敬畏他，崇拜他，已经被他迷得晕头转向。但是最让佳娜感到吃惊是，她意识到了自己并不害怕这个男人。从孩提时代起，周围的人就告诉她，只要不是自己部落的男人，都是最可怕的生物，所以佳娜任何时候都想避开部落以外的男人。或许是格里德利的微笑让她卸下了防备，或许格里德利友好、诚实的目光瞬间赢得了她的信任。无论是何种原因，佳娜都不再离开格里德利。

格里德利在佩鲁塞塔这个陌生世界里彻底迷路了，这对他来说已经很不幸了,他还要承担起保护一名陌生年轻女孩的责任。关键是自己跟她说什么,她都听不懂,女孩跟自己说什么,自己也没办法理解,这让他更加崩溃。

Chapter 8
佳娜和格里德利

塔盖世和索尔看到飞机残骸,十分惊讶。泰山赶忙跑过去,想看看能否找到一些信息。他没有在飞机里找到飞行员的遗体,暂时歇了一口气。又过了一会儿,他在飞机对面的草地上发现了脚印——是靴子的脚印,他一下子认出,这是格里德利的脚印——这就表明格里德利没有死,飞机跌落的过程中,他没有受到无法行动的重伤。之后发现的事情让泰山十分困惑,草地上不仅有格里德利的脚印,还有一种便鞋的脚印,脚印比靴子小很多。

泰山又进一步观察了起来,发现这里有两个人的脚印,其中一个是格里德利的脚印,另外一个明显是佩鲁塞塔部落的年轻男人或是女孩子的脚印。飞机坠毁后,这个人陪着格里德利一起返回到飞机坠毁的地方,在这附近待了一小段时间,然后沿着来时的路返回了,泰山面前只有脚印,他只能沿着脚印去寻找格里德利。

种种迹象表明格里德利迫于无奈弃了机,打开了降落伞平安落地，但是泰山丝毫猜不出，他是在哪儿遇见了另外一个人，也猜不出，他是在什么情况下遇见了另一个人。

泰山准备叫索尔离开飞机时，发现索尔有点不太情愿，他对眼前这个庞然大物产生了浓厚的兴趣，展开了丰富的联想，一直待在附近，缠着泰山问这问那，问了大概有一百个问题。

然而，塔盖世的反应则截然相反。它对飞机不怎么感兴趣，瞟了一眼这个庞然大物，只问了泰山一个问题："这是什么？"

泰山回答道："这就是刚才从我们头顶上飞过的那个东西，你说它是可以飞的爬行动物。我当时告诉你，我的一个朋友在上面。后来我朋友可能遇到了点麻烦，飞机坠落了，幸运的是，我的那个朋友没有受伤，成功逃出来了。"

塔盖世问道："它没有眼睛，飞行的时候怎么看路？"

泰山回道："它不是活物。"

塔盖世说道："可是我听到它的叫声了啊。"它还是没办法说服自己，让自己相信飞机不是一种模样奇怪的活物。

泰山他们离开了飞机坠毁的地方，沿着格里德利和佳娜二人的足迹走了一小段路，在路上他们发现了一头大型无齿翼龙的尸体。它的头被敲得粉碎，几乎要和身体分开了，一块滑木插到了它的头盖骨中。泰山一眼就认出，这块滑木就是飞机螺旋桨的碎片，于是瞬间明白了为什么格里德利的飞机会坠毁了。

又往前走了半英里，他们又发现了更多令人吃惊的线索。他们发现地上躺着一个打开的降落伞，距离降落伞不远的地方，他们看到了四只狼狗以及两个长毛男人的尸体。

三人检查了这几具尸体，发现长毛男人和狼狗都死于枪伤。这片草坪已经被踩得不成样子了，到处都是格里德利那个同伴的鞋印。泰山眼神很尖，看到周围还有两个长毛男人，他们是佩鲁塞塔人,也曾加入到发生在这里的那场争斗。他们的鞋子与死去的那两个长毛男人是一样的,这两个男人与死去的两个长毛男人来自同一个部落。不过,泰山同伴的脚印跟其他人都不一样。

泰山在周围绕了几圈,进一步寻找线索。他看到刚才那两个男人已经快速朝着大峡谷入口逃去,跑了有一段距离了。他们沿着这两个男人的逃跑路线去搜寻飞机。之后他们三人又回到那片曾经发生打斗的场地。然后,他们又朝着群山出发了,不过这次他们没有沿着那两个男人逃跑的方向前进,而是选择了相对右侧的一条路。

索尔也十分好奇那些在这里搏斗的人是谁,他们沿着哪条路走了。但是直到泰山完成探查,他都没说一句话。

泰山说:"这里曾经有四个男人,还有我朋友以及一个女人或者年轻男人,她跟我朋友是一起的。"

索尔说道:"四个男人来自低地的费里,另外那个是个女人,来自佐拉姆。"

泰山问道:"你怎么知道?"泰山急切地想知道他是怎么判断出来的,他想提高自己的森林知识储备。

索尔回答道:"低地人的便鞋不似高山部落人的鞋子那样包脚。他们的鞋底比较薄,通常是用野牛皮做的,低地人每天只用踩踩柔软的草地或者潮湿的沼泽地,鞋子不用做得太结实,野牛皮做的鞋就够他们穿的了。如果你看看这些足迹,你就会发现,这几个费里男人的鞋子上虽然有洞,他们的鞋底却没怎么磨损。"

泰山问道:"我们离佐拉姆近吗?"

索尔回道:"不近,要穿过我们前面那座最高的山。"

泰山问道:"我们第一次见面时,你告诉我你来自佐拉姆。"

索尔回答道:"是的,我是来自佐拉姆。"

佳娜和格里德利 | 107

泰山说道："那么，你认不认识跟我朋友一起的那个女孩？"

索尔回道："那个女孩是我的妹妹。"

泰山一脸吃惊地问道："你怎么判断出来的呢？"

"我在一块没有草只有软土的地方，发现了十分清楚的鞋印，我认出，那就是我妹妹的鞋印。我见过她的手工，认出她将鞋底和便鞋上部缝合在一起的独特针脚，除此之外，我们部落的人鞋子上都会有个凹口。佐拉姆部落的人，左脚鞋底鞋尖部分有三个凹口。"

"你妹妹到这里做什么？为什么她会跟我的朋友在一起？"

索尔答道："这不难猜，这几个费里男人想抓我妹妹回去，其中有个想抓我妹妹做老婆，但是我妹妹逃脱了，他们就一路追着我妹妹，穿过了希塔山，下到了这个山谷，我妹妹在这里遭到了狼狗的袭击。你的朋友杀死了狼狗和那两个费里人，并且把刚才那两个费里男人赶跑了。显然你的朋友抓住了我妹妹，她没有逃掉。"

泰山笑着说道："从足迹来看，你妹妹也没有想从我朋友那里逃脱啊。"

索尔挠了挠头说道："确实是，我也不太明白怎么会这样，我们部落的女人是不会想嫁给其他部落的男人的。我了解我妹妹佳娜，她宁愿死也不愿意嫁给希塔山外的男人。她这样说了好多次，肯定不是随口说说的。"

泰山说道："我朋友绝对不会对你妹妹动武的，你妹妹肯定是心甘情愿跟他在一起的，我相信等我们找到他们，就会发现，我朋友仅仅是陪着你妹妹回佐拉姆。他是那种不放心女孩子自己走路的男人，一定会保护你妹妹。"

索尔回道："到时候我们再看吧，如果佳娜是被他强行带走的，我一定会杀了他。"

泰山、塔盖世和索尔沿着格里德利和佳娜的足迹向前走,与此同时,另外一群人正灰心丧气地绕过希塔山的尽头,来到了希塔山东面五十英里的吉尔克罗斯,或者是吉尔大平原。

这一行人有十一个人,十个非洲士兵以及一个美国人,人类历史上再没有哪十一个人比他们更绝望无助的了。

姆维尔和他的士兵比其他人都擅长追踪,可此时此刻,他们却无法找到回去的路,手足无措,陷入慌乱。

除非出现奇迹,否则那群发了疯乱窜的野兽很难逃命,它们毁掉了这十一个人留下的足迹。这十一个人相信,他们距离剑齿虎驱赶野兽的那片空地没有多远,可是他们却再也找不到那片空地的位置,现在只能绝望地徘徊。冯·霍斯特坚信他的同伴们一定会来找他们的。按照他的计划,他们应该尽量走在露天的地方,希望 O-220 飞船能够在巡航过程中发现他们。

O-220 飞船上的人陷入了深深的恐惧之中,心里十分担忧失踪的十三名成员的生命安全,他们觉得格里德利的侦察机没有在规定的时间内返回,可能是遇到了危险。

之后祖普纳派道夫带着另一支搜查小分队出去了,七十个小时后,他们一无所获地回来了。他们沿着一条路找到了空地,豺狼正在那里吃腐肉,除此之外,没有发现同伴们的任何足迹,不知道他们到底朝哪个方向走了。

去程和回程中,搜查小分队都被剑齿虎包围了,剑齿虎对他们发起了无情又残忍的进攻。回来之后道夫告诉祖普纳,他现在觉得,失踪人员肯定都已经遭剑齿虎所害。

祖普纳回答道:"只要有一线希望,我们就不应该放弃。无论他们是死是活,我们都应该拼尽全力去找到他们,不能只待在飞船上等他们回来。"

事不宜迟，祖普纳启动了飞船的发动机，制动器吸入空气，从下侧舱体排出，飞船渐渐离开地面。这时琼斯在沾满油的备忘录上匆匆写下这样一句话："正午时分，我们从这里出发。"

格里德利成功将史瑞克和他的同伴吓跑了，他把枪放回枪套中，冲面前的女孩问道："那么，我们现在去哪儿？"

只见女孩摇了摇头，说道："我听不懂你的话，你说的不是吉拉克语。"

格里德利挠了挠头说道："这是个问题。显然我们俩沟通不了，谁也理解不了谁。我准备四处走走，看看能否找到我的飞船，希望上帝保佑我的'3030手枪'以及弹药还在，飞机应该没有起火，不然离得这么近，我肯定能闻到烟味。"

佳娜认认真真地听着格里德利讲话，摇了摇头。

格里德利朝着可能有飞船的方向出发，对佳娜说道："走吧。"

佳娜喊道："不，不是这条路。"说着朝他跑过去，抓着他的胳膊，试图拦下他，才指向回指，指着希塔拜山的山顶。

格里德利试图用一种奇怪的手语告诉佳娜，自己正准备去寻找坠落在附近的飞机。不过很快他就明白，想向佳娜表明自己的意思并非一件易事。即便对方知道飞机是什么，他都很难用手语说明自己的意思，更别提佳娜这种连飞机是什么都不知道的人了，于是他好脾气地咧嘴笑了笑，温柔地抓住佳娜的手，带她去自己准备去的地方。

格里德利脸上温暖的笑容又一次叩开了佳娜的心门，她知道这个陌生男人要带她去别的地方，没有带她回自己的家乡佐拉姆，还是乖乖听话地跟他走了。她困惑地皱了皱眉，想知道自己为什么不害怕这个陌生男人，为什么自己竟然愿意跟着这个陌生男人，而且这个男人还不是吉拉克人，甚至连吉拉克语都听不懂。

格里德利搜寻了半个小时后发现了飞机残骸，飞机受损远远没有格里德利想象得严重。

飞机明显直线滑行落地，即使有修理工具，也已经无法修理，但是庆幸的是，飞机没有着火，格里德利从飞机里找到了"3030手枪"以及弹药。

佳娜对飞机产生了浓厚的兴趣，她详细地检查了飞机的每一个部分。她从未见过令她如此惊奇的东西，从未有这么多问题想要问，这个东西勾起了她全部的好奇心。现在全世界，只有这个陌生男人能够回答自己的问题，但是他却不能理解自己说的每个问题。想着想着，佳娜竟然觉得有点恨，恨他听不懂自己的话，但看到他正温暖地冲自己微笑，感觉到他正拉着自己的手，心里又马上原谅了他，朝他甜甜一笑。

格里德利说道："现在，我们去哪儿？感觉去哪里都一样。"

格里德利已经接受了自己完全迷路的现实，也知道没什么希望找到回去的路了。他把和同伴团聚唯一的希望寄托于O-220飞船，希望O-220飞船在巡航过程中能够碰巧发现自己。因为他不管去哪里，无论往东南西北哪个方向走，被飞船发现的概率都一样微乎其微，反过来说——被飞船发现的概率都同样大。按照地球上的时间来说，他走几天的距离还不抵O-220飞船走一个小时的距离。即便他前进的方向碰巧与飞船第一个锚地的方向有所偏差，他也走不了多远。如果O-220飞船正好跟他前进的方向一样的话，要赶上他还是用不了多长时间的。于是他转过头，看着佳娜，先指了一个方向，又指了一个方向，带着询问的表情看着佳娜，想要告诉佳娜，不管她选择哪条路，自己都愿意跟她走。佳娜明白了他的意思，手指指向了高大巍峨的希塔山。

她说："那是佐拉姆，我的家乡。"

格里德利说道："你的逻辑无懈可击，不过我真希望能听懂你说的话，因为我坚信，牙齿这么美丽的人，一定不会无聊。"

佳娜没有跟格里德利讨论这件事，而是即刻动身前往佐拉姆，格里德利走在她旁边，他的家乡是美国加里弗尼亚。

佳娜思维非常活跃，大脑一直飞速运转。她知道如果自己的好奇心得不到满足，她会感到越来越痛苦，而她不可能长时间忍受这种痛苦，她必须找到能和这个有趣的陌生人进行交流的方法。为了实现这个目标，她想不出比教这个陌生人学自己的家乡话更好的计划了。问题是要怎么开始呢？她没有教别人学语言的经验，也没有教别人学语言的必要。在此之前，她从未想过一种教别人学习语言的方法。不知道你能否想象出当时的那个场景，你必须承认的是这个石器时代的女孩智商真的很高，这种情况需要极强的推理能力。佳娜目前面临的问题非常困难，就像给一个从未听过蒸汽的人讲蒸汽机，并且让他学会操作蒸汽机。但是一想到教会他语言能获得的回报，她就有动力了。一个人的好奇心永远不会得到满足，一个年轻貌美的女孩对一个年轻帅气的男子的好奇心绝对超乎寻常，永远不会得到满足。裙子会变，人性绝对不会变。

佳娜用纤细的棕色食指指了指自己，说道："佳娜。"她重复了几次，然后指着格里德利，挑了挑眉示意他。

格里德利准确无误地理解了佳娜的意思，说道："杰森。"于是他们二人一边步履艰难地朝着希塔山麓向上爬，一边缓慢、费劲地学习语言。

他们面前有一座更高的山，要爬上去需要耗费一段时间和精力。但是那里水源充沛，潺潺小溪顺着小山坡顺流而下。幽深黑暗的深谷之中长满了植物，有坚果和水果，佳娜清楚地知道这些植物哪些是可以吃的，哪些是不可以吃的。那里还有许多猎物，他们两个想吃肉时，格里德利就用自己的"3030手枪"打猎。

前往佐拉姆的路上，格里德利终于有机会观察这个女孩，他发现这个原始社会的女孩简直就是造物主最完美的杰作。她的皮肤散发着棕色的光泽，身姿曼妙，每一处都长得恰到好处，美得就像一首浪漫悠扬的诗。他原先觉得佳娜的牙齿已经够美了，现在他不得不承认，和她的眼睛、鼻子以及其他地方相比，她的牙齿还算不上美。她拿出自己那把粗制石刀，帮着格里德利将猎物剥了皮，准备待会儿需要烹饪的肉块。这个女孩能用最简单、最原始的工具快速生火，能准确无误地找到鸟窝，她还知道哪些水果和蔬菜是可以吃的。这些格里德利都看在眼里，他意识到这个女孩不仅外在美，内在更美。现在他比任何时候都更渴望听懂佳娜所说的话。虽然他知道学会佳娜的语言或许会让他猛然觉醒，让他发现佳娜的思维局限，从而对佳娜的幻想幻灭，但是他还是想学会佳娜的语言与她沟通。

佳娜累的时候就去树下找块地方休息。她以草为床，很快就能睡着，睡着的时候身体蜷缩在一起。当她睡觉的时候，格里德利就替她放风，免得她受到各种各样的伤害。遇到可怕的野兽，格里德利经常开枪捕猎，后来见到的野兽越来越多，也就见怪不怪了，他们俩看见野兽的反应，就跟行人走在发生交通事故的路口躲避死人的反应一样。

格里德利需要睡觉的时候，佳娜就替他放风，他们发现，待在树下能够保护自己不受伤害，有时只是在树下休息一会儿，并不睡觉。希塔山之所以叫希塔山，就是因为这座山上到处都是残忍贪婪的野兽。这些可怕的爬行动物还会飞，对格里德利和佳娜来说就是一个不定时的炸弹,不过佳娜因此练出一项防御技能,隔着很远的距离,还看不到那些飞行的动物时,她就能听到它们扇动翅膀的声音。

格里德利不知道他们已经走了多远,走了多长时间,但可以确定的是,如果按照地球上的时间算的话,从他见到这个女孩到现在,已经过去很长时间了。表面上看,他们似乎遇到了一个不能克服的障碍——语言,事实上,格里德利的语言能力已经进步了很多,他和佳娜已经能够说一些简单的句子了,格里德利时不时地会拼写错误或者造句错误,经常惹得佳娜捧腹大笑。

走着走着,他们来到了一个很深的峡谷,峡谷两面是悬壁,连佳娜也越不过去。对格里德利来说,这类似于一个巨大的断层,可能是由于山脉沉降而造成的,因为它与山脉的主轴线平行。如果他猜得对的话,这个峡谷可能要绵延数百英里,拦住了他们前往希塔山的道路。

佳娜花了很长时间寻找方法,想要下到峡谷的裂缝中去。她不想向左转,因为那条路线最终可能会让她回到之前下落的那个峡谷,她之前在那里遭到过费里人的追捕。她心里十分清楚这个大峡谷的两侧是垂直的,几乎没办法攀爬。或许,她不走左边的这条路还有另外一个原因,如果走那个方向的话,可能会遇上费里人,于是她直接带着格里德利走了右边这条路,她在寻找一条通往峡谷裂缝底部的路。

格里德利意识到,他们已经耗费了很多时间穿越峡谷,但是转念一想,在佩鲁塞塔,时间没有任何意义,因为时间不存在,所以考虑时间不是一个好理由。想着想着,他竟然觉得有点小惊喜。过去他是时间的奴隶,如今他可以轻松自然地投入佩鲁塞塔的怀抱,不用再负那么多责任。不仅时间本身看起来不重要,而且所有人都改变了对任务的看法。没有时间，对自己的行为似乎就没有责任，因为在未来,时间的奴隶们已经学会寻找奖励或惩罚。没有时间的地方就没有未来。格里德利此时和刚刚的泰山想法差不多，关心同伴安危的责任感似乎减弱了些。发生在同伴身上的事情已经发生过了，自己做什么都没法改变他们的情况。他们不在自己身边，自己也没办法帮助他们，在佩鲁塞塔这样一个永远都是正午时分的地方，很难去想象未来，人们又如何为别人或自己计划未来？

格里德利困惑地摇了摇头，在看到佳娜那美丽的侧脸时才稍稍感到了慰藉。

佳娜问道："你为什么总是看我？"现在她和格里德利已经可以互相沟通了。

格里德利脸上泛起了一丝红晕，迅速把眼睛移开了。佳娜问得如此直接，让他吓了一跳，他才意识到自己已经盯着佳娜看了太长时间了。他想说些什么，犹豫了一会儿，还是没有说。为什么他会一直盯着佳娜看呢？这个答案似乎非常蠢，但是还是要说——因为佳娜太漂亮了。

佳娜问道："格里德利，你为什么不说话了？"

格里德利问道："说什么？"

佳娜回道："说一说你看我时，眼睛里为什么闪着星星？"

格里德利一脸吃惊地看着佳娜，怕是只有傻子听不懂佳娜这句话的意思吧，格里德利显然不是傻子。

自己真的这样看她吗？他觉得自己一定是疯了，才会下意识考虑这个小野蛮人的问题。佳娜正两只手抓着肉，用自己白得发光的牙齿把肉撕成一块一块的。她和佩鲁塞塔的野兽一样，几乎全身赤裸，问的问题也那么赤裸裸。难道这个未受过教育的野蛮

佳娜和格里德利 | 115

人从自己的眼睛中读出了爱情吗？想到这里，文明人格里德利心中突然害怕了起来。

他搜寻了脑中的记忆，脑中闪现了好莱坞演员，高贵的辛西娅·加瓦诺，她是著名导演阿伯拉尔·弗诺伊斯·安妮·芬克的女儿。他想起了辛西娅一丝不苟地遵守社会习惯，即便是最微小细节，她的一举一动都是那么完美，令人敬畏。他也想起了德克萨斯州的洛杉矶房地产经纪人约翰·格林的女儿——芭芭拉·格林，她身上也有许多贵族特征。诚然，老约翰不是纯粹主义者，他完全无视社会阶层分化的社会优先性，他的妻子和女儿曾在蒙马特大学和椰子林大学学习过，培养了对贵族行为敏锐的识别力，芭芭拉在马尔堡待了两年，清楚地知道自己的外表优势和附加优势。

当然，辛西娅是一个势利小人，不仅体现在表面，还体现在她浅薄自私的灵魂。而格里德利觉得芭芭拉的势利，纯粹是人为的。当时好莱坞出现了许多矫揉造作的名人，一夜暴富的演员也很多，整体氛围都不好，很多人都抛弃了真实。

但是，这两个人多少反映了他习以为常的社会环境，格里德利试图回答佳娜的问题，他想象不到和佳娜坐在一张餐桌上共进晚餐的场景。当然，佳娜是一个适合冒险的伙伴，但现代人不可能永远在石器时代冒险。 如果他看向佳娜时，眼睛中有除了友情以外的东西，那么他感到抱歉，因为他意识到，他们两人之间只可能存在友谊，这样对他们两个人都公平，永远没有比这更多的东西了。

格里德利犹豫着怎么回答，佳娜的眼睛盯着格里德利看，有些期待地笑着，看到格里德利的反应，她嘴角的微笑慢慢消失了。或许她是石器时代的野蛮人，但她不是傻瓜，而是一个女人，她明白格里德利这个表情是什么意思。

她慢慢地直起身来，离开格里德利，沿着裂缝边缘朝大峡谷走去，那个大峡谷就是她之前为了躲避史瑞克追击被迫下落的峡谷。

格里德利喊道："佳娜，别生气，你要去哪里？"

她停了下来，抬了抬高傲的下巴，狠狠地瞪了格里德利一眼说道："狼狗，我跟你再无关系。从此以后，我们各走各路，不再同行。"

Chapter 9

希普塔巢穴

高大巍峨的希普塔山上云海茫茫——黑云生气了一般，从北坡上压下来，向东西两边远远飘去。

索尔说道："又要下雨了。佐拉姆正在下雨，一会儿我们这里也会下雨。"天看起来非常黑，此时此刻，墨色的浓云掠过天空，挡住了佩鲁塞塔正午的太阳。

泰山看到了一种没有见过的景象——一种阴沉萧瑟、恐怖的景象。自从泰山来到佩鲁塞塔之后，第一次看到阴霾笼罩下的佩鲁塞塔，他不太喜欢这样的佩鲁塞塔。索尔和塔盖世看到天气变化那么快，反应比泰山还大。他们似乎很沮丧，甚至可以说是害怕。佩鲁塞塔的太阳被乌云遮蔽，不仅是泰山注意到了这一点，此时此刻，山上的动物纷纷往山下跑，追寻阳光。看到这一幕，他们三人心中恐惧万分。食肉动物与它们的猎物并排跑，都没有注意到这三个人。

泰山问道:"索尔,那些动物为什么不攻击我们呢?"

索尔答道:"马上要下雨了,它们都害怕下雨。它们已经顾不上填饱肚子,更顾不上攻击其他动物了。"

泰山问道:"下雨很危险吗?"

索尔回道:"如果我们待在高地的话,不算危险。有时雨水一瞬间就会溢满谷地,待在高地的话我们唯一要担心的就是从乌云中射出的太阳强光,倘若我们待在一片空旷的地方,还不是那么危险,因为一般情况下,强光遇到树木才会造成危险。所以当云层中出现如火焰般的强光时,不能躲在树下,那样会很危险。"

云层完全遮蔽了阳光,空气中的温度突然下降。阴冷的风从天空上方飘过,泰山三人没有找到地方躲藏,在风中冻得瑟瑟发抖。

泰山说道:"我们去找点木头,生个火取暖吧。"于是他们三人四处寻找木头。火升起来了,他们待的这个无遮无挡的地方稍稍暖和了些。

大雨来了。雨不是一滴一滴落下,而是倾盆而下,令人感到透不过气来。雨水沿着山坡向下流了数英尺,谷地中到处都是雨水,峡谷中山洪汹涌。

狂风袭来,雨水形成了一个超大的漩涡,眼睛无法看到几十英尺之外的地方。动物们惊恐万分,四处逃窜,想要躲避暴风雨的威胁。电闪雷鸣,野兽们先是惊慌失措,继而十分害怕,神志迷乱。

雷声咆哮,风声呼啸,野兽们刺耳的尖叫声不绝于耳,爬行动物在空地朝着日光焦躁不安地移动,表达自己对天气的愤怒。身材巨硕的无齿翼龙从空中掉到地上,蹒跚地走着,泰山三人从它身边挤过,回到刚才生火的地方,不过那个地方,经过雨水的冲刷,连一点灰都没剩下。

泰山觉得暴风雨持续了好一会儿,跟其他人不同,泰山好像习惯了原始生活的艰难困苦与种种不适。一个在文明社会待过的男人或许会抱怨命运的不公，或许会咒骂这糟糕的天气。但是泰山一行三人只是坐在那里，一声不吭，颇有禁欲主义者的味道。他们三个缩着脖子，弓着背，头微微向前伸。或许是他们每个人都十分清楚，不管自己说什么，也不能让暴风雨停下来或者变小点。

如果没有跟泰山和索尔在一起的话，塔盖世早就跟其他野兽一样，跑去追逐日光了。倒不是因为他胆子比泰山和塔盖世小，而是因为比起理智，他更相信直觉，更容易受直觉的影响去做事情。他很满意现在待的这个地方，所以和他们一起待在这里，面对苦难一言不发，等待太阳重新出现。

雨变小了，咆哮的风也平息了下来。乌云退散，太阳忽然冒了出来，空气中弥漫着潮湿的水蒸气。三人站了起来，振作了下精神。

泰山说道："我很饿。"

索尔把手指向另一边，那里有一些被压扁的小野兽，都是在野兽们蜂拥逃窜过程中被踩死的。

现在甚至连索尔都吃得下生肉了，因为在这儿根本找不到可以生火的干木头，不过这对泰山和塔盖世来说，并不是什么痛苦的事情。泰山吃着食物时，眼睛中出现了一抹笑意。他想起来自己曾和一位伦敦俱乐部的贵族一起进餐，餐后，那个贵族男人差点就中风了，因为泰山没有把鸟煮熟。

泰山三人填饱了肚子，起身继续去寻找佳娜和格里德利，不料却发现暴雨已经将他们二人的足迹冲刷得干干净净。

索尔说道："我们只有找到雨后他们重新启程的地方，才能再一次找到他们走的路线。我们左边是深不可测的峡谷，想爬上峭壁非常困难；我们前方有一个裂缝，一直延伸到山脚下很远的地方，可以通往各个方向；如果我们向右转，可以找到一个能够下山的地方。你的朋友和我妹妹应该走的就是右边这条路。或许我们可以在右边找到他们两个走过的路。"泰山三人继续走,穿过了裂缝，朝着更高的山峰向上攀爬，却并未发现佳娜和格里德利曾经走过这条路的任何迹象。

泰山说道："或许他们两个人是从其他的路线回到你的家乡去了呢。"

索尔说道："或许吧。我们还是继续朝佐拉姆走吧。我们也只能这么做了,到了我的部落，我们找些人去山上找找他们俩。"

索尔领着二人上坡的过程中,从食肉动物常年经过的小路走过，穿过了渺无人迹的荒野。山的高度令人眩晕，泰山惊讶于他们竟然能够活着到达山顶。

他们三人到达了光秃秃的山顶之后，去希普塔窝里抢了蛋来吃。正吃的时候，索尔忽然听到了某种声响，一下子警觉起来。泰山也听到了声音，隐隐约约听得不是很清，好像是快速扇动翅膀的声音，声音有点恐怖，从远处传来。

索尔说道："是希普塔，没什么地方可以躲了。"泰山说道："我们有三个人,怕什么？"

索尔说道："你不了解希普塔这种动物,你很难杀死它们，它们宁死也不认输。它们的脑子非常小，有时我们开了它们的脑袋，都几乎找不到它们的脑子，因为没有脑子，所以它们不知道害怕为何物，更不知道死亡为何物，疼痛似乎也不能打倒它们，只会激怒它们，令它们变得更加可怕。或许我们可以杀了它，不过我还是希望可以找棵树躲一下。"

泰山问道："你怎么知道希普塔会攻击我们？"

"它们正朝我们这个方飞走来，它们已经看到我们了，而它们不管看到什么，只要是活物就攻击。"

泰山问道："你被它攻击过吗？"

索尔回答道："我被它攻击过，当时主要是没有树和山洞可以躲，只能被攻击了。"索尔丝毫不羞于承认自己害怕希普达这种强大的动物。

泰山问道："如果你曾经杀过希普塔，那为什么我们现在不把这只希普塔杀了呢？"

索尔回答道："我们可以杀它，不过我从来没有单独碰见过希普塔，之前碰见希普塔的时候都是和部落的人一起。我们部落唯一的猎人离开，不再回来了，所以我很害怕希普塔。即使我们有很多人和希普塔搏斗，还是会死的死，伤的伤。"

塔盖世指着希普塔说："它过来了。"

索尔握紧了手中的矛，说道："它过来了。"

忽然他们的耳边传来了一阵声音，就像是蒸汽从小旋塞中冒出的嘶嘶声。

索尔说道："它看到我们了。"

泰山将矛放到脚边，从弓箭袋里拔出一把箭，拉弓射箭。塔盖世一边咆哮着，一边慢慢地来回挥舞着木棒。

那只巨大的爬行动物扇动着翅膀，发出沉闷的声音，还时不时地发出嘶嘶声，声音十分响亮，听得出来它很生气。泰山三人站在那里做好了战斗准备，观望着它的动作。

这只强大的无齿翼龙在毫无征兆的情况下猛地朝泰山三人发起了攻击。泰山射出了弩箭，箭头射中了希普塔的胸部。希普达愤怒地尖叫起来，接着泰山连射了四五支箭，都射进了希普塔的肉里。

希普塔突然向上飞了起来，从他们三人头顶掠过，好像放弃

希普塔巢穴

了攻击，这是他们能想到的最好的结果了。谁料体型巨大的希普塔突然像雀鹰一样掉过头来，朝泰山背后飞来，速度快到难以形容。

它的进攻是如此迅速，泰山丝毫没有防备。他感觉到两只锋利的爪子嵌在自己的肉里，然后自己被举了起来。

索尔举起了矛，塔盖世挥舞着木棒，但是他俩都不敢轻举妄动，害怕误伤泰山。于是他俩无能为力地站在那里，眼睁睁地看着希普塔把泰山带离希普达山山顶。

索尔和塔盖世站在原地，一言不发地看着希普塔抓着泰山离开，消失在他们的视线中，塔盖世转过来看着索尔。

塔盖世说道："泰山死定了。"索尔神色悲伤地点了点头。塔盖世没有再说一句话，转过身沿着刚才上来的河谷向下走去。塔盖世和索尔原本就是宿敌，如今联系二人唯一的纽带——泰山被带走了，他们两人也没有在一起的必要了。塔盖世正准备沿路回去，回到它的部落去。

索尔看了塔盖世一会儿，耸了耸肩膀，转过脸面向佐拉姆。

希普塔抓着泰山穿过了花岗岩山顶，泰山只觉得被它抓得四肢无力，他知道，此刻自己的命运掌握在自己手中，像这样被希普塔拎在空中，自己根本没有任何逃跑的希望。如果自己挣扎反抗，或是同它搏斗，可能会死在这片参差不齐的岩石上，成功逃脱的希望微乎其微。他唯一的希望就是保存自己的体力和意志，等它到了地面上，再好好与其搏斗。他知道有些禽类以高空扔物的方式杀死猎物，他希望佩鲁塞塔的无齿翼龙没有这种变态的习惯。

眼下，泰山可以看到山峰的全貌，他知道自己离被抓的地方已经很远了——或许有二十英里。

希普达拎着泰山穿过了一个可怕的峡谷，又绕着一个高高的花岗岩山峰转了一圈，从山顶缓缓向下飞了一小段距离之后，泰山看到了一窝小希普达，它们正张着大嘴，嗷嗷待哺，等着父母给它们喂肉吃。

希普塔的巢建在高大的花岗岩尖顶上，整个山顶的面积只有几平方码，旁边的岩壁垂直落差达数百英尺，要到达粗糙的花岗岩尖顶须攀爬数百英尺。选择在这个地方决一死战绝对是九死一生。

泰山小心翼翼地将锋利的猎刀从刀鞘中抽出，慢慢地伸手向上摸，越过希普达的左肩，直到手指能触到它的腿。他的手指小心翼翼地抓着希普达爪子上方那鳞片状的脚踝，它的脚踝跟鸟很像。

希普塔抓着泰山，朝着巢穴缓缓下落。还没落到巢穴，泰山就听到下面那群小希普达发出恶魔般的尖叫声和嘶嘶声。他的脚马上就要碰到小希普塔的嘴了，就在那一瞬间，泰山把刀刺向希普达的胸部。

这绝对不是随意一刺，泰山命悬一线，唯一的希望就是这一刀，这一刀的力道、准度都事关他的性命。这一刀刺下去，希普塔尖叫了起来，它的身子一下子僵住了，在半空中抽搐起来，最后还是倒在地上，松开了抓着泰山的爪子。泰山掉落在希普塔的巢穴中，周围的小希普塔都张着大嘴看着他。

令泰山觉得幸运的是，虽然希普塔嘴部肌肉发达，但巢穴中只有三只希普塔，而且还比较小。

他快速地朝着左右两边各刺一刀，从巢穴中向上爬，腿上只有一点轻微的划伤和擦伤。

死希普达躺在尖顶边缘，它的一半身体悬在空中。泰山猛地推了它一下，看着它落到下方三百英尺的岩石上，然后他转过头环顾四周，这一看，顿时觉得逃跑无望了。希普塔们正绕着尖顶飞，这也就意味着他几乎没有办法下山,或者说没有可能下山。

年幼的希普塔们正在尖叫,发出嘶嘶的声音,不过它们没有离开自己的巢。此时,泰山正仔细观察花岗岩山的尖顶,这个地方实在太危险了,一不小心就会命丧于此。

他趴在地上,俯视着岩壁边缘,沿着高高的巢穴边缘慢慢走,仔细观察着尖顶下方的岩壁,记下每一个细节。

他沿着巢穴边缘爬了一遍又一遍,从上面向下看,看了一遍又一遍,用脑子记住下方岩壁中有裂缝和突起的地方,所有可以手抓的地方他都了然于胸。

这样爬了几遍之后,他又回到了原来的位置,从肩膀上取下了草绳绳圈,一手握住两端,将绳环套在尖顶的边缘往下放。他仔细地记录了绳子从山顶下放的距离,距离看起来似乎短得有点可怜——只有二十五英尺。山顶距离下方岩石有三百英尺,绳子的长度跟它相比,简直微不足道。

他松开了绳索的一端,让绳索完全下放,看到绳索最下端够到了花岗岩的岩壁,他心生欢喜,因为这就意味着,他可以在原来的基础上,再向下落二十五英尺,至少可以下到花岗岩岩壁那么远。绳子末端距离岩壁最下方的距离难以计算,下到绳子末端时,泰山不再有绳子帮助,只能凭一己之力沿着岩壁向下爬去。

泰山再一次将绳子拉上来,在中间打了个环,套在一小块突出来的花岗岩上,绳子末端落在悬崖边缘上方。接着他一只手紧紧抓着绳子的两端,慢慢向下落,到达悬崖边缘。悬崖边缘下方二十英尺的地方有一块突出的石头,不过它算不上是个稳定的落脚点。崖壁上还有一个小裂缝,左手的手指可以插进岩缝中。许多突出的石头几乎贴着泰山的脸,泰山知道下方的岩壁上还有许多类似的石头。这给了泰山一丝丝希望,他觉得想要下降到岩壁下方还是有可能的。

泰山小心翼翼地用右手拉住一股绳子。他站在陡峭的岩石悬崖上,悬崖十分狭窄,以至于他不敢做大幅度的动作,每次拉绳子也只敢拉几英寸,以免动作太大失去平衡。他一点一点地把绳子向上送,直到绳子上端绕过山顶上那块用来套绳索的突起花岗岩。绳子下降时,泰山屏住了呼吸,就像是担心非常轻的绳子会把自己砸倒在下方的锯齿状岩石上一样。

泰山现在可以独力用一只手慢慢拉绳子,用手指拨弄着,一次向下放一英寸,直到最后抓住绳子中间的套环。这次他将套环套在面前突起的岩石上,尽可能地固定好绳索,再一次抓住绳子的两端,准备再沿着岩壁下落二十五英尺。

接下来的下落过程最令人感到害怕,绳索套环套在一块倾斜的突石块上,绳索可能会随时滑落。快要下落到绳子末端时,他用脚探了探,忽然发现又找到了可以落脚的地方,这时他心中有种说不出的宽慰。

这个位置尖顶的表面非常粗糙,到处都是裂隙和水平裂缝,不过从上面看不出它已经被破坏成这个样子。顺着岩壁下落的第一个五十英尺令他费尽力气,与之相比,从现在这个位置下到岩壁下方的平地则没费什么劲,简直就像变魔术一样。不久之前,泰山的两只脚终于落到了平地上,现在他第一次有机会停下来看看自己的伤势。

他的腿被小希普塔抓伤、咬伤了,背部、肩部被成年希普塔用爪子抓伤。跟背部、肩部的伤比起来,腿上的伤不算什么。泰山虽然看不到伤口,但是他能感觉到伤口很深,皮肤上的凝血还未干。伤口剧痛无比,肌肉酸痛,泰山有些担心会不会得败血症,不过泰山也不是特别担心,毕竟他从小就一直跟食肉动物搏斗,被它们打伤过多次了。

泰山大致环顾了下四周，看到了一条峡谷，他之前就是在峡谷的对岸被希普达带走的。泰山心中明白，要重新穿过横亘在面前的这个大峡谷几乎是不可能的。发现了这一点，泰山就意识到，塔盖世一直要带他找的那群人，不可能是O-220飞船的探险队成员，或者说可能性非常小。这里巍峨的群山，幽深的峡谷，崎岖的沟壑就像是迷宫一般，要在这迷宫里找到索尔和塔盖世，仿佛是去做一件看起来完成不了的壮举，毫无意义。因此他决定还是找条路从山里面出去吧，他想回到那片吸引他的森林和平原去，与道路崎岖不平，坑坑洼洼的荒山相比，还是平原和森林更令他心驰神往。为了能够成功回去，他决定选择一条阻力最少的路，去寻找最简单的下山路线。

往下看，各个方向都可以看到林木线，他加速朝下降落。

下山的路变得不那么难走了，不过有时不得不再次借助绳索让他从一个位置下到另一个位置。向下落的过程中陡峭的崖壁不见了，取而代之的是平坦的山肩。可以在这里临时歇歇脚，泰山在这里看见了植被，先看到了小草和灌木丛，然后看到了低矮的小树，最后他看到了一片森林，便走进了森林中的小路。

这条路给泰山提供了无限的可能性。他沿着这条路走了不久就穿过了森林，爬到了大峡谷上方悬崖侧面突出的岩脊上。他看不到前方的路线，因为这条路沿着峭壁的山肩绕来绕去。

泰山沿着这条路向前走，步伐坚定，他一言不发，时刻保持警惕。忽然他听到了前方传来的脚步声，或许有动物跟他走了同一条路。

忽然从峡谷下方刮起了一阵旋风，带走了泰山身上的气味，也带走了泰山前方那生物身上的气味，旋风向山顶刮去，也把气味带向山顶。这样，泰山和前方的生物都不可能凭借气味来判断对方是谁。虽然隔得很远，但是泰山还是根据脚步声判断出，这不是人的脚步声，显然前方这群生物正和泰山朝着同样的方向前进。

这条小路很窄，时不时会经过一个沟壑或一个浅隘谷，沿着这条小路向上走或向下走就能够到达沟壑或者浅隘谷。

在这条路上遇到一头野兽，算一件颇让人不安的事情，但泰山已经选择了走这条路，而且他没有遇见困难就退缩的习惯，无论前方挡道的是人还是野兽，他都不会选择掉头离开。而且，无论前方的生物是什么，他都比这种生物有优势，因为自己走在它的后面，并且可以确定的是，它不知道自己的存在，泰山知道自己走路几乎完全没有声音，还没发现哪个生物走路声音比自己轻的。所以他选择继续前行，现在他悄无声息地沿着这条小路继续前行，如同影子的影子。

好奇心促使泰山加快了步伐，他想知道前方究竟是什么生物。离前方的生物越近，泰山越能听清它沉沉的脚步声。他知道自己正在跟踪的是一只笨重的四足动物，长有肉趾。他只能听出来这么多，除此之外，他判断不出来它究竟是什么动物，蜿蜒曲折的小路让他完全看不到这个动物长什么样子。泰山悄无声息地跟踪着这个动物。离它只有一小段距离时，他忽然听到了前面的野兽发出了可怕的咆哮声和低吼声，显然这头野兽现在十分愤怒。

它的声音很可怕，音色却很独特。让泰山对前方的动物愈加好奇。根据声音的大小，他判断出这是一头巨型野兽，它的咆哮声音非常大，大到仿佛整座山丘都在震动。

泰山猜测前方的野兽正在袭击其他动物或是准备袭击其他动物，好奇心驱使他向前快步小跑起来。他绕过悬崖拱壁的山肩时，眼前出现的一幕让泰山觉得自己绝不能袖手旁观了。

路前方一百英尺的地方是一个大山洞的入口，在洞口处站着一个小男孩——一个十岁或者十二岁左右的英俊男孩——一头身形巨硕的穴熊站在泰山和小男孩之间，正愤怒地朝小男孩的方向走过去。

小男孩刚看到泰山时，眼睛燃起了希望之光，不过只一瞬，他就认出了这个刚刚出现的男人不是自己部落里的人，随即脸色又暗了下来，他的神色绝望而无助。不过他勇敢地站在原地，手中拿着矛和粗糙的石刀，随时准备和穴熊搏斗。

泰山看到眼前的一幕马上明白刚才发生了什么。穴熊想要回到洞穴中，不料却在洞口看到了小男孩，小男孩看到穴熊也十分吃惊，不过他发现自己无路可逃。

小男孩深知原始丛林的生存法则，这个陌生男人完全没有义务冒着生命危险救自己。但是泰山的胸中总是燃烧着骑士精神的火焰，这种骑士精神是英国父母传给他的，为了他人的安危，他常常令自己陷入危险的境地。这个来自佩鲁塞塔无名部落的孩子，既不奢求能获得野兽的同情，也不寄希望于这个来自其他部落的陌生男人。或许泰山不愿意承认，尽管这个小男孩什么也没对他说，但事实上已经掀起了泰山心中的巨浪——一个孩子，孤独一人的模样，那无助的表情，都足以激起泰山心中的骑士精神。

人们可以根据一个人的行动去推测他的其他行为，而泰山自己却没有这么做，他只是行动。泰山遇到紧急情况，只会去选择面对。自从知道路前方有一头野兽，他就已经准备好了武器，多年与原始人和凶猛野兽交手的经验告诉他凡事要提前准备。

他将草绳环绕在左臂圈中，左手的手指抓住矛、弓和三支箭，而右手拿着第四支箭，时刻准备进攻穴熊。

看着前面的野兽，泰山知道，要想凭借手中相对较小的武器摧毁眼前这头巨兽，技巧和运气缺一不可，一般的运气不行，需要超凡的运气。但他攻击一下穴熊，至少可以转移一下它的注意力，将它引开，让小男孩找到逃跑的方法。就在这一瞬间，他"砰"的一下拉弓射箭，一支箭深深地射入了穴熊背部靠近脊柱的地方，与此同时，泰山发出了一声野蛮的尖叫声，以提醒穴熊，敌人在它后方。

穴熊疼得要发疯，又听到后面传来的声音，不由感到吃惊，自然将受到的攻击和后面听到的声音联系在一起，随即在狭窄的岩脊上转来转去。

穴熊看到是泰山射伤了自己，勃然大怒，怒吼的表情凶残恐怖至极，泰山一生中从未看到过如此可怕的画面。

穴熊朝泰山发起进攻，冲着他咆哮。泰山对着它连射三箭，三箭都射入穴熊的胸膛。

泰山在原地站了一会儿，他把沉重的矛放在右肩背后，保持着这个姿势，然后用尽全身力气，身体后仰奋力掷矛向前。

刚把矛掷出，穴熊就跑到了他眼前，他来不及看这一掷有没有击中穴熊，便迅速转身跳到了下面的小路，穴熊脚步笨重地紧跟着他，发出可怕的咆哮声，看到穴熊跟来了，泰山知道自己的计谋成功了。

他跑到了狭窄的岩架上，他确信：如果没有障碍阻拦自己，他能跑得比穴熊快，他知道只有闪电跑得比他快。

还有一种可能性，他可能会遇到准备归巢的穴熊伴侣。如果是那样的话，他站的位置就非常关键。但是也有另外一种可能，不过可能性非常小，就是他刚才的几次进攻已经让穴熊深受重伤，它的力气大为减弱，最后会自己死去。不过事实证明穴熊生命力

希普达巢穴 | 131

非常强，它体力超强、追逐猎物时行为野蛮，似乎永远不知疲倦，尽管泰山也属于不知疲倦的人，不过他还是觉得，看到敌人就逃跑这种方式着实令人厌烦，感觉自己的自尊心受到了侮辱，心生憎恶。于是，他四处张望，看看有没有什么让自己不用再逃跑的办法，最终他仔细观察着这条路上方突起的悬崖壁，看着看着，他终于找到了自己想看到的——这条路上方二十五英尺的地方，悬崖边伸出了一块突出的花岗岩。

　　他左手拿着盘绕的绳索，右手拿着套索，当他拿套索可以够到突出的花冈岩时，他毫不犹豫地将套索套在岩块上方。穴熊跟在泰山身后，朝着这条路狂奔而来。泰山紧紧拉着套索的末端，以确保自身安全，接着他像灵活的猴子一样，向上爬去。

Chapter 10

别跟着我

即使格里德利没有福尔摩斯的直觉，他也还没笨到不知道佳娜生气的原因。佳娜误认为自己的魅力征服了他的心，没想到事实并非如此，所以佳娜才会生气，这也是正常的，毕竟换作哪个女孩都会生气。他按照自己对女性心理学的想象来判断佳娜生气的原因。他知道佳娜貌美如花，并对自己的美貌很清楚。佳娜告诉他，许多佐拉姆的男人都想娶她为妻，格里德利把她从一个追求者手里解救了出来，那个追求者穿过了可怕的希普塔山，多次险些丢了性命，只为了娶佳娜为妻。

他觉得佳娜可能因此高估了自己的魅力，认为任何男人看见她都会坠入情网。不过他不知道为什么佳娜会那么生气，不就是自己没有被她迷住吗？他们俩曾经是多么开心哪！格里德利想起来，他好像没有在哪个女孩身边待过这么长时间，他很享受佳娜的陪伴。

他很抱歉之前的事情破坏了他们之间的友谊，不过他觉得自己应该像个男人一样，不要计较她的脾气，还像之前那样，继续与她相处，直到她自己想明白。他也没有其他可以做的事情，因为他绝对不会允许佳娜在没有自己保护的情况下独自返回佐拉姆。当然，佳娜叫他"狼狗"是不对的，他知道这个词在佩鲁塞塔有很强的侮辱性，但佳娜目前没有意识到，他相信最终她会松口，并请求他的原谅。

所以格里德利跟着佳娜，但刚走了十几步，佳娜就像幼虎一样推着他，她从刀鞘里抽出石刀，喊道："你走，我不想再见到你。如果你再跟着我，我就杀了你！"

"佳娜，我不能让你一个人回去。"格里德利平静地说道。

"我才不想要你这样的人保护呢。"她傲慢地回答。

格里德利恳求道："佳娜，我们是这么好的朋友，让我们像过去一样，一起回佐拉姆吧，我没办法，如果你……"他犹豫了一下，没有继续说下去。

佳娜说："我才不在乎你爱不爱我呢。我恨你，我恨你，你的眼睛在说谎。有时候谎话是伤不了人的，因为我们都知道语言不太可信，可是如果一个人的眼睛在说谎，那么他的心就在说谎，他整个人就不真实。我不再相信你，不想要你这个朋友，也不想再和你有什么关系，你走开。"

格里德利坚持道："佳娜，你不明白。"

佳娜说道："我只知道如果你再跟着我的话，我会杀了你。"

格里德利回道："那你就把我杀了吧，我还是会跟着你，不管你恨不恨我，我都不会让你一个人回去。"说完这句话，他就向佳娜走去。

佳娜站在格里德利面前，她的小脚丫像胶一样牢牢粘在地上，她右手握着粗糙的石匕首，眼中冒着怒火。

格里德利双手放在身子两侧，慢慢地走到佳娜身边，露出胸脯给佳娜当靶子，好像在说："你开枪啊，开枪我也不离开你。"佳娜举起石刀，放在肩膀上悬了一会儿，然后就转身沿着裂谷的边缘逃走了。

佳娜跑得非常快，不久就甩了格里德利一段距离。格里德利身上背着衣服、沉重的武器和弹药。他叫了佳娜两次，恳求她停下来，但佳娜没有理会他，于是格里德利就尽他最大努力跟着佳娜。他感到伤心和愤怒，但是随即他又感到惋惜，曾经他们的友谊那么甜蜜，如今却被这样肆意践踏。

格里德利慢慢意识到，跟佳娜在一起的日子过得很开心，几乎不会想过去和未来的事情。为了保护佳娜平安回到佐拉姆，他甚至暂时忘记了自己还要去寻找失踪的同伴。

格里德利觉得很疑惑，为什么他会一直想佳娜呢？对自己来说，她跟猴子没什么区别，难道佳娜之于自己，如同喀耳刻之于奥德修斯，自己被她施了巫术不成？佳娜还不及其他人一半可爱，他觉得自己老想起佳娜很丢人。

佳娜已经用实际行动证明了自己就是个原始人——她抽出石刀并扬言要杀了格里德利。格里德利看到绝境中佳娜保护自己的方式是这么"女人"，忍不住笑了笑，摇摇头叹了一口气，吃力地跟在佳娜后面走着。

格里德利时不时瞥一眼佳娜，看到她穿过了自己面前的山脊，佳娜似乎没有刚开始走得那么快了，但格里德利还是无法追上她。他心中一直害怕佳娜遭遇野兽袭击，担心自己赶不及救她的命。他知道佳娜迟早会停下来休息，那么他就有希望追上她，或许就有机会劝她别生气，重新恢复之前的朋友关系。

别跟着我 | 135

但是看起来，佳娜似乎没有要休息的意思。格里德利早就累得不成样子了，每分每秒都想放弃追佳娜，不过他的倔脾气一上来，还是会继续追佳娜。他拖着沉重的步伐坚持不懈地走在崎岖的路上，身上的武器和弹药似乎变重了，步枪也如同装上了野战炮那么重。但他心里没有放弃，摇摇晃晃地从一座山上下来，又奋力爬上另一座山，腿上好似装了一个刑具，而他还找不到这个刑具的开关。他忍受着这种痛苦继续机械地向前移动，身上的每个细胞都呼喊着要休息。

除了累，格里德利还觉得饥渴难忍，这说明时间也过去很久了。他觉得上次休息之后，又走了很远一段距离，现在他登上了一座低矮小山的山顶，看见佳娜就在自己的正前方。

她站在裂谷的边缘，从那里可以进入群山下方的峡谷，显然佳娜还没有想好要走哪条路，裂谷和峡谷挡住了她的去路。左边的那条路通往佐拉姆对面的一个村庄，如果现在往回走的话，又会再一次遇见格里德利。

她站在悬崖边缘，从上往下看，想要找一条能够通往悬崖下方的路。佳娜感觉到格里德利走近了自己。

她生气地推着格里德利，喊道："你走，不然我就跳下去！"

格里德利恳求道："佳娜，求求你，让我跟你一起去吧。我不会再惹你生气。你要是不愿意和我说话我就不跟你说话，但是让我保护你吧，我不想让那些野兽伤害你。"

佳娜听了格里德利的话忍不住笑了笑，讽刺地说道："你保护我？你都不知道路上会遇到什么危险，你怎么保护我？如果你没有这根可以吐火的矛，那么即使面对的是一头小兽，你也无法抵御它的攻击，而高高的希塔山上有许多体型巨大的野兽，那些野兽十分可怕，一张口就能把你连带你的喷火矛吞了。你是另一个世界的男人,你回去找你的同伴吧。你不是喜欢温柔的女人嘛,回去找她们吧。跟着我的人都会丢了性命。"

格里德利带着一丝苦笑说道:"你差点就说服我了。我只是一只毛毛虫,但是即使是一只毛毛虫,我也是一只有胆量的毛毛虫。所以,佳娜,我要一直跟着你,除非那些侏罗纪时代的凸眼怪物把我抓走,带我逃离这烦恼的人世间,否则,我就要一直跟着你。"

佳娜厉声说道:"我不知道你在说什么,如果你跟着我的话,你会死的。还记得我跟你说过的话吗,跟着我的人都没法活命。"似乎是为了证明自己说的那句话,佳娜说完这句话,就转过身,迅速越过悬崖边,消失在格里德利的视线中。

格里德利快速跑到峡谷边,一低头就看见佳娜正紧紧抓着垂直的悬崖壁,慢慢向下移动。悬崖很高,看一眼就觉得眩晕,不论什么生物,想要在崖壁上找到抓手或是落脚的地方都不太可能。当他看见佳娜的时候,不由得倒吸了一口气,身体开始发抖,并且开始冒冷汗。

佳娜沿着崖壁一步一步地向下移动,格里德利趴在地面上,头伸出悬崖,静静地看着她。他不敢跟她说话,怕分散她的注意力,好像过了很长时间,佳娜终于到达了悬崖底部,此时格里德利才像树叶一样颤动起来,他第一次意识到自己的神经可以紧绷成刚才那个样子。

格里德利喃喃自语道:"真是胆量与技巧俱佳。"

佳娜继续向前走,不曾回头一次,更没有向上看,只是沿着峡谷向上走去,希望在裂谷上方可以找到某个地方让她爬出峡谷。

格里德利俯视着下方可怕的深渊。"别跟着我,佳娜要去的地方只有她自己可以去。"想着佳娜说的这句话,他陷入了沉思。

他一直看着佳娜,佳娜的身影最后消失在一堆坠落的岩石后

别跟着我

面，峡谷从岩石那里开始向右弯曲。他知道自己要是不能下潜到峡谷中，这辈子就再也见不到佳娜了。

格里德利站起身来，调了调绑步枪的皮背带，以便把枪挂在背中央。他把两支六响枪都背在背后，以保证所有武器都是背在自己身后的。他脱下靴子，把它们扔到悬崖下，然后趴在地上，身体沿着崖壁慢慢向下。峡谷上方不远的一个地方有一堆滚落的花岗岩，花岗岩后方露出了一双眼睛。这双眼睛看到格里德利之后，先是愤怒，然后是怀疑、惊讶，最后变成了害怕。

格里德利用脚摸索着，想要找一小块落脚点，然后将身体慢慢往下放，每次下放几英寸。佳娜见状吓得目瞪口呆，眼睛一刻也没从他身上离开过。

格里德利小心翼翼地摸索着，寻找每一个可以抓手或者落脚的地方——似乎每一块支撑物都不那么牢固，他甚至觉得，呼吸稍微重点自己都可能会掉下去。沿着岩壁向下攀爬的过程中，格里德利完全不觉得饿，也不觉得渴，更不觉得累，他的神经绷得太紧了，身体的其他机能仿佛也不那么灵敏了。

格里德利紧紧抓着崖壁，不怎么敢转头向下看，他抓着崖壁，身体一寸一寸地向下落，这样的动作持续了很长时间，不过他并不知道自己究竟沿着崖壁下降了多远。对格里德利来说，成功下潜到峡谷，似乎是一件不可能完成的事情，他从未有一刻奢望自己可以成功。每找到一块新的落脚点，他都感觉不牢，而且每踩到一块石头，他都觉得这块石头比刚才那块石头更加危险。就在格里德利一点一点沿着崖壁下落的过程中，他发现自己被困住了，无论他怎么摸索，都找不到落脚点了，左移右移都不行，也没办法向上爬。显然此时格里德利要智穷才尽了，他的脚也早已磨得不成样子，鲜血直流。不过他仍旧没有放弃。他把脚踩在刚才最后找到的那块小石头上，身子小心翼翼地向下移，寻找可以抓手的地方，终于他发现了一块微微突起的粗花岗岩，他把脚慢慢地从小石头上移开，手抓着下面的新抓手，身体全部放下，整个身体全凭手指抓力支撑，那块微微突起的花岗岩承载了他身体的全部重量。

他紧紧地抓住那块花岗岩，拼命地拿脚往下探去，想要在岩壁上找到一块突起的地方。他怪自己没有扔掉这些沉重的武器和弹药。为什么怪自己呢？是因为他的生命岌岌可危，他惧怕死亡吗？不，他只是想到自己抓岩壁肯定抓不了多长时间，等他坚持不住松开双手的时候，他就与这个世界说再见了。他心中最后一个愿望，就是再看佳娜一眼，不过他知道这个希望十分渺茫。值得一提的是在格里德利手抓崖壁、濒临死亡的这段时间里，他的脑中并未出现辛西娅·加瓦诺或芭芭拉·格林的身影。

格里德利的手指没有力气了，从抓手上滑落。这一刻还是来了，还来得那么突然。身体的重量让他松开了一只抓手，另外一只手马上也坚持不住了，从抓手上滑落下来，格里德利掉了下去，朝着崖底下落了十多英尺。

忽然之间，他感觉自己停止了自由落体运动，脚触碰到了坚硬的岩石。格里德利没有想到自己会摊上如此好运。他害怕得甚至不敢向下面瞅一眼，稍稍看一眼后，他终于明白了，这一切是真的——他真的安全了。降落时他膝盖着地。佳娜站在峡谷上方目睹了他从崖壁上跌落的过程，早已哭得两眼泪汪汪。

他下方不远的地方有一个峡谷，峡谷一侧泉水汩汩而出，汇成了一条小小的溪流，阳光照耀下，溪水流向峡谷和山谷的底部。一段时间后格里德利恢复了镇定，他穿上自己的靴子，一瘸一拐地朝着小溪走去。他在小溪边喝饱了水，好好地清洗了一下脚上的伤口，然后把手帕撕成布条，将伤口包扎起来。最后他又穿上靴子，跟在佳娜身后动身前往峡谷。

格里德利看到了一座巍峨的山，山顶上方的远空中，云团聚在一起，好像预示着一些不详的事情马上就要发生。这还是格里德利来到佩鲁塞塔之后第一次看到这样的云，但正是因为这样，这些云才更惹人注目。看到这些云，格里德利感觉到，可能马上就要下雨了，但是他怎么也想不到这些云预示着怎样的危险，更想不到后面发生的事情简直可以称为灾难。

佳娜在格里德利前面很远的地方，她正沿着一条危险小路向上攀爬，沿着这条小路有望穿过峡谷边缘到达悬崖的顶端。当佳娜看到格里德利面临生命危险时，她心中既害怕又悔恨，看到格里德利安全落地后，她就不再反感格里德利了。不过她性格执拗，还是试图避开格里德利。佳娜走着走着，快要走到悬崖顶端的时候，天空突降一场暴风雨，她想到，格里德利还不知道，相较于他沿崖壁下落时遇到的危险，他现在面临的危险更大。

想到这里，佳娜迅速转过身沿原路返回，整个过程没有表现出丝毫的犹豫。尽管她费了千辛万苦爬到这里，可是她更担心格里德利的安全，所以她必须马上回去找他，一定要赶在洪水之前找到他，把他带到峡谷的高处。她很清楚湍急的洪流马上就会从峡谷这边流到那边，水深能够达到二十英尺深。佳娜下方有个深谷，峡谷中雨水奔流，积水很深，正从佳娜上方峡谷边缘溢出，又携带着泥土和石头向下流去，形成洪水和瀑布。佳娜一生中从未见过如此可怕的暴风雨，电闪雷鸣，狂风呼啸，波涛汹涌。佳娜随时可能丢掉性命，可是她还是不顾一切地摸索着，向悬崖下方走去，现在看来要救出格里德利希望渺茫。她很快就知道希望有多渺茫了，峡谷里的水又上涨了，已经涨到她脚下，不知道什么时候能停止上涨。洪水淹没的地方没人能活得下来。格里德利肯定早就被冲走了。

格里德利死了！佳娜看着峡谷中上涨的洪水，有一瞬间她想自己也跳下去算了。她不想活了，但理智告诉她不可以这么做。这也许是原始人的本能，他们活着永远是在同死亡做斗争，绝不会主动向敌人投降，也不会有其他选择。于是她调转方向向上爬，下面上涨的洪水淹没了佳娜，猛的一下把她卷到后面。

格里德利曾经目睹过加利福尼亚州和亚利桑那州下的暴雨，他知道隘谷和峡谷中积水的速度有多快。要不了多久，峡谷中会到处都是湍急的洪流。他曾在圣西蒙公寓里看到，几小时的工夫，外面的雨水就汇成了一条一英里宽的河流。然而当他看到下方峡谷底部突然涌出的雨水时，他就意识到，之前见过的那些暴风雨与今天的相比，完全没有可比性。他抓紧时间沿着峡谷向上爬，但峡谷两侧地势陡峭，因而爬升过程极为缓慢，他看到身后的水迅速上涨，心中感到十分沮丧。不过还是有希望可以活下去的，他在前方看到了一个斜上坡，它可以通向峡谷谷顶边缘。

为了安全，格里德利开始奋力朝着斜上坡爬去，峡谷中的水已经涨到格里德利脚下，拍打着他的双脚。而倾盆大雨从天空中落下，轰隆隆地打在他身上，让他直往后退，因而经常是过了一分钟都没有前进一步。

峡谷内波涛汹涌，一瞬间的工夫，雨水已经没过了他的落脚点，涨到了他的膝盖。他双手紧紧抓住上方的地面，把身上的步枪扔进下方不断上涨的洪水中。格里德利借机迅速地向上爬，他暂时安全了。

格里德利一直向前爬，向上爬，最后他终于在上方找到了一个安全的地方，他觉得洪水怎么着也涨不到这里吧。花岗岩岩脊

别跟着我 | 141

边伸出了一块岩石，格里德利就躲在这块伸出的岩石下面。此时此刻，泰山、索尔和塔盖世正躲在另一座山上，三个人面对着暴风雨一言不发，等待着它的劲头过去。

他想知道佳娜是不是成功躲过了洪水，他对佳娜很有信心，她很擅长应对佩鲁塞塔原始生活中出现的各种意外状况，所以他不太担心佳娜，知道她一定能够成功躲过暴风雨。

天气十分寒冷，天色也昏暗下来，空气变得十分潮湿，他想为接下来做什么制订个计划。要在这片崇山峻岭中找到佳娜的可能性有多大呢？他甚至不知道佳娜的家乡佐拉姆位于哪个方向。洪水覆盖了地面的所有角落，大路小路都看不见了，佳娜留下的足迹肯定也被洪水冲刷得了无踪迹。

于是对格里德利来说，他唯一的办法似乎就是漫无目标地走，兴许还能遇上佳娜。因为他既不知道佐拉姆的方向，也不知道O-220飞船探险队员的下落。

雨终于停了，太阳忽然冒了出来，空气中弥漫着潮热的水蒸气。和煦的阳光晒得人暖暖的，格里德利感觉到心中充满希望。他重新振作了精神，准备开始寻找佳娜或者是O-220飞船的探险队员，但现在看来，要找到他们似乎更加没有希望了。

格里德利记着佳娜曾经说过佐拉姆的大概方位，他朝两座高山之间低矮的鞍状山望去，也不再觉得饥渴难耐。刚刚过去的那场暴风雨将高山上的所有动物都赶到了山下，短时间内他根本没有可能找到食物，但是幸运女神眷顾了他。他在一个破旧的岩洞中发现了一窝蛋，这窝蛋成功经受住了暴风雨的洗礼。他不知道这些蛋是哪种动物产的，他也不关心这是飞禽还是走兽产的蛋。他只知道这些蛋可以吃，而且很新鲜。蛋很大，他吃了两个就饱了。

离破旧岩洞很近的地方长着一棵低矮的树，一群爬行动物和鸟禽虎视眈眈地盯着格里德利，格里德利吃完了两颗蛋后，在它们的眼皮子底下，把剩下的三颗蛋也拿走了。他把衣服脱掉，挂在树枝上，阳光洒在树上，一会儿就把衣服烤干了。然后格里德利躺在树下睡觉，佩鲁塞塔的太阳暖暖地照着他，他觉得太舒服了。

格里德利没法判断自己到底睡了多长时间，睡醒之后，他完全恢复过来了，重新振作了精神。他站起身来，心中充满了新的自信感，他舒舒服服地伸了伸懒腰，准备去找衣服穿。懒腰伸到一半，他就吃惊地定住了——他的衣服不见了！他急忙看了看树枝，想发现一些蛛丝马迹，看看是谁把衣服偷走了，但是他什么都没有发现。

树下掉了一件衬衫，很显然那个小偷没有看到这件衬衫，睡觉时他放在身旁的左轮手枪和弹药带也都还在。

佩鲁塞塔气温十分高，衣服在这里不是必需品，更像是一种负担。但是文明世界的格里德利早就习惯了世代相传的奇装异服，不穿衣服的话，他会变得效率低下，丧失自信，脑子也不那么灵光。

格里德利一生中，从没有像现在这般无助，他觉得自己很没用。目前格里德利所面临的情况是全身上下只有一件破衬衫和一根弹药带，而他还需要继续向前走。不过格里德利忽然意识到，他丢的东西除了鞋子之外，其他东西不穿也没什么，不会觉得不舒适，也丝毫不影响他做事的效率，或许他觉得不幸是因为他的首要目标是追到佳娜——他怎么可以穿得这么少去追佳娜呢？这多不好意思啊。

佳娜当然不会穿这么多衣服，她觉得这样看起来不太朴实。格里德利看了看自己不完美的身材，一想到要去找佳娜，就有点泄气，有点可笑。单是想一想穿成现在这样去见佳娜，格里德利就觉得脸红。

格里德利在梦中有时会幻想自己什么都不穿,到处走来走去。他意识到,这个梦是脑中潜意识的反应,现在这种梦变成了现实。但他从来没有想过,真遇到这种情况会觉得尴尬至极,不穿衣服令他完全没有自信。

他懊悔地将衬衣撕成了条,设计了一件兜裆裤,穿起来就像亚当一样。他拿起弹药带扣上扣子,带着两把枪继续朝前走去。

当他发现衣服丢了之后,自己遇到的最大困难是脚疼。他赤脚沿着花岗岩悬崖下落的过程中,脚被弄伤了。不过最后,格里德利还是找到了办法,野兽们返回山时,格里德利射中了一头小野兽,用它的兽皮做了双粗制便鞋,穿上了鞋,他的脚终于不那么疼了。

阳光照在格里德利赤裸的身体上,同样的条件下,佩鲁塞塔的太阳没有地球上的太阳那么晒,不过也给他的皮肤镀上了一层金棕色,让他又有了信心,好像他已经成功找回自己丢失的衣服。事实上,他终于知道为什么不穿衣服自己会觉得那么尴尬了——他的皮肤太白了,让他看起来和其他动物格格不入,因为白色代表着软弱,代表着无力,让他内心不安,产生了一种自卑感。但是现在,他被晒成了棕褐色,脚也变得更加强健,他已经习惯了新环境,走在路上不会一直担心自己没穿衣服。

格里德利睡了很多次觉,又吃了很多次饭,因此他知道自己与佳娜已经分开很长时间了。他还是没有找到佳娜的踪迹,也没有看到其他人的踪迹。他经常遭受到来自野兽和各种爬行动物的威胁。但是凭借经验,他知道最好的办法是避开这些动物,而不是用武器来制服他们。他决定除非遇到紧急状况,否则绝对不使用武器,他担心还没找到佳娜弹药就用完了,剩下的时间就不知该怎么办了。

他越过了山脉的顶峰,发现了一个更美丽的地方。这里一片荒芜,波涛汹涌,岩石遍地,但植被生长更茂盛。山坡上长着茂密的树林,沿着山坡向上能够到达更高的山峰。那里不仅有很多小溪,还有许多小野兽。这让他松了一口气,再也不用担心没东西吃了。

为了节省宝贵的弹药,格里德利制造了其他武器:弓、箭和矛。他跟佳娜因矛结缘,与泰山和瓦兹瑞士兵因为弓和箭相识。掌握这些武器的奥秘之前还是要用枪打猎,如果不用枪打猎的话,他可能会饿死。最后,格里德利终于能够熟练地使用这些新工具,打的食物也多得吃不完了。

格里德利早就放弃寻找O-220飞船以及他的同伴了,他觉得没有一点希望,并接受了"人们掌控不了未来命运"的哲学思想,看起来他似乎没有可能逃离佩鲁塞塔,余生都要在佩鲁塞塔度过了,为了生存,他不得不拿着原始武器同佩鲁塞塔世界中各种凶猛的野兽搏斗。

同野兽搏斗倒不那么令人忧心,最令他忧心的是这里没有人类的友谊,他希望有一天能和部落里的人成为朋友。据佳娜所说,佩鲁塞塔部落里的人对待陌生人都怀有习惯性的敌意。他很清楚地知道,想和部落里的人成为朋友是一件比登天还难的事。不过,他并没有放弃希望,眼睛总是机警地望向四周,想看看周围有没有人的痕迹,因为他没有时间等别人来找他。

格里德利已经完全不知道佐拉姆在哪个方向了,他就这样漫无目的地向前走着,在不同的地方露宿,心中还幻想着可以偶遇佳娜。微风从下方吹来,一股刺鼻的味道窜进他的鼻孔。闻到这个气味,格里德利瞬间兴奋起来,因为这是烟的味道,有烟就有火,有火就说明有人类。

格里德利顺着山风的方向小心翼翼地向山下走去，敏锐的眼睛打量着周围的一切，看到正前方的峡谷中冒出一缕轻烟。那是一个岩壁十分陡峭的岩石峡谷，就在他站的这座高山对面。而他所要去的地方则比现在这座高山低很多，由于雨水侵蚀或是其他自然原因，部分山体已经坍塌了，形成了现成的入口，由此可以进入峡谷底部。

格里德利偷偷地溜到边上，向下俯视峡谷。峡谷中间山洪翻滚，河两岸是郁郁葱葱的草地。每隔一段距离，就能看见一棵参天大树，看起来像是公园里的景观。草地上、树上，点点鲜花绽放，如同繁星点亮了夜空。

小溪边升起了一小堆火，火旁边蹲着一位古铜色皮肤的士兵，他正在用火烤一只鸟。格里德利的目光落在了那只鸟上。格里德利思索着用什么方法接近这位士兵最好，他想向这位士兵说明自己没有恶意，只是想跟他做朋友。原始部落的人们天生就不相信陌生人，他得努力让这个士兵相信自己。他想了想觉得最好的办法就是手里不拿武器，大胆地走到这个士兵身边。他正准备这么做时，忽然不知怎么，朝着对面峡谷的悬崖顶部看了一眼。

他并没有听见声音，虽然他能看到峡谷底部的士兵，但是对面的悬崖顶部不在他的视野范围内。他也不知道是什么吸引自己往崖顶看，唯一可以用来解释这种行为的可能就是人脑中与生俱来的一种微妙的感知能力，我们有时很乐意将这种神秘特性称之为"第六感"。

如同有第六感一般，他望向对面悬崖的崖顶，看到了地球上的人都从未见到过的生物——背甲恐龙，它是一种身形巨大的爬行动物，长约六七十英尺，臀部贴着后腿立在地上。臀部是它身上最高的地方，离地面有二十五英尺高。它的头又小又尖，像蜥蜴一样。沿着脊柱向下长满了硬壳，厚厚的外壳与薄薄的外壳交替排列。最大的壳有三英尺高，长度也差不多是三英尺，但厚度只有一英寸多一点。它长着粗壮的尾巴，尾巴连在一根长长的厚脊骨末端，尾巴的上侧和顶端还连有两根这样的脊骨。每根脊骨长约三英尺。它的四只脚像蜥蜴一样，前腿非常短，鼻子紧贴地面，外表看起来既笨拙又丑陋。

背甲恐龙似乎正注视着峡谷里的那个士兵，突然，格里德利惊奇地发现背甲恐龙并起了粗大无比的后腿，从高高的悬崖上掉了下来。

格里德利的第一个想法是，这么大的动物落到峡谷底部肯定摔得血肉模糊。但令格里德利吃惊的是，它并没有坠落下来，而是凭借其巨型棘片的支撑作用，在空中快速滑翔，棘片降到水平位置后，它自己就变成一个有生命的巨型滑翔机。

蹲在火旁边的那个士兵听到了背甲恐龙在风中滑翔的"嗖嗖"声，跳了起来，迅速地抓起了矛，同时格里德利跳到悬崖边上，朝着斜坡跳下，冲着那个士兵飞奔过去，从手枪套中抽出两把六响枪。

Chapter 11

克洛维洞穴

泰山顺着绳子往上爬,而穴熊紧随其后。它突然一屁股蹲坐在地上,克服了向前的动能,停在了泰山的正下方。就在这时,发生了一件谁都没有预料到的事。

泰山把套索往上一扔,将绳索套在了一块花岗石上,没曾想这块花岗石的上缘像刀锋般锐利,泰山一抓紧绳子,索套不堪重负,一下就被锋利的花岗石给割断了,泰山刚好掉在了穴熊的背上。

眼看情势瞬息大变,泰山和穴熊都惊讶至极。不过,能够幸存至今的原始动物绝不会由于惊讶而失措。二者都处变不惊,仿佛眼下一切都在计划之内、意料之中一样。

穴熊扬起前腿直立站起来,使劲摇晃身体,想要把泰山从背上甩出去。与此同时,泰山一只手臂绕过穴熊的脖子,竭尽全力缠住不放,另一只手将猎刀从护套中抽出来。放眼四周,要在这里进行一番生死决斗实在是危险得很。他们的一边是高耸入云的峭壁，一边是深不见底的峡谷。而此刻，穴熊不顾一切想要将泰山从背上甩开，二者随时可能同归于尽。

穴熊咆哮不止，回响在希塔山的山峰之间，而泰山则默默地战斗着，将猎刀反复刺向穴熊的后背。穴熊用尽一切办法想要摆脱泰山，同时又小心警惕，防止掉入万丈深渊。

不过，这场战斗不可能永无休止。最终，泰山一刀插进了穴熊的脊椎，穴熊随即抽搐几下，身体僵硬，而泰山从熊背上一跃而下，安全地站在了悬崖边上，亲眼看着穴熊那巨大的身躯向前倒去，坠入山崖，它的身上还插着四支箭和一根长矛。

泰山发现自己的绳子落在了岩脊上，于是重新拿起来，然后就沿路前去寻找那个男孩，顺便把逃跑过程中丢下的弓找回来。

泰山没走几步，刚绕过山腰，迎面就碰到了那个男孩。一看见泰山，男孩赶紧停下脚步，挺直长矛，松开刀鞘，拿出石刀。他心想，最好还是做好防御准备，以免遭到这陌生人攻击。

"我是人猿泰山，我来这里不想多加杀戮，只想交个朋友。"泰山说道。

"我是欧文，如果你来我们国家不是为了杀戮，那你肯定是来这里偷老婆的。这样的话，我一定要杀了你，这是每个克洛维战士的义务。"这个男孩说道。

"我并不是来偷老婆的。"泰山回答道。

"那你为什么来我们克洛维？"少年问道。

"我迷路了。我从另外一个世界来，那个世界不是佩鲁塞塔。我和朋友走散了，不知道怎么才能找到他们。我也想和你们克洛维的人们做朋友。"泰山说道。

"你为什么要攻击那头熊？"欧文突然问道。

"要是我不攻击它的话，它早就把你杀了。"泰山回答道。

克洛维洞穴 | 149

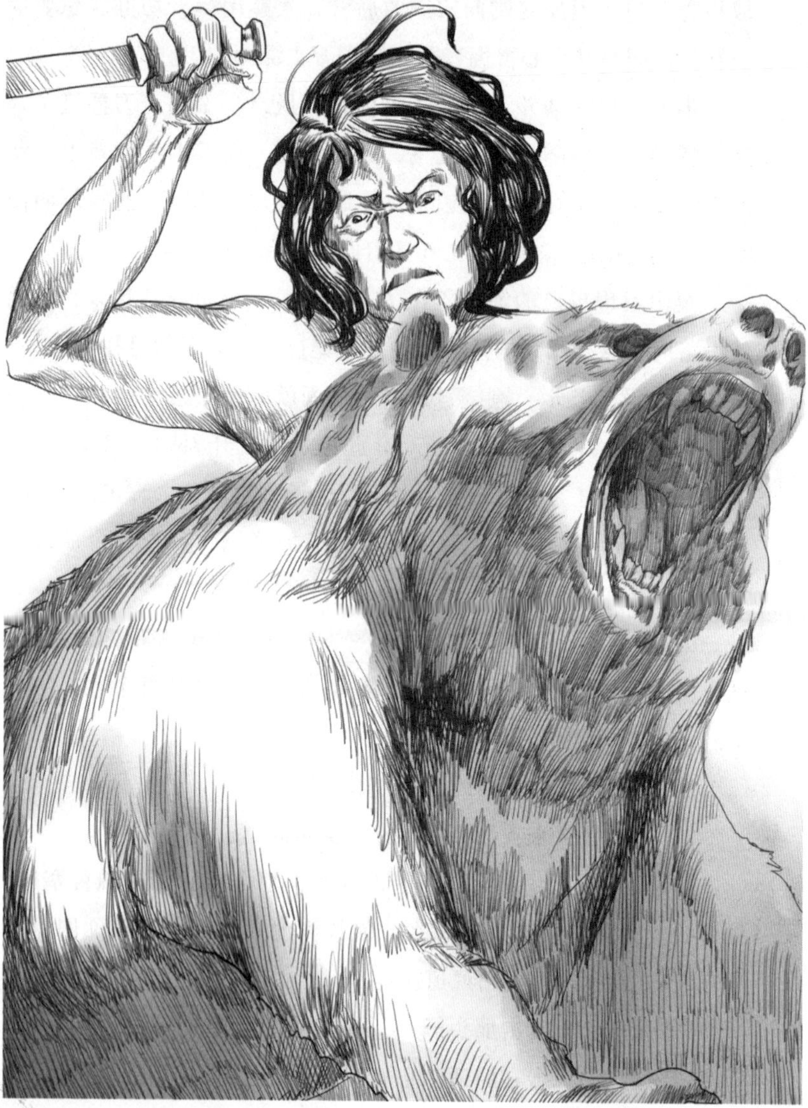

欧文挠了挠头，不解地说："在我看来，你杀熊不可能还有别的理由。我自己部落里的人都会这样做，不过，你并非我们部落的人啊。你是我们的敌人，我不明白你为什么还要这样做。难道你要告诉我，即使你和我来自不同部落，你也要救我一命吗？"

"那当然了。"泰山回答道。

欧文看着眼前这人，身材魁梧，样貌英俊，端详良久后，他对泰山说："虽然我还是不理解，但我相信你。我以前从没听过这样的事，但我不知道部落里的其他人会不会信你。就算我告诉他们你为我做的这些事，他们可能还会想要杀了你。他们觉得，永远都不能相信敌人，这样实在太危险了。"

"你的村庄在哪啊？"泰山问道。

"离这儿并不算很远。"欧文回答说。

"我和你一起回去，然后和你们首领谈谈。"泰山对他说。

"很好。你可以和我们首领阿凡谈谈，他是我父亲。要是他们决定要杀了你的话，我会帮你的，要不是你救了我，我早就被穴熊给吃了。"欧文对泰山说道。

"你为什么会出现在那个山洞里啊？"泰山问道，"那很明显就是一个兽穴。"

"你和我一样，也在那条路上啊，只不过你刚好在那头穴熊的后面，而我比你倒霉，正好在它前面。"欧文回答说。

"我原先根本不知道那条路通往何处。"泰山说。

"我也不知道。我以前都是和大人一起外出打猎，从没单独行动过。但我现在长大了，到了成为战士的年纪了，所以我决定走出部落的洞穴，第一次单独打猎。一个男人要想成为一名真正的战士，就必须这样做。我看见这条路后，虽然不知道通往何处，但还是决定沿着它往前走。没走多久，我就听到了身后传来熊的脚步声。来到这洞穴后,看到前面没路了,我就知道我再也看不到我们部落的洞穴了,我永远都成不了一名战士了。那头巨熊进来后,看见我站在那儿,立马发起怒来,尽管如此,我也不能束手就擒,一定要和它打一场。

"也许,说不定我能杀了它,不过,我觉得那根本不可能。然后你就来了,用这根弯曲的棍子往穴熊后面射了一支小矛。就像你早就知道的一样,那头穴熊一下就恼怒了,转过去追你,把我抛到了脑后。你们国家的人都像你一样勇敢吗?快跟我说说你们的国家在哪儿啊?你们那儿的战士全都擅长打猎吗?在你们国家,首领的权力大吗?"

泰山想和欧文解释,其实他的国家并不在佩鲁塞塔,不过那样的话,欧文根本理解不了。于是,泰山把两人聊天的话题慢慢从自己身上转移到欧文身上。他们二人沿着一条蜿蜒小路向克洛维走去,一路上,欧文跟泰山说了很多话,他告诉泰山,克洛维部落里的男人十分勇敢,女人也美丽动人。

"我的父亲阿凡是位伟大的首领,我们部落里的男人都是勇猛的战士。我们经常和佐拉姆的男人打战,甚至去过比佐拉姆还远的达拉兹,我们部落里的男人比女人多,战士们必须要去佐拉姆和达拉兹找老婆。就在此刻,卡布正带着二十个战士去佐拉姆偷老婆呢。佐拉姆的女人都很美丽。等我再大点,我也要去佐拉姆偷一个女人来当老婆。"

"从克洛维到佐拉姆有多远?"泰山问道。

"有些人说没多远,但也有人说有点远,"欧文回答说,"我听说,这里去佐拉姆的路比回来的路要远得多。战士们从克洛维到佐拉姆的途中,通常要吃六顿,但返回的途中只要吃两顿就能保持体力。"

"但是，为什么回来的路途会比出发的路途短呢？"泰山不解地问道。

"因为他们返回时，后面通常都有佐拉姆的战士来追赶。"欧文回答说。

看到欧文这样天真，泰山不禁笑了起来。同时，这也更让他确定，佩鲁塞塔这个地方情况特殊，根本不可能测量距离或者计算时间。

他们两人一路向克洛维走去，这个男孩渐渐消除了对泰山的疑虑，这会儿似乎已经把他当成自己部落的成员了。他注意到，泰山的背上和肩膀上都有穴熊爪子抓伤的痕迹。听了泰山讲的种种事迹后，他不禁感叹于泰山的机智勇敢和超强体力。在任何一个佩鲁塞塔的人看来，当时的情况令人绝望，而眼前这位陌生人却凭借其机智勇敢和超强体力，成功脱身，化险为夷。

欧文看到泰山的伤口已经发炎，知道泰山肯定很痛，所以一到附近的小溪，他就坚持要帮泰山把伤口清洗干净，然后找来几片特殊的灌木树叶，碾碎后把汁液滴到裸露的伤口上去。

与上药造成的剧烈疼痛相比，伤口发炎引起的疼痛根本算不上什么。欧文知道泰山正忍受着剧痛，但他发现，尽管如此，泰山连动都没动一下。这下，欧文对泰山更加钦佩了。

他说道："这汁液滴到伤口上可能会有些痛，但它能防止伤口腐烂，帮助伤口愈合。"

他们重新上路，刚开始一段时间，伤口还是疼痛难忍，不过后来就慢慢好转了，最终一点都不痛了，泰山也不再感到有何不适。

他们沿路来到了一片树林，里面的小树笔直而坚韧。他们在这停留了一段时间，泰山利用小树新造了一支长矛，然后又劈又削，做了六支箭矢。

欧文对泰山的钢刀和弓箭非常感兴趣，但心里对这些箭矢却不屑一顾，觉得那就是给小孩子耍弄的小矛而已。后来，他们饿了，泰山只用了一支箭就射死了一只山羊。看到这，欧文再也不敢瞧不起这些箭矢了，反而十分钦佩。在那之后，他对弓箭表现出极大的兴趣，并且央求泰山教他如何制造和使用它们。

在泰山的心里，欧文就像是一个小伙伴一样。他们一起往克洛维走去，路上两人就成了好朋友。欧文和野兽一样，安静而有尊严。曾经，能言会道是文明人的骄傲，又是他们的诅咒，但欧文却并非能言会道之人。实际上，在宁静的佩鲁塞塔，没有哪个男孩是个雄辩家。

"我们就快到了，"欧文在峡谷边缘停下脚步说，"下面就是我们克洛维的洞穴了。我希望首领阿凡能把你当朋友，接纳你。不过，我并不能对你做出任何承诺。所以，你最好还是自己离开，不要去我们的洞穴了，我不希望他们把你杀了。"

"他们不会杀我的，"泰山说，"我是来这儿交朋友的。"但他心里清楚，对于一个外来陌生人，这些原始人可能永远都不会接纳他，更不会平等友好地对待他。

"那我们走吧。"欧文说着就开始往下面的峡谷走去。走到半路看到峡谷上端出现了一条路，这条路路面平坦，虽然走的人很多，但路面维护得很好。种种迹象表明，这条路绝非野兽随意走出来的踪迹。相反，它的建造运用了一定的工程技术。这些原始人虽然野蛮，却很聪明，这条路正是他们的成果。

他们沿着这条路没走多远后，欧文就低声吹响了一声口哨，不一会儿，前方道路的弯道附近就传来一声口哨，以示回应。两人转过弯后，泰山看见面前是一大片宽阔的天然岩脊，完全在悬崖上方悬空，悬崖一侧有一个很深的凹陷，在那里看到了洞穴的入口。

岩脊表面十分平坦,面积约为两英亩,上面聚集了一百多个人,男女老少都有。

他们两人出现后,众人不约而同将目光转向了他俩。一见到泰山,战士们立马跳了起来,抓起长矛和刀;妇女们赶紧把孩子叫到身边,迅速向洞穴入口跑去。

"不用怕,"欧文大声叫道,"只有我和我的朋友泰山!"

"我们要杀了他!"一些战士咆哮道。

"首领阿凡在哪儿?"欧文问道。

"我是首领阿凡,我在这儿。"一个沙哑深沉的声音回答道。泰山随即把目光转向洞穴入口处,只见一个健壮野蛮之人从里面走了出来。

"你带了什么来,欧文?"阿凡问道,"如果带来的是俘虏的话,你首先就应该要卸掉他的武器。"

"他不是俘虏,"欧文回答道,"他是个来到佩鲁塞塔的陌生人。他是我们的朋友,不是敌人。"

"他是个陌生人,"阿凡回答道,"你早该把他杀了。现在,他已经知道来克洛维的洞穴的路了。要是我们不杀了他,等他回去后,就要带敌人来对付我们了。"

"他没有其他人,也不知道怎么回到自己的国家去。"欧文说道。

"那么,他肯定没说实话,因为那根本不可能,"阿凡说,"没有哪个人不知道怎么回自己的国家。过来!欧文,站一边去,看我怎么解决他。"

欧文一下站到泰山前面,挺直了身子说:"谁要是想杀我的朋友,那就先杀了我。"

这时,站在首领身边的一个高个战士把手放到了阿凡的手臂上，对他说："欧文向来都是个好孩子。克洛维年纪跟他相仿的孩子里，没有谁比他更富有智慧了。如果他坚称这个陌生人是朋友，那肯定有自己的理由，我们不妨先听听他怎么说，然后再决定是否杀了这个陌生人。"

"很好，也许你说得对，尤蓝。我们先听听看吧。孩子，你跟我们说说，为什么我们不该杀了这个陌生人。"首领说道。

"因为他不顾生命危险救了我的命。他和一头大熊进行了一场生死肉搏，要不是他舍命相救，我根本难逃熊爪。而且，他从没伤害过我，试问，他怎么可能是克洛维的敌人呢？即使那些和我们流着一样血脉的是佐拉姆人或达拉兹人，有谁不会杀了一个即将成为战士的年轻克洛维人呢？他不仅英勇无比，而且善于捕猎。要是他来这，做我们的朋友，和我们一起生活，那对我们克洛维部落大有好处啊。"

阿凡听了后，低下头沉思，过了一会儿说道："等卡布回来后，我们就召开会议，商讨如何待他。这期间，我们必须把这个陌生人当作俘虏关起来。"

"我可不要当俘虏，"泰山说，"我来这是想交朋友的，留下来的话，你们也应该把我当朋友，否则的话，我就根本不会留在这儿。"

"让他留下来，把他当朋友，"尤蓝说，"他和欧文一起回来，一路上都没伤害他。现在，我们人数众多，而他孤身一人，为什么要认为他现在反而会伤害我们呢？"

"也许，他来这是想从这儿偷走一个女人。"阿凡猜测道。

"不，"欧文说，"根本不是这样。让他留在这吧，我以性命做担保，他不会伤害任何人的。"

"让他留下来吧。"其他几个战士也这样说。欧文一直在部落里备受大家宠爱，他们向来迁就他。不过即使这样，欧文也没被宠坏，所以大家就更乐意继续宠着他了。

"好吧，"阿凡说，"那就让他留下来。不过，欧文和尤蓝要对他的行为负责。"

部落里只有几个人完全接纳了泰山，对他没有半点疑虑。因为欧文接纳了泰山，所以他的母亲玛拉和姐姐瑞拉也接纳了泰山，对他毫无戒备。尤蓝从一开始明显就对泰山十分友好，这对泰山来讲非常有价值，因为尤蓝聪明勇敢、能力突出，是克洛维的重要力量。

泰山向来习惯原始人们的部落生活，自然而然地就融入了他们的生活。谁不理会泰山的话，泰山就不理会他。泰山严格遵循部落生活的道德规范，关注彼此关系中的每个细节，遵从这里的风俗习惯。他喜欢和玛拉交谈，因为她性格好、智力也高。玛拉告诉泰山，她本来是佐拉姆人，后来被阿凡抓来。当时，阿凡还是个年轻战士，想要找一个伴侣。他把玛拉的美貌归功于她的出身，因为佐拉姆的女人是世上最美丽的女人，这几乎是克洛维人公认的事实。

泰山从一开始就很喜欢尤蓝，因为他是克洛维部落里第一个支持他的人。尤蓝在很多方面都不同于部落里其他人，所有族人当中，尤蓝第一个发现除了获取生存必需品之外，脑子还有其他用途。他学会了做梦，学会了用愉快的方式来锻炼大脑，给自己和其他人带来了娱乐。他的听众们总是满怀渴望地听他说那些奇妙的故事，有时令人感到有趣，有时令人感到敬畏。尤蓝还会画画，他非常自豪地向泰山展示了自己的作品。他把泰山领进了一座岩石洞，这里是他们的庇护所和仓库，也是部落的堡垒。尤蓝点燃了一根粗糙的火把，照亮了墙壁，墙上满是他画的画。画的有猛犸象、剑齿虎、穴熊、马鹿、狼狗以及其他一些泰山熟悉的野兽。

克洛维洞穴 | 157

除此之外，还有些野兽就连泰山都不怎么熟悉，而且其中一种野兽泰山只在帕乌丹见过，当地人们称之为戈拉夫，尤蓝告诉泰山，那是在吉尔克罗斯或吉尔平原找到的，就在克洛维之外的希普塔群山的尽头。

这些壁画大多只是轮廓，但画得很好。部落里其他人无不对这些画赞赏有加，尤蓝是部落里第一个会画画的人，他们都不明白他是怎么画出这些画来的。如果他是一个体弱低能者的话，他可能早就因为这种才能而被赶出部落了，但是，由于他同时也是个优秀的猎手和战士，这项才能反而增加了他的名气，让所有人对他更加尊敬。

不过，尽管这些人对泰山十分友善，但部落里大部分人还是对泰山心存疑虑。在他们的记忆中，所有来到他们村庄的陌生人，没有一个不是敌人。他们现在正等着卡布和同行的几个战士一起回来，然后召开会议，希望他们将泰山这个陌生人判处死刑。

然而，随着他们对泰山越来越熟悉，他们当中的一些人也开始支持泰山。尤其是泰山和他们一起去打猎时，泰山高超的技术和能力一展无余，深深赢得了他们的钦佩。他们原先以为泰山所用的武器十分奇怪，对其嗤之以鼻，但不久就折服了。

这样看来，卡布回来得越晚，部落里的人就越能接纳泰山，泰山就越可能和他们平等相处。这是泰山心里所希望的权宜之计，这样的话他就可以在这儿落脚，继续寻找他的同伴，而且，他们熟悉这个国家的情况，泰山可以让他们帮助自己寻找同伴。

泰山相信，如果杰森·格里德利还活着的话，他肯定在这些大山之中迷路了。要是泰山能够找到他，两人在克洛维人的帮助下，也许最终能够找到O-220飞船的营地。

泰山已经和克洛维的人一起吃了好几顿饭，睡了好几觉了，还和他们一起打了几次猎。他第一次来到这里时是正午,现在还是正午,所以他不知道已经过去了一天还是一个月。玛拉这会儿正在烧火做饭,泰山蹲在炊火旁边,同她和尤蓝两人聊天。就在这时,从峡谷下面传来一声克洛维人的口哨声,表示有一伙朋友正往这边来,不一会儿,泰山就看见一个青年绕过山腰,走进了村庄。

"是陶玛回来了,"玛拉说,"也许,他带来了卡布的消息。"

这个青年跑到壁架中央后停了下来,将手高高举起,示意大家安静下来,然后大声宣布道:"卡布回来了。卡布战士带着佐拉姆最美丽的女人凯旋归来了。卡布真了不起!卡布战士真了不起!"

玛拉抛下炊火,部落里的人也都放下了手中的活,向前走去,等待一行克洛维战士凯旋归来。

不久,大家就看见他们绕过悬崖的山肩,排成一列纵队向岩脊走来。卡布率领着一共二十名战士,他们带来了一个女孩,女孩双手被绑在后面,脖子上套着一根皮条,由一个健壮的战士牵着。

泰山最感兴趣的是卡布,自己在这个部落里的地位,甚至自己的生死,可能都取决于这个男人的决定。泰山了解到,卡布在部落中的影响十分巨大。

显而易见,卡布身强体壮、相貌端正,在部落的人里面十分突出,但他的嘴唇很薄,眼睛看起来冷漠无情,否则的话就英俊得多了。

泰山端详过卡布之后,将目光转移到了被抓来的女孩身上。女孩非常美丽,泰山都看呆了。事实上,泰山心想,虽然他们都说她是佐拉姆最美丽的女人,但可能无论是在佩鲁塞塔还是地球上,都没几个女人比她更美了。

首领阿凡站在岩脊中间欢迎战士归来,他看了看被抓来的女孩,对其赞赏有加,并仔细听了卡布讲述了此次前去佐拉姆偷女孩的重要细节。

"我们要立即召开会议来决定谁将拥有这个女孩,另外,现在卡布和战士们都回来了,还要商量下另外一件事。"阿凡宣布道。

"什么事?"卡布问道。

阿凡指了指泰山,说:"部落里来了一个陌生人,我们要决定让不让他加入部落,成为我们的一员。"

卡布朝泰山的方向看去,脸色阴沉,冷冷地看了他一眼,问道:"你们为什么还没杀了他?马上解决了他吧。"

"这不能由你一人决定,"首领阿凡说,"只有战士代表才能作出最终决定。"

卡布耸耸肩,说:"如果战士代表们不杀他的话,我自己也要杀了他,我卡布绝不允许敌人生活在我的村庄里。"

"那么,我们就立即举行会议,如果卡布的权力比战士代表还大的话,我们也应该要知道。"尤蓝讽刺道。

卡布说:"我们一直都在行进,已经很长时间没有吃过东西、睡过觉了。先让我们吃饱休息好后,再召开会议吧。要是会上有什么问题要讨论的话,还得消耗不少体力。"卡布一边说着,一边朝尤蓝投去尖锐的目光。

其他和卡布同行的战士,也希望先吃饱休息好再召开会议。首领阿凡觉得这要求十分合理,就答应了他们。

被抓来的女孩到了这个村庄以后,由始至终没讲过一句话。现在,他们把她交给了玛拉,由玛拉负责她的饮食起居。玛拉把她手上的绳子解开,领她来到自己烧火做饭的地方,而女孩美丽的脸庞上,露出一副高傲不屑的模样。

部落里的女人都没有流露出任何想要欺负这个女孩的意思,她们对她的态度让泰山感到十分惊讶。泰山曾经多次亲眼见到,非洲的土著女人是怎样残忍对待落到她们手中的女性俘虏的。后来,玛拉向泰山解释了其中缘由。

尤其是玛拉,对这个女孩十分友好。当泰山问她为什么要对这个女孩那么好时,她反问道:"我为什么要虐待她呢?我们自己的女儿,甚至我们自己,在任何时候都有可能被其他部落的战士抓走,如果别的部落知道我们残忍对待他们部落的女人,他们肯定会以牙还牙,同样对待我们部落的女人。而且,除此之外,被抓来的女人以后要和我们一起生活一辈子,我们有什么理由不善待她们呢?我们人数不多,但始终都在一起生活。如果心怀敌意,相互争吵的话,那么我们的生活将不会那么幸福开心。自从来到这里以后,你从来没见过克洛维的女人相互争吵过,你以后也绝不会见到。当然,我们当中也有过爱争吵、好口角的女人,就像有时会有残疾小孩出生一样,但我们为了部落的利益,会杀了她们。"

玛拉转过来对着女孩,温柔地说:"坐吧。锅里有肉,先吃点,吃完后你可以睡一觉。不用害怕,我们会把你当朋友看的。我和你一样,也是来自佐拉姆。"

听到这话,女孩把目光转向玛拉。"你也来自佐拉姆?"她问道,"那你肯定知道我现在的感受。我想要回佐拉姆去,我宁愿死也不要生活在别的地方。"

"你慢慢就会克服这些的,"玛拉对她说,"刚被抓来时,我想得和你一样,但后来熟悉之后,我发现克洛维的人和佐拉姆的人都一样。他们都对我非常好,也会对你好的,你也会和我一样开心的。他们给你找好丈夫后,你就会以非常不同的方式看待生活

克洛维洞穴 | 161

了。"

"我才不会嫁给他们当中的任何一个人,我是佳娜,是佐拉姆的'部落之花',我要自己选择丈夫!"女孩大声喊道。她脚上穿着凉鞋,一边喊一边跺脚。

玛拉伤心地摇摇头。"我也说过同样的话,"她说,"但后来就变了,你也会变的。"

"不,我不会变的,"佳娜坚称道,"我只见过一个令我属意的男人,除了他之外,我绝不会嫁给其他男人。"

"你是佳娜,索尔的妹妹?"泰山问道。

佳娜听到后惊讶地看着泰山,迅速打量了一番,就好像是第一次注意到泰山一样。"嗯,"她回答说,"你是卡布要杀的那个陌生人吗?"

"是的。"泰山回答道。

"你怎么认识我哥哥索尔的?"

"我们一起出去打猎,但在返回佐拉姆的途中,我和他走散了。我们跟着你和一个男人留下的足迹走,但后来风暴来临,足迹全都消失了。我要找的正是和你同行的那个男人。"

"你怎么认识那个男人的?"佳娜问道。

"他是我的朋友,"泰山回答道,"他怎么样了?"

"他被风暴困在了峡谷中,肯定早被淹死了,"佳娜伤心地回答,"你和他来自同一个国家?"

"是的。"

"你怎么知道他和我在一起的?"佳娜问。

"我认出了他的足迹,索尔认出了你的足迹。"

"他是个伟大的战士,也是个非常勇敢的人。"佳娜说。

"你确定他已经死了吗?"泰山问道。

"我确定。"佳娜回答说。

他们不禁想到了格里德利,沉默了一会儿。"你是他的朋友。"佳娜说着,向他靠近,坐到他旁边。现在,她往他身边靠得更近了,小声对他说:"他们肯定要杀了你。我比你更了解这些部落的人,我也了解卡布。他肯定会说到做到的。你是格里德利的朋友,我也是。如果我们能够逃脱,我可以领路带你回到佐拉姆。如果你是我和索尔的朋友,佐拉姆的人们肯定会接纳你的。"

忽然从他们后面传来一个低沉的声音问道:"你们在小声嘀咕些什么?"他们转过头去,只见首领阿凡站在那里。未等他们回答,阿凡就转过身对玛拉说:"把这个女孩带到洞穴里去,在战士代表们没有决定将她嫁给谁之前,不得离开。这期间,我会派几个战士守在入口处,看着她不让她逃跑。"

玛拉示意佳娜往洞穴里走去,佳娜站起身来,同时向泰山瞥了一眼,像是在恳求他一样。泰山站了起来,迅速环顾四周,只见岩脊上大概有百来个战士分散开站着,而通向峡谷的道路口,也就是唯一的逃跑路径,有十几名战士来回走动着。要是只有自己一人,泰山也许还可以成功逃脱,但要带上佳娜一起,绝无成功的可能。他摇摇头,喊了句:"等下!"但阿凡并没有理他。片刻之后,佳娜已经走进了黑暗的洞穴里。

"至于你这个来自异国的人嘛,在战士代表没决定你的命运之前,你就是俘虏。到洞穴里待着去,战士代表没发话前不要出来。"阿凡对泰山说道。

现在,通往自由的道路由十几个战士守着,但他们只是懒散地走来走去,没预料到会有什么意外。要是泰山此刻为了自由,孤注一掷,奋力一试,可能还没等他们意识到,泰山早就逃之夭夭了。泰山确信战士代表最终做出的决定肯定对自己不利,等到宣布最终决定时，所有克洛维的战士将会把他团团包围，万分警惕，做好准备，阻止他逃跑。因此，现在是逃跑的最佳时机，但泰山并没有在此刻逃跑，相反，他转身向洞穴入口走去，因为佳娜恳请他相助，他不会抛下索尔的妹妹、格里德利的朋友不顾的。

Chapter 12
费里沼泽

格里德利从峡谷一侧一跃而下,朝着那个士兵走去。巨大的恐龙从对面悬崖边的顶部飞下,迅速划过空中。看到这一幕,他脑子里闪过一幅图片,想到一种类似的濒危爬行动物,他认出这种生物是侏罗纪时代的剑龙,它比脑海中想象的动物可大多了,足见剑龙这种生物是多么可怕。

格里德利看到那个士兵站在那里,他已在劫难逃,但是他没有表现出任何恐惧。他的右手握着小矛,左手拿着粗糙的石头刀。他马上就要死了,死也要体面地死。没有恐慌,没有害怕,更没有逃跑。

格里德利离剑龙太远,用左轮手枪射击可能射不准。但是格里德利希望或许可以用射击的方法转移一下剑龙的注意力,让它不再盯着那个士兵,又或许这种奇怪的枪声能够把剑龙吓跑呢。他向峡谷底部纵深跃下,连开了两枪。事实证明两枪中至少有一枪射中了剑龙，它改变了原来的路线，大声地尖叫起来。

剑龙听到格里德利手枪发出的枪声，清楚地知道，是这个新敌人打伤了自己。剑龙利用尾巴做方向舵，向一侧倾斜棘片，朝着格里德利的方向转弯。

两声枪响打破了峡谷的寂静。士兵转过头来望向格里德利，看着他从斜坡跳下朝自己走来，接着他又看到剑龙调转方向，朝这个刚出现的人飞去。

遗传因素、后天训练以及生活经验，教会了这个原始社会的野蛮人，只要不是自己部落的人，其他人都是敌人。对这个原始部落的野蛮人来说，一生中也许只有这一次机会让他推翻之前的认知。这个刚认识的陌生人竟然冒着生命危险救自己，令他觉得难以置信。似乎没什么理由可以解释这件事，他一时不知所措。不过看到剑龙不再攻击自己，转而攻击那个陌生人，他没有选择逃跑，而是迅速地向那个陌生人跑去，与他一起对抗剑龙的攻击。

剑龙从悬崖顶上跃下，在空中飞驰而过，它的速度跟其巨大的体积似乎完全不成比例。几乎同时，格里德利还没有时间去猜测他此番冒险救人会有什么结果，就看到剑龙朝自己飞来，他感觉自己可能马上就会死了。

剑龙张着大嘴，发出刺耳的尖叫声，朝着格里德利扑过来。对格里德利来说，现在他离剑龙这么近，要射中它是件易如反掌的事情，格里德利完全有能力抓住时机改变局势。

他举起两把枪，想要瞄准剑龙的头，但是它的头太小，很难瞄准。格里德利只好凭借自己的感觉去瞄准，剑龙张着嘴，格里德利就把子弹射进它的上颚。格里德利朝着剑龙连发子弹，希望剑龙抵挡不住子弹连发的威力。事实果然如此。奇怪可怕的枪声，雨点般的子弹，头部巨大的撞击力，剧烈的疼痛感都令剑龙难以

166

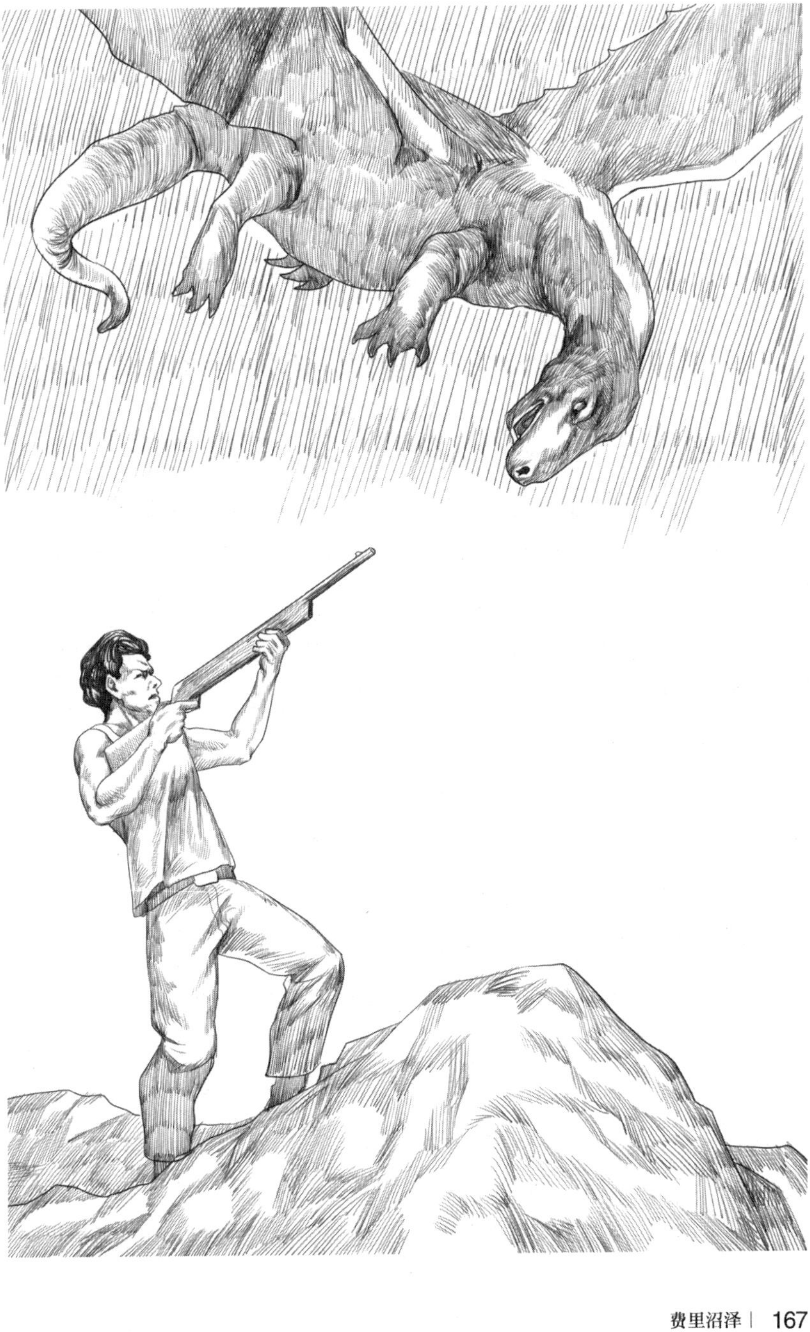

忍受。它在离格里德利不到六英尺的地方转弯向上飞去，从格里德利的头上越过，这时格里德利又朝着它的肚子射了两三枪。

剑龙在格里德利身后滑翔，身体的疼痛让它暴怒，发出尖声的吼叫。

它马上又朝格里德利发起了攻击。这次它用上了自己的四只脚。格里德利看到，剑龙虽然体型庞大，但是行动却异常灵活，速度也非常快。他觉得地上的剑龙跟飞在空中的剑龙一样难对付。

当剑龙返回攻击格里德利时，那个士兵赶到了格里德利身边。

那个士兵说道："你去那边攻击它，我在这边，避开它尾巴的位置。你要用矛，你拿的这个发声的东西可吓不跑它。"

格里德利听了那个士兵的话，快速跳到另一边。想到那个士兵天真地认为自己手中的枪只是个用来发声的东西，心中不禁暗笑起来。

剑龙朝着格里德利走来，那个士兵站在它的身后。他还没来得及掷矛，格里德利还没有来得及开枪，剑龙就跌倒了，鼻子扎进了地里，身体朝一边滚去。

那个士兵吃惊地说道："它死了！它怎么死的？我们俩谁都没有掷矛啊。"

格里德利把枪放入枪套里，拍了拍枪说道："用它杀的。"

那个士兵怀疑地说道："声音没办法杀人吧。它不是狼狗的叫声，也不是穴熊的吼声，让人听起来都心惊肉跳，希塔的嘶声也没办法杀人吧。"

格里德利说道："不是声音杀的人，如果你检查一下它的头，特别是上颚的部分，你就知道我的武器不仅会发出声音，它还能杀死剑龙。"

听了格里德利的话，那个士兵检查了剑龙的头部，他看到剑龙头部果然有许多裂开的伤口。他问道:"你是谁?你来佐拉姆做什么?"

格里德利大叫起来:"天哪!我在佐拉姆吗?"

"你在。"

格里德利问道:"你是佐拉姆的人吗?"

"我是佐拉姆的人,但是你是谁?"

格里德利坚持问道:"你能不能告诉我,你认识佳娜吗?"

那个士兵问道:"你怎么知道佳娜,我不认识你啊。"接着他好像想到了什么,忽然瞪大了眼睛问道,"在你们国家,你叫什么名字?"

格里德利回答道:"我的名字叫格里德利,杰森·格里德利。"

那个士兵喊道:"杰森!是的,杰森·格里德利,就是这个名字。你快告诉我,佳娜在哪里?你和她是怎么回事?"

格里德利说道:"我想问你的也是这个。我们分开了,我一直在找她。你又怎么会认识我?"

那个士兵回道:"我沿着你的足迹走了很长时间,不过一下雨,雨水一冲,就找不到你们的足迹了。"

格里德利问道:"你为什么要找我?"

那个士兵回道:"我之所以要跟着你的足迹,是因为你和佳娜在一起。我当时准备找到你杀了你,但是他说你不会伤害佳娜。佳娜是自愿跟你一起走的,是这样吗?"

格里德利回道:"她是自愿跟我走的,走了一会儿她就离开我了,不过我没有伤害她。"

那个士兵说道:"他说的或许是真的。等到我找到佳娜,我要问问她你有没有伤害她,如果没有的话,我就不杀你。"

格里德利问道:"你说的'他'指的是谁?在佩鲁塞塔,除了佳娜不可能有人认识我呀。"

那个士兵问道："你认识泰山吗？"

格里德利大声喊道："泰山！你见过泰山？他还活着吗？"

"我见过他，我和他一起打猎，还跟他一起追踪你和佳娜，不过现在他已经死了。"

"死了？你确定吗？"

"是的，他死了。"

"他怎么死的？"

"我们正要越过山顶时，一只希塔把他抓走了。"

泰山死了！格里德利害怕的事情成了事实，但他还是觉得难以置信。那个士兵继续跟他说话，可是他几乎一个字都听不进去。脑子中回想起泰山这个钢铁般的男人，他力大无比、活力四射。难以相信他高高大大的躯体再也不会运动，他光滑的棕色皮肤下，强有力的肌肉不会再颤动，他勇敢无畏的心脏不会再跳动。

那个士兵看到格里德利神情低落，一言不发，问道："你跟泰山很要好吗？"

格里德利说道："是的。"

那个士兵说道："我跟他也很要好，但是我和塔盖世都没能救得了他，希塔攻击的速度太快了，我和塔盖世还没来得及拿武器打它，它就把泰山带走了。"

格里德利问道："塔盖世是谁？"

那个士兵回道："一个萨古斯人——一个毛发旺盛的男人。他们住在森林里，马哈人常常让他们来做士兵。"

格里德利问道："他跟你和泰山是一起的吗？"

"是的。第一次见到泰山时，他俩就是一起的，但是现在泰山死了，塔盖世也回到它的家乡去了，我还要继续去找佳娜。你虽然来自其他地方,可是你却救了我的命。不过我不知道你有没有伤害佳娜,或许你已经把她杀了,我现在也不知道该怎么办了。"

格里德利说道:"我也在找佳娜,我们一起去找她吧。"

那个士兵说道:"那好,等找到佳娜,她会告诉我要不要杀你。"

格里德利不禁回想起佳娜曾经那么生自己的气,差点要亲手杀了他。

或许佳娜觉得让这个士兵杀自己更容易,这个男的多半是佳娜的心上人,倘若他要是知道事情的真相,用不着佳娜催他,他就会杀了自己这个竞争对手,不过从他的外貌和言行来看,格里德利目前还没看出来,他究竟是不是佳娜的心上人。

"我跟你一起去,如果我伤害了佳娜的话,你可以杀了我。你叫什么名字?"

那个士兵回道:"索尔。"

佳娜曾经跟格里德利提过自己的哥哥,不过格里德利已经不记得佳娜有没有提过她哥哥的名字。他仍然认为索尔是佳娜的心上人,可能是佳娜的配偶,想到这里他觉得有点不开心,不过他自己也说不清为什么会不开心。他越想就越觉得索尔是佳娜的配偶,因为只有那样,谁对佳娜无礼,索尔自然想要杀了这个人。是的,他确定这个男人就是佳娜的配偶。可是他记得佳娜信誓旦旦地让自己相信她没有配偶,想到这里,他怒火中烧。他想,佳娜不就是个到处调情的女人嘛,她玩弄男人只是为了打发无聊的时光,不过自己没有受她引诱,她勾引自己没有成功,所以她的自尊心受伤了,于是她大发雷霆,她毕竟是个年轻的原始人,一生气脑海中冒出的第一个想法就是要杀了他。于是,想着想着,格里德利变得怒气冲冲,不过他是个幽默乐观的人,凭借幽默感自己宽慰了下自己。他虽然笑了,内心深处却有点痛,他想知道为什么。

索尔问道："你最后一次见到佳娜是在哪里？我们回到那儿去，看看能不能找到她的足迹。"

格里德利回道："我不知道怎么说，没有指南针的帮助，我很难找到自己的位置，也找不到其他的位置。"

索尔说道："那我们从发现你和佳娜脚印的地方开始找吧。"

格里德利说道："如果你熟悉山那边那个地方的话，或许我们用不着回到那里去。如果要回到我第一次见到佳娜的那座山，我们需要穿过左边的那个大峡谷。在通往大峡谷的路上，我看到了两个男人正在追赶佳娜，本来这群男人有四个，其中两个已经被我杀了，剩下的那两个男人还在找她。佳娜想要到峡谷右边的那座山的山顶去，但是一条深邃的裂谷挡住了我们的去路，这条裂谷与我们想去的那座山的山脚平行。于是佳娜无奈之下只能转身再回到刚才下落的那个峡谷里去。最后一次看到她的时候，她正从峡谷底部向上攀爬，所以如果你知道那个峡谷在哪里的话，我们就不需要再走回到第一次见她的地方。"

索尔说道："我知道那个峡谷。如果那两个费里人去那个峡谷的话，他们有可能抓住佳娜。我们先沿着峡谷的方向去找找，如果没有佳娜的踪迹的话，我们就去费里人居住的低地找找。"

索尔带着格里德利穿过嶙峋的山峰，如同在迷宫中穿行。索尔没有时间概念，对格里德利来说，时间也是过去的记忆了。他们二人饿了就吃，困了就睡。前方危险的峭壁很多，大悬崖也不少，一路走来，他们要么绕着峭壁边缘走，要么攀爬可怕的悬崖。如果不是现在有机会跟着索尔重走佳娜走过的路线，格里德利很难相信，一个女孩竟会选择走这样一条路。

有时，他们不得不走通往森林的那条地势低的路线，沿着山坡爬到更高的地方。他们在山上发现了更多猎物，在索尔的帮助下，格里德利用石山羊的皮做了一件衣服。这件衣服充其量算一件不完整的衣服，胳膊和腿都露着，不过这件衣服已经达到了遮羞的目的。索尔始终不明白在这么热的天穿衣服有什么好处，他不理解来自地球的文明人为什么要穿这些毫无用处的东西。

格里德利和索尔变得越来越熟悉，他看索尔的目光由怀疑变成了羡慕，最后他好像真的喜欢上了这个来自佩鲁塞塔的原始人。事实上他对索尔的感情中混合着一点神奇的东西，算不上是良性的敌意，不过也类似了。格里德利并没有感受到他对索尔的这种情感似乎激励了他，他和这个原始人之间的关系不可能是竞争关系，不过他对待索尔的态度和行为就像是一个高贵的男人对待一位可敬的对手，看起来有点小心翼翼。

他们二人虽然不怎么提及佳娜，但他们每个人心中最关心的还是佳娜。格里德利经常回想起跟佳娜一起相处的每一个细节。她特有的姿势、特有的说话方式、曼妙的身姿、光彩照人的可爱脸庞都铭刻在他的记忆里，不可磨灭。即使分开的时候，佳娜说了那么多难听的话，也无法磨灭那一段相伴的美好时光。他这半辈子从未这么想念一个女人的陪伴。有时，他想要去想自己与辛西娅·加瓦诺或者芭芭拉·格林之间的事情，企图让自己不再想起佳娜，但是佳娜的身影还是在他脑中挥之不去，他总是能想起佳娜，辛西娅·加瓦诺和芭芭拉·格林的身影在他的脑海中慢慢消退。

他压制着自己对佳娜的想念，他想念这个没有受过教育的原始人，她美丽大方，讨厌他的自我意识。为了不让自己想佳娜的事情，他开始想泰山去世的事情，不过，他无论如何都不能相信泰山已经死了。

既然无法说服自己相信泰山已经死了，格里德利转而去想冯·霍斯特、姆维尔以及瓦兹瑞士兵,想知道他们怎么样了,飞船上发生了什么。他常常盯着佩鲁塞塔万里无云的天空,想找到O-220飞船。他的思绪甚至飘到了远在加州的塔扎纳山,不过想着想着脑海里就又出现了少女佳娜的身影。

对于索尔来说,他发现有格里德利陪他正合心意——他是一个安静可靠的人,在一起赶路过程中他总是愿意承担责任,帮助自己分担责任。

索尔和格里德利最后来到了那个大峡谷的边缘,他们沿着大峡谷上上下下各个方向找了很多遍,但是没有发现佳娜的踪迹,也没有任何迹象表明她从这里走过。

索尔说道:"我们到低地去,去那个叫费里的地方找找佳娜,就算找不到佳娜,我们也要为她报仇。"

原始人索尔的这个说法听起来很正义,让格里德利这个文明人也并未觉得有任何不符合道德的地方。事实上,在佩鲁塞塔,他和索尔自己心中,就有评判正义的法庭,凭借自己的内心做出审判,并且惩罚那些不正义的行为,这是最自然不过的事情了。因而格里德利轻松地脱去了那层薄薄的文明外衣,而这层外衣则是区分他和原始人祖先唯一的东西。

索尔和格里德利,一个来自佐拉姆,一个来自塔扎纳,横亘在他们之间的十万年深沟就这样被填平了。二人怀着同样的恨意沿着希塔山的山坡向下朝费里走去,二人心中都燃烧着熊熊怒火,都有想要杀人的冲动。在佩鲁塞塔,想要发起一场战争根本不需要向那些贪心的军需品厂商购买武器。

下山前往费里的过程中,他们穿越了茂密的森林,绵延起伏的丘陵。费里这个地方,各种类型的猎物不计其数,一路上他们遇到了许多动物,有残忍无情的食肉动物,愚蠢易怒的食草动物及其庞大急躁的爬行动物,它们动一步,地就要颤一颤。正是凭借人类卓越的智慧以及相当多的好运,他们毫发无损地到了费里所在的沼泽地。

费里这个地方似乎特别适合爬行动物生存。各种各样、大大小小的爬行动物密密麻麻,哪里都是。有水栖动物、两栖动物,有食肉动物、食草动物。它们不停地同其他动物搏斗,发出阵阵嘶声和尖叫声,总是在吞食其他动物的尸体,格里德利想知道它们怎么找到空闲时间进行繁衍活动,更令他惊讶的是,食草动物竟然能在这种环境中活下来。这里曾经发生过一次可怕的大规模动物灭绝事件,这次事件之后,各种物种之间的比例大体没变。然而,有充足的证据表明,其中许多物种,包括几种食草动物,活得时间很长,不像哺乳动物、爬行动物在活着的时候,永远不会停止生长。

索尔认为,他们马上就要走到费里的沼泽地了,他们到了一片一望无际的森林,树林里全是参天大树,树枝相互交织在一起。他们二人时常在森林里穿行,而非走在危机四伏的沼泽地。森林里虽然有不少爬行动物,体型却没有那么大。不过其中有一些动物例外,最让他们害怕的,要数巨蛇了。格里德利第一次看到这里的蛇时,他简直不能相信他自己的眼睛。当时它正在吞食一只和大象差不多大的糙齿龙。糙齿龙(巨大的食草恐龙)还活着,正奋力地挣扎,想从蛇嘴中摆脱出来,尽管它力大无比,牙齿大而有力,光下牙就有四百多颗,也没有帮助它逃脱蛇口,糙齿龙正在被巨蛇慢慢吞噬掉。

他们二人之所以免于成为爬行动物的口中之食,或许是因为他们体型小,脑子聪明,运气好。或者,再有一点,也可能是爬行动物本身蠢得要命,所以对他俩来说,要躲避这些动物相对容易。

体型庞大凶猛的剑齿虎、狮子和豹子都不敢冒险进入这片恐怖可怕的沼泽,人们如何在这里生存呢?格里德利难以想象。他想,费里人或其他种族的人真的会在这里建造自己的家园吗?

格里德利对索尔说道:"人们怎么会住在这种地方,费里肯定不在这里。"

索尔回道:"我们部落的人来费里不止一次了,都是为了报偷老婆的仇。我们现在看到的费里跟他们的描述差不多,这儿就是费里。"

格里德利说道:"或许你说得对,但是就像我们刚才看到蛇,我要看到费里人的村庄,才会相信这里真的是费里,我也不知道要不要相信了。"

索尔说道:"要不了多久,你就会看到费里人了。"

格里德利问道:"你怎么知道?"

索尔指着下方回答道:"向下看,下面就是我一直在找的东西。"

格里德利顺着他手指的方向向下看去,一条小河在沼泽中蜿蜒流淌。他说道:"我什么也没看到,只看到一条小溪。"

索尔回道:"我一直找的就是这条小溪,去过费里的人都说有条小河流经沼泽地,而费里人就居住在河流两岸。费里人不像我们一样生活在洞穴里,他们把房子建在地势高的地方或者在小山丘上。他们建造的房子很坚固,即使是最大的爬行动物都无法破门而入。"

格里德利问道:"但是他们为什么选择住在这样的地方呢?"

索尔回道:"这个地方非常太平,适合安居乐业。费里人不同于山上那些人,不是战斗民族。他们不喜欢和别人打架,他们更愿意藏到这么远的沼泽地中,其他人是不愿意来这个地方的,所以费里人几乎算是远离了人类。这个地方鸟兽众多,他们可以找到很多吃的。相较于佩鲁塞塔其他地方,这个地方更适合人居住,所以他们选择住在这个地方。"

格里德利和索尔又继续向前走,他俩感觉随时都会看到费里人的村庄,于是打起了十二分的精神。走了一会儿,索尔停下了脚步,退回到刚才经过的一棵树后面,指着前面一座光秃秃的山,对格里德利说:"快看。"格里德利从树林间的缝隙望去,只能看到山的一部分,山上的树明显刚被人类砍伐过,留下了许多树桩。他只看到了一座房子——如果可以称之为房子的话。

它由直径一二英尺的原木搭建而成,水平放置三或四根原木,然后再在上方一根挨一根地堆木头,就形成了格里德利所看到的墙。与之平行的另一面墙,距它有五六英尺的距离,墙顶部不足一英尺的地方放置的是更小的原木,直径只有六英寸左右。这些小原木比用来筑墙的原木长一点,几块小原木一起支撑着屋顶。搭建屋顶的原木紧密地贴合在一起,木头与木头的空隙中填满了泥浆。短原木竖在地上,中间留出了一个孔当作大门,房子的前面就是这样。费里人搭建的建筑中最特别的一点,是它的尖桩,尖桩插在墙底部,另一端向外伸出,与地面呈四十五度对角线,房子周围一圈插满了这样的尖桩,每隔十八英寸就有一个尖桩。尖桩上端被削尖,它的直径为六或八英寸,长约十英尺,是保护房子的屏障,很少有动物敢冒险靠近,即便那些没脑子的动物也不敢靠近它。

泰山和索尔走得更近了一点,找到了一个更好的视角观察费里人的村庄。他们看到了正在前往的那座山山顶有四座房子,盖得跟刚才发现的那座房子差不多。靠近山底部的地方是茂密的森林,但山丘上光秃秃的,什么植被都没有。因而所有动物,不管体型大小,只要接近费里人的住处都会被发现。

费里沼泽 | 177

他们没有在村庄中看到一个费里人，不过这可骗不了索尔，他猜想，许多眼睛正在昏暗的室内向墙外窥视，他们头顶是低矮的天花板。因为房子内部没有足够的空间容纳成年人站立，所以费里人的一生，要么蹲下来要么躺下。

格里德利说道："找到了，接下来我们做什么？"

索尔盯着格里德利的两支手枪，一脸渴求地说道："你不愿意用它，怕浪费它口中吐出的东西。但是如果用一下的话，我们能很快地找到佳娜，如果佳娜不在这里的话，我们也可以为她报仇。"

格里德利说道："放心吧，我愿意为佳娜倾尽最后一颗子弹。"说着，他从树上跳下来，朝最近的那栋房子走去。索尔紧跟在他的身后。

河流沿岸的山坡上丛林茂密，许多留着胡子的人藏在树林中，两人都没有注意到树林中有很多双眼睛正凶残地盯着他们。

Chapter 13

蛇人

克洛维部落的首领阿凡让士兵把守在山洞外面,泰山准备进入山洞时,士兵们拦住了他。

其中一个问道:"你要干什么?"

泰山回道:"进到山洞里面。"

士兵问:"为什么?"

泰山回道:"我想睡觉,我之前都是在山洞里睡觉,也没人拦过我啊。"

其中一个士兵解释道:"阿凡下了命令,没有士兵代表的同意,任何陌生人不得进出山洞。"

就在这个当口,阿凡来了,他说道:"让他进去,我让他来这里的,不过别再让他出来了。"泰山什么也不说,什么也没问,进到了克洛维山洞内部。山洞十分昏暗,他花了好一会儿才适应了这里昏暗的光线,看清了周围的环境。

他只能看清山洞里的一些东西，有些他非常熟悉。他不太看得清两侧的墙壁，后面的墙壁也只能看到一部分，也不太清楚，墙壁后面陷入了完全的黑暗，说明山洞通得很远，一直通到远处的山腰上。靠着墙的地上铺着一些干草，干草上面铺着兽皮，许多士兵、一些妇女和儿童躺在这简陋的床上，人们几乎都在睡觉。入口处的灯光稍亮一点，那里蹲着一群人，他们正在低声说话。泰山在山洞里走来走去，寻找那个来自佐拉姆的女孩，他的脚步很轻，走起路来几乎没有一点声音。还是佳娜先认出了泰山，泰山听到周围传来一阵低低的口哨。

佳娜让泰山坐在旁边的兽皮上，问道："你有逃跑的计划了吗？"

泰山说道："没有，我们要做的就是等待时机，抓住每一个时机，从这里逃出去。"

佳娜说道："你想逃出去很容易吧，他们待你又不似囚犯。你可以和他们一起自由进出，他们还允许你带着武器。"

泰山回道："我现在也是囚犯了，阿凡刚刚嘱咐外面的士兵，在上其几表做出决定之前，不允许我进出山洞。"

佳娜说："那看起来你也是凶多吉少，我已经知道自己的命运了，但我无论如何都不会嫁给卡布或是其他人的。"

佳娜和泰山偶尔低声交谈几句，但更多时候两人都沉默不语。不过，后来佳娜把话题转到泰山来自哪个世界之后，他们两个人之间的话就变多了，只是偶尔停下来一会儿。佳娜不愿让泰山停下来，缠着他问了一个又一个问题，泰山也都一一回答了她，不过泰山讲的很多东西佳娜都理解不了。不论是文明世界里的蒸汽和电力，还是那些依赖它们才能进行的各种活动，亦或是天体、乐器或书籍，全都超出了佳娜的理解能力。不过，尽管她对这一切几乎一无所知,但她本身是个聪明的女孩。一谈及与她自己熟悉的世界相关的事情,她就变得十分有趣,让人愉快。

不久,他们旁边的一个士兵醒了过来,坐了起来,伸了伸懒腰。他环顾四周,然后站起身来,在山洞里走了走,去叫醒其他士兵。

"醒醒,起来去参加会议了。"他对每个士兵叫道。

快走到泰山和佳娜面前时,他认出了泰山,停下来瞪了泰山几眼。

"你在这干吗?"他问泰山。

泰山站起身来,面对着他,但没回答他的问题。

"快说,你为什么在这儿!"卡布大声嚎叫道。

"你又不是首领。你只敢这样对女人和孩子说话吧。"泰山答道。

卡布听了后气急败坏。"走开!"泰山一边喊道,一边把手指向出口方向。卡布犹豫了一会儿,然后继续去叫醒其他人。

"现在好了,他肯定非把你弄死不可了。"

"他早就下定决心,非杀我不可了,我们的境地早就差到不能再差了。"泰山回答道。

这会儿,他们两人都陷入了沉默,静静等待着即将到来的厄运。他们知道,外面岩脊上,战士们正围坐成一个大圈,相互谈论、吹嘘和争论,不知多久才能做出最终决定,而他们所言大部分毫无必要。不过,立法者向来如此,从远古时代开始,直到现在也未曾改变。但与第一个猿人相比,我们现代立法者知道的话要多得多,这是他们的一大优势。

泰山和佳娜静静等待之际,一个年轻人进到了山洞里。他拿着一根火把,借着火光在山洞里找来找去。不一会儿,他就发现了泰山,迅速向他走来。原来,这个年轻人就是欧文。

"士兵代表已经做出最终决定,他们要杀了你,把这个女孩嫁

蛇人 | 181

给卡布。"欧文告诉泰山说。

听罢,泰山立刻站了起来。"快,"他对佳娜说,"机会来了。如果我们能穿过岩脊,跑到那条路上去的话,只有动作非常快的士兵才能追上我们。"他又转过来对着欧文说,"如果你把我当朋友的话——你自己说过你把我当朋友的,那你就千万不要出声,给我们逃跑的机会。"

"我把你当朋友,要不然我也不会来这告诉你了。但是,你肯定不能活着穿过岩脊,跑到那条路上去的,外面的士兵太多了,而且全都做好了准备。他们知道你有武器,猜到你会逃跑的。"欧文说道。

"但我们别无他法了。"泰山说道。

"还有另外一条路,我来这儿就是想告诉你们那条路。"欧文回答说。

"在哪儿?"佳娜连忙问道。

"跟我来。"欧文说着就开始往后面山洞深处走去,火把发出闪烁的光,隐约照亮了里面,佳娜和泰山紧随其后。

他们越往里走路越窄,走到最后,只见一面山壁陡然立于面前。他们借着暗淡的火光,极其困难地往上爬去。最后,欧文停了下来,将火把高高举过头顶,看到了一个天然的小洞,山洞远端有一条黑黑的裂缝。

"在那个黑暗的小洞里,有一条通往山顶的小径,只有首领和他的长子才知道。如果我父亲知道是我告诉了你们这条小径,他肯定非杀了我不可。不过,他不会知道是我通风报信的。待会儿等他们找到我的时候,我早就回到下面远处的山洞里,假装在兽皮上睡着了。这条小径陡峭而崎岖,但这是唯一的出路。快走吧。你救过我的命,我这算是报答你的救命之恩。"欧文说完就把火把扔到了地面上，留下他们在黑暗中继续前进。他没再说过一句话，但泰山听到欧文在轻轻往下爬，穿着凉鞋摸着黑往克洛维的山洞走去。

现在，这里一片漆黑，只能凭感觉确定前进方向，泰山伸出手来，拉着佳娜的手，领着她小心翼翼地往洞口走去。泰山用另一只手摸索着，一步一步地前进，最后终于发现了小径的入口。

他们在黑暗中，沿着小径向上爬去，上面满是破碎的花岗岩，参差不齐，刺人得很，让他们感觉似乎一直都在原地徘徊。如果时间可以通过肌肉运动的多少以及身体不适的程度来测量的话，那么他们可能会觉得自己已经在这黑暗中经历了永恒。但最终，眼前越来越亮，他们知道离山顶的洞口越来越近了。没过多久，他们就走出了山洞，迎来了正午灿烂的阳光。

"现在，佐拉姆在我们哪个方向？"

佳娜指了指方向，说："但我们不能原路返回，卡布和其他士兵肯定早就把每条路都堵住了。千万别以为他们会让我们这样轻易就逃脱了。说不定，他们为了找我们，甚至会跑到刚刚那条小径来追我们呢。"

"你说怎么样就怎么样。你比我更熟悉这里。那么，你觉得我们接下去要怎么办呢？"泰山问道。

"我们应该下山去，直接离开克洛维，因为他们肯定会在山里找我们。等到了低一点的地方，我们可以沿着山脚往回走，走到佐拉姆的下面，然后再重新回到山上。"

他们都不怎么熟悉这一带，下山的速度很慢。他们经常走着走着就遇到一条深沟，不得不回头另寻他路。这期间，他们已经吃了好几顿饭，睡了三觉了，所以泰山据此猜测他们已经耗费了很多时间了，但现在到底是什么时间了呢？

下山时，泰山瞥见了一片广阔的草原，一眼望不到尽头。他们一直往山下走，最后来到一座蜿蜒绵延的峡谷。等到最终来到峡谷出口时，泰山发现自己正位于之前看到的那片平原的边缘。放眼望去，这片平原上几乎没有一棵树，站在他那里看去，这平原就像湖面一样平坦。

"这里是吉尔克罗斯，但愿我们不要太倒霉，遇到一个吉尔。"佳娜不安地说道。

"吉尔是什么？"泰山问道。

"唉，那是种可怕的生物。我从没亲眼见到过，但佐拉姆的一些士兵曾经来过吉尔克罗斯，见过吉尔。听说，它们的个头是大象的两倍，长度比四个高个子的人躺在地上加在一起还要长。它们长着一张弯曲的喙和三根巨大的犄角，两个长在眼睛上方，一个长在鼻子上方。他们头的后面长着一圈像衣领一样的东西，里面是骨头，外面长着一层又厚又硬的皮，保护它们免于被同类的犄角或人类的长矛所攻击。它们并非食肉动物，但脾气暴躁易怒，不论遇到什么生物都要进行攻击，所以吉尔克罗斯就成了它们自己的地盘了。"

"那它们这片地盘可真宽阔啊。"泰山一边说，一边扫视了一眼这一望无际的牧场，只见这草原绵延不断，远处就仿佛和天上的云雾连成一片。"听你对它们的描述，好像它们几乎没敌人敢和它们争夺地盘的。"

"只有霍利布人。他们猎杀吉尔，吃它们的肉，剥它们的皮。"佳娜回答道。

"霍利布人又是什么？"泰山问道。

佳娜耸了耸肩，带着敬畏的语气低声说："他们是蛇人。"

"蛇人，"泰山重复道，"什么是蛇人？"

"我们还是不要提他们了。他们简直太可怕了，比吉尔还要凶猛可怕。他们的血是冰冷的，人们说他们没有心，人类所欣赏的所有品格他们一点都没有，他们根本不知道什么是友情、同情或爱情。"

他们沿着峡谷的底部向前走着，只见眼前横着一道深深的沟壑，滚滚山洪从中湍急流过，沟壑两侧异常陡峭。这条沟壑将他们与佐拉姆隔开，他们根本过不去，只能顺流而下进入平原，等找到一个好过一点的渡口再到对面去。

他们两人在峡谷口下方走了约一英里。四周都是高低起伏的丘陵，一眼看去，逐渐和下面的平原融合在一起。一片片树丛散落得到处都是，草盖过膝盖轻轻摇摆着，吉尔克罗斯简直就是天堂。正午阳光高照，这里一片宁静祥和的景象，但泰山心中却隐隐不安。泰山知道，佩鲁塞塔向来活动丰富，十分热闹，但这里完全没有动物出没，简直不可思议。但泰山确定附近有生物，他正是因为闻到了一种陌生而奇怪的气味，才不禁感到一种不祥的预兆。对他来说，熟悉的气味不可能会让自己有这样的感觉，这里肯定有他认不出来的气味，闻起来极其不适，令人感到奇怪。这气味闻起来像是蛇的气味，但又不是。

为了佳娜，泰山希望他们很快就可以找到一个渡口，然后再重新向上登到更高处，前往佐拉姆。因为那里的人们都非常熟悉这些生物，而且对于这些生物可能带来的危险早有准备。不过，这沟壑两岸近乎垂直，山洪湍急汹涌，他们根本没法下去。现在，他们看见宽阔的吉尔克罗斯一片平坦，但事实却并非如此，只是因为太远了，看起来显得平坦而已。实际上，吉尔克罗斯上面，这里一条沟壑，那里一片洼地，其中有些又宽又深。这会儿，他们面前横着一条沟壑，流向河流中较浅的小峡谷。他们不得不绕道而行，先往反方向走去。他们沿着这个方向走了大约一英里之后才发现了一个渡口，到达对面后，佳娜突然抓了抓泰山的手臂，用手指了指。其实，佳娜看见那东西的同时，泰山也已经看到了。

"是一只吉尔。赶紧躺下，躲进这高高的草里面。"佳娜小声说。

"它还没看见我们，可能不会朝我们这个方向来。"泰山说。

他们眼前的这头野兽，体积巨大，样子凶恶，令人害怕，根本没有什么描述可以形容得出来，令泰山印象深刻。它两根犄角长在眼睛上面，还有一根长在鼻子上面，喙十分坚硬。脖子上长着角状的肉冠，或者横向的肉冠。其肤色与戈拉夫相似，但更加柔和一点。其中，最明显的是那青灰色而又略显黄色的腹部和脸。眼睛周围有一圈蓝色，但不是很明显。沿着脊柱长有红色的肉冠，以及骨状的凸起，不过没有戈拉夫身上的明显。泰山从佳娜那得知，这是食草动物，让他更坚信眼前这庞然大物就是一种巨型三角恐龙，这种三角恐龙曾和其他种恐龙一起统治古代侏罗纪世界。

佳娜早就俯卧在草丛里了，连忙叫泰山也跟着一起躲起来。泰山蹲伏着，眼睛探出草丛，观察着眼前这只巨大的恐龙。

"我觉得它已经嗅到我们的气味了，正站在那抬起头四处张望。现在，它正绕着圈跑来跑去。对于像体积这样巨大的野兽来说，它跑起来已经算是轻盈的了。它嗅到了气味，但应该不是我们的气味，因为风不是从我们这往它那边吹去的。有什么东西正从左边向我们靠近，但离我们还有一大段距离。我只能隐隐约约听到它的动静，感觉有什么东西在动。吉尔现在正往那个方向看呢。不论来的是什么，它们的速度都非常快，而且，声音越来越大，一下就变这么大声，肯定不止一个，肯定有好多。吉尔现在正往前去，想要一探究竟，但它将要从我们左边经过，不过离我们有段距离。"泰山盯着吉尔，听着不明生物发出的声音，这些生物现在还看不见,但可以听出正往这边靠近。"来的不管是什么,肯定都是沿着我们之前穿过的峡谷底部来的。它们将从我们的正后方经过。"

佳娜仍然趴得低低的,躲在草丛里。她连头顶都不敢露出草丛外,深怕引起吉尔的注意。"也许,我们应该趁着现在它的注意力不在我们这儿,赶紧爬到别处去。"

"他们正从峡谷里出来,"泰山小声说道,"他们正从峡谷边缘过来,有好多个一起。但是,上帝啊,他们骑的是什么啊?"

佳娜抬起头来,眼睛从草丛上方露出,往泰山盯着的方向看去。她不禁打了个寒战,小声说:"他们不是人,是蛇人,他们骑着的就是戈罗波尔。要是他们看到我们,我们就死定了。世界上没有谁可以逃离戈罗波尔的手掌,因为在佩鲁塞塔没什么比他们动作更快的了。先躺着别动。要想逃脱,我们唯一的机会就是不让他们发现。"

吉尔一看到蛇人就发出了一声令人惊骇的怒吼,整个大地都随之颤抖。接着,它低下头,直接冲向他们发起进攻。五十个蛇人骑着可怕的坐骑从峡谷出来。泰山可以看到,这些蛇人都拿着长矛,但他觉得要对付这样一只愤怒的三角龙,这些武器根本就不够。不过,泰山很快就发现,蛇人并不打算正面应对吉尔的进攻。然后,泰山第一次见识到了蛇人坐骑——大型蜥蜴的惊人速度,其速度之快,丝毫不亚于小沙漠蜥蜴闪电般的速度。

按照类似于西美洲平原印第安人的策略,蛇人正围绕着他们的猎物盘旋着。吉尔狂怒起来,咆哮着进攻,先朝一个方向冲去,然后又换个方向冲去。但是,戈罗波尔立马躲开,速度之迅速,吉尔根本追不上。不久,吉尔就气喘吁吁,陷入了绝境,而蛇人围着吉尔转,将圈子越围越小,绕着它迅速转圈,使它眼花缭乱这只重十多吨的吉尔，怒火中烧，在戈罗波尔的包围下，一会儿转过来往这边进攻，一会儿又回到包围中心。泰山一直看着眼前的一切，不禁感到惊讶，想知道蛇人将用什么办法来杀死吉尔。

这会儿，一个蛇人骑着戈罗波尔向吉尔飞驰而去，他们的速度实在是太快了，连看都看不清，只能看到模糊的身影。吉尔低下头转身冲向来犯的蛇人，用头上的三根犄角将他刺穿，然后另外两个蛇人从后面两侧飞奔而来。

就像之前从三个方向进攻一样迅速，他们迅速撤退，回到队伍之中。但他们早就将两支长矛深深地插进了吉尔的两侧。三角龙受伤后更加愤怒了，再次低头发起进攻，往前冲去，原来的吼叫声也变成了现在嘶哑、咳嗽似的尖叫声。

这次，它没像之前那样换着方向进攻，而是始终保持在一条直线上，可能是想要突破蛇人的包围。但令泰山惊愕的是，泰山发现自己和佳娜正好在吉尔冲来的那个方向。如果吉尔不改变方向，他们就死定了。

十几个蛇人从吉尔的后面发起攻击，将十几支长矛深深插入它的身体。吉尔再添新伤，愈加愤怒不已，决心要报仇雪恨，再次发起了攻击。

吉尔这次进攻之后，只离泰山和佳娜不到五十英尺。这使得泰山突然心中不安起来，而且更糟的是，蛇人围成的包围圈也离泰山他们更近了。

吉尔现在低着头站着，呼吸沉重，身上十几个伤口血流不止。一个蛇人从正前方慢慢朝它靠近。吉尔的注意力完全放在前面这个敌人的身上，而且它脖子周围的肉冠，位于犄角和眼睛后面，横在那里刚好挡住了后方的视线，所以吉尔丝毫没有察觉到还有两个敌人正从后方两侧靠近自己。这三个蛇人此时离吉尔都不到五十英尺，突然，后面的两个蛇人同时以惊人之速向前冲去。他们骑着坐骑，身体前倾，放低手中长矛，不约而同地从吉尔的两侧猛烈地刺去，将长矛深深刺进吉尔的身体里去。他们离吉尔非常近，转身撤退时，坐骑都撞到了吉尔的肩膀。

吉尔跟跟跄跄地走了一会儿，然后就往前重重地倒在地上，滚到一旁，最后的那支长矛直接刺穿心脏。

泰山之前还担心两人会被蛇人发现，现在一切都结束了，心里不由高兴起来。这会儿，这一大帮蛇人都骑着坐骑，转过身去，迅速往自己的藏身之所去了，泰山暗自庆幸能有这么好的运气。然而，这些蛇人却突然再次围成一圈，只不过，这次被它们团团包围的是泰山和佳娜两人。很明显，蛇人早就发现了他们，只不过在解决吉尔之前，暂时没空管他们而已。

"我们不得不和他们打一仗了。"泰山对佳娜说。既然已经被发现了，泰山干脆站起身来。

"是的，我们不得不和他们打一仗，但是打不打结局都一样。他们有五十个，而我们只有两个人。"

泰山往弓上安了一支箭。蛇人们正绕着他们转圈，仔细观察新猎物。最终，蛇人们不断上前，离他们越来越近，然后停下来看着他们。

现在，泰山第一次有机会可以好好看看蛇人及其可怕的坐骑究竟是什么样了。就躯干和四肢来看，他们的构造几乎和人无异。他们每只脚上有三根脚趾，每只手上有五根手指，和爬行动物的手脚一样。他们的头和脸像蛇一样，但尖尖的耳朵和两根短短的犄角，使他们看起来既奇怪又可怕。手臂的比例要好于腿部，他们的腿非常难看。他们全身都覆盖着鳞片，但是手上、脚上和脸上的鳞片非常小，几乎不怎么看得出来，就像是裸露的皮肤一样，

190

而且这几个部位的颜色要浅得多，就像是蛇腹部那种闪亮的死白。他们穿着一件像围裙一样的衣服，显然是由某种大型爬行动物的皮革制成的。这种衣服就和盔甲一样，其唯一目的就是要覆盖住蛇那柔软的白色腹部。每件衣服的胸部都有一个奇怪的装置——一个八齿叉交叉在一起，中间是一个圆形。每个蛇人腰上都戴着一条皮带，上面绑着一个刀鞘，刀鞘里面插着一把骨刀。每个蛇人的手腕上都戴着手环或手镯，除此之外，他们就没别的服装和装饰品了。除了骨刀之外，每个蛇人还带着一支长矛，长矛的尖端是骨头做的。他们坐在奇怪的坐骑上，脚趾紧紧夹住戈罗波尔的肘部后面。戈罗波尔是三叠纪的异齿亚目爬行动物，古生物学家称之为帕西索瑞。虽然他们的腿短粗而有力，站着并不高，但它们当中许多都有十英尺长。

泰山凝视着蛇人，一时入了迷。他意识到，眼前这些蛇人可能是生物进化过程中出现的异类，或者可能是某种生物的复制品，这种生物曾经在地球上存在过，从爬行动物时代到人类时代，开辟了某种不为我们所知的生物进化之路。沉思过后，泰山觉得，鸟类可能从爬行动物进化而来，或者像科学家所证明的一样，哺乳动物一定是从爬行动物进化而来，与此相比，一个像人类一样的爬行动物可能从爬行动物进化而来也并非超乎寻常。

这些想法在泰山的脑海中一闪而过，而蛇人亮晶晶的小眼睛紧紧盯着他们二人。突然，其中一个蛇人用佩鲁塞塔的吉拉克语跟他们说话，就算泰山早就被这些蛇人的样子所震惊，也完全比不上他听到吉拉克语时的震惊。

"你们跑不掉的，快快放下武器。"一个蛇人说道。

Chapter 14

穿越幽林

格里德利迅速朝山上跑去,希望能在费里人的村庄找到佳娜。跟在他身边的是索尔,手上拿着矛和刀,准备随时解救妹妹或是为她报仇。他们身后有条河,河流两岸的灌木丛中藏着一群皮肤黝黑、胡子拉碴的男人,正打量着他们。

令索尔感到十分惊讶的是房子里面竟然没有士兵冲出来,房间内部也没有传出一点声音。他感觉到不太对劲,悄悄提醒格里德利:"小心点。我们很有可能中他们的圈套。"格里德利听到索尔的建议,马上谨慎起来,走得更加小心翼翼。一直走到了房子门口,都没有人出来阻挡他们。

格里德利停在门口,朝屋内看了看,躬身进入屋内,索尔紧跟在他的身后。

格里德利说道:"这里没人,这间房子是废弃的。"

索尔说道:"希望下一栋房子里面也没人。"事实上不仅下一栋房子没人，下下栋房子里也没有人，费里村庄里的房子都没人。

格里德利说道："他们都走了。"

索尔回道："是的，但是他们会回来的。我们回到河边去，藏到树林中，等着他们回来。"

这两人丝毫没有意识到他们现在的处境有多么危险，他们从山坡上走下来，走进灌木丛中的小路上，那条小路非常狭窄，费里人却经常从这条路经过。

他们二人还没走出灌木丛，忽然冒出了十几个男人，跳到他们身上，把他们压在地上。三下五除二就卸下了他们身上的武器，把他们的手腕绑在背后，之后猛地把他们从地上拽了起来。格里德利看了一眼抓捕他的人，瞬间瞪大了眼睛。

他喊道："哎呀！我在佩鲁塞塔见过犀牛、猛犸象、糙齿龙、无齿翼龙和恐龙，但是我从没想过会在这里见到基德船长、拉菲特以及摩根爵士。"

他惊讶地发现自己切换到母语，也没人能够听懂他说的话。抓捕他们的那十几个人中有一个问道："你说的什么语言？你是谁，你来自哪儿？"

格里德利回道："美式英语啊，我来自美国。但是你又是谁？你为什么要抓我们？"说完，他转向索尔，问道，"他们是费里人吗？"

索尔回道："不，他们不是费里人，我没见过他们。"

那群人中有一位说道："我们知道你是谁，我们知道你从哪里来，别想骗我们。"

格里德利回道："很好，既然你们知道我们从哪里来，就给我们松绑吧，你知道我们不想跟任何人为敌。"

那人说道："你是萨里人，你们国家总是与科尔萨交战。我从

穿越幽林 | 193

你带的武器就看出来了,一看到这些武器,我知道你来自遥远的萨里,西德见到你肯定很高兴,布尔夫一定也会很高兴。"他又指了指自己的同伴,继续说道,"他是塔纳,他曾被关在科尔萨的地牢中,你见过他吗?"

格里德利回道:"我已经离开飞船了,我没见过他,如果他真的是塔纳的话,我们此次探险的目的就达到了。"

"我们还是现在乘船回去吧。再在这儿等下去也没用,那些平脚的本地人是不会回来的。在这里找到一个漂亮女人的概率简直是千分之一。"

这群人告诉格里德利:"有时候沿着河流向下,可以抓到佐拉姆的女人,我们最好还是等等吧。"

"我很想看看传说中的佐拉姆女人,但是只要我们还埋伏在附近,他们这里的人是不会回去的。我们离开船已经很长时间了,据我对船长的了解,再晚点回去的话,他会杀了我们的。"格里德利说。

船的大艇拴在河岸两边的树上,有五个科尔萨人把守。这艘艇的风格让格里德利想起少年时期读的小说,船上的这群科尔萨人留着胡须,穿着怪诞的服装,手上拿着手枪、弯刀以及古老的火绳枪。

科尔萨人带着囚犯回到船上,船开始启程,下方水流湍急。

湍急的水流推着船快速前进,格里德利这时有机会打量这群科尔萨人,他们看起来不像小说里的船员,他们长相恶毒,跟他脑海中想象的最残忍的海盗有点接近。他们戴着耳环,有的还戴着金色的鼻环,头上系着颜色鲜艳的头巾,腰上系着腰带。从远处看他们,看不到他们身上的泥土和补丁,衣服质感看起来还不错,颜色鲜艳明丽。

尽管格里德利收到了佩里发来的无线电波,告诉了他佩鲁塞塔地底人塔纳的故事,他也对科尔萨人的外表和性格并不陌生,不过在此之前,他理解的科尔萨人应该像小时候书中的海盗那样——是虚构的,往好了说是传奇的,不似刚才看到的科尔萨人那般有血有肉,他们发着毒誓,讲着粗野的笑话,现实生活中的肮脏让他们更像真实的人类。

看着他们的船、衣服以及古老的火器,格里德利可以确信这群野蛮的科尔萨人来自地球,他心里想,肯定是这群人的出现,才让大卫·因内斯对南北极点附近存在地心世界入口的说法深信不疑。

索尔觉得很伤心,自己落到了一群不认识的人手里。格里德利也说不清自己到底是幸运还是不幸运,从刚才的对话以及科尔萨人的聊天中,他知道自己很有可能被带到科尔萨,大卫·因内斯就关在那里,他们来到佩鲁塞塔探险的首要目标就是为了解救佩鲁塞塔的国王——大卫·因内斯。

他开心的原因不是自己即将到达科尔萨,而是总的来说,与其在一个充满危险、几乎没有可能找到同伴的地方漫无目的地闲逛,不如现在到一个同伴们也准备去的地方,这样的话,与他们团聚的可能还更大些。

水流推动着船穿过沼泽森林,经过数不清的池塘,有的池塘大得堪比湖了。不管是水中还是河岸边,到处都是爬行动物,此情此景,让格里德利想起中生代时期的地球,那时候地球是爬行动物的天堂。这里的爬行动物数不胜数,体型十分巨大,又异常好战。船沿着河流向下,爬行动物不停地进攻科尔萨人。科尔萨人一直保持警觉的状态,他们经常需要火绳枪来自我防卫。通常情况下,火绳枪的声音不能吓走那些爬行动物,它们会一直进攻,直到科尔萨人开枪打死它们。一些爬行动物遇到无脑残忍的萨里人可能会将他们的船打翻，带着自己的同伴把他们吃掉。

格里德利和索尔被扔在船中央，他俩手腕被绑在背后，靠着船底部蹲着。有个科尔萨人离格里德利很近，他的同伴们称他为拉约，这个人引起了格里德利的注意。或许是他的表情看起来不那么凶狠，他的行为不那么可恶。其他人说粗野的笑话时，他从不参与进去，他只专心地守卫船，保证它不再受野兽的攻击。

这群科尔萨人好像没有老大，所有事情都是商量着来，大家一起来做决定。格里德利注意到拉约说话的时候，其他人听得很认真，他虽然话不多，但回答总是一针见血、充满智慧。通过观察，格里德利觉得选择拉约提出自己的请求是最明智的。那么他要做的第一件事就是先吸引他的注意。

他冲拉约喊了一下，拉约问道："你想干什么？"

格里德利问道："你们这里谁是老大？"

拉约回道："没有老大。我们老大来的路上被杀了，你为什么这么问？"

格里德利说道："能不能给我们松松绑，我们逃跑不了的。第一，我们没有武器；第二，我们人手不够，所以我们肯定伤不了你们。如果不给我们松绑的话，那些爬行动物一旦把船弄翻，我们被绑着手肯定叫天天不应，叫地地不灵。"

拉约拔出了刀。

另外一个科尔萨人听到他俩对话，看到拉约拔出刀，他问道："你要干什么？"

拉约回道："我准备给他们松绑，绑着他们也没什么好处。"

那人挑衅地说道："谁跟你说可以帮他们松绑的？"

拉约朝格里德利走去，平静地回道："谁跟你说不能松绑的？"

那人尖叫道:"我要你尝尝我的厉害!"说着抽出刀朝拉约跑去。

拉约没有丝毫的犹豫,像豹子一样跳到那人身上,用自己的左前臂夺下了他手中的刀,同时把他手中的刀调了个方向刺到他的胸口。只听到一声毛骨悚然的尖叫声,那个男人倒了下去,断气了。拉约把刀猛地从他身上抽出,在那个男人衬衫上擦了擦,然后默默地给索尔和格里德利松了绑。其他科尔萨人看到这一幕,明显不太惊讶,只有一两个人开着死人的玩笑,或是小声咕哝着称赞拉约刚才的行为。

拉约把那个男人身上的武器卸下来,扔在船尾囚犯们碰不到的地方,然后他走向那个男人的尸体,对格里德利和索尔说道:"把他扔到水里。"

其中一位科尔萨人说道:"等等,我想要他的靴子。"

另外一个科尔萨人喊道:"他的腰带是我的。"之后,十几个科尔萨人为了那个男人身上的物品争论了起来,就像一群狗在抢骨头吃。不过拉约没有参与,而现在那个男人身上的破衣服也被剥了个干净。衣服怎么分的呢?当然采取最简单有效的方式,谁强谁就可以先拿走衣服。格里德利和索尔小心翼翼地把那个男人的尸体移到边上扔下去,刚扔下去,立马被河中贪吃的食肉动物接住了。

格里德利觉得这段前往未知目的地的路程似乎没有尽头,他们吃了很多次饭,睡了很多次觉,船依然在没有尽头的沼泽地上前行。河岸两边植被茂盛,鲜花盛放,不过看得多了就失去了兴趣,他们只感觉越来越无聊,眼皮也开始打起架来。

这只又大又重的船逆流行驶,每走一英里就会遭遇到一群可怕的爬行动物袭击,格里德利惊讶于划船需要耗费的体力。

过了一会儿,周围的风景跟刚才不一样了,河道变宽,低矮的沼泽地消失不见了，出现在眼前的是连绵不绝的小山。河岸两边的森林中灌木没有那么多，这就表明这里有很多食草动物，灌木都被它们吃了，这一想法很快得到了证实，他们看到了一大群动物在这里吃草，格里德利认出来的有马鹿、北美野牛以及其他食草动物。河岸右侧树林，地方开阔，阳光普照，动物在悠然地吃草，呈现出一幅温暖欢乐、生机勃勃的画面。但是左侧树林看起来却是黑暗阴郁的：许许多多的参天大树遮挡了太阳光，树干间的通路又长又黑，看起来阴森诡异，令人害怕。

这边的溪流中，爬行动物比刚才的地方少，但是科尔萨人一反常态，进入这片河域之后反倒更紧张，更警觉，担心周围可能会出现的危险。他们曾让船随着水流漂流，只在船尾支一根短桨，让船头朝着下游漂去。但现在他们让索尔和格里德利跟其他人一起划桨，火绳枪放在他们的脚边，船头和船尾都派人拿着武器观察四周情况。他们不怎么看河岸右侧，而是一直紧张警惕地看着阴森恐怖的左侧河岸。格里德利想知道科尔萨人在害怕什么，但是没有机会问他们，他和索尔一直在划船，没有休息一会儿。科尔萨人则轮流休息，要么放哨观察情况，要么划船。

格里德利想不出是什么样的危险让科尔萨人这么紧张，从他们的态度也看不出来是否渡过了最危险的地区，不过船却顺利地向前行驶。

格里德利和索尔累得只剩下最后一点力气，拉约见状，就让他俩先不要划桨了。格里德利感觉，自从进入这片水域以来，没有一个人吃过东西，也没有一个人睡过觉，他不知道划了多长时间的桨，只是觉得时间应该挺长的。他估计进入这片水域以来大概已经向前行驶了一百多英里。索尔和自己一直在划船，没吃东西也没睡觉。忽然从船头传来激动的叫声："他们在那儿！"船上的所有人听到这句话都十分激动,格里德利和索尔听见这声音也站了起来。

拉约说道:"继续划船,最好的办法就是超过他们。"

尽管格里德利累得不行,面对突如其来的死亡威胁也提不起兴趣,他还是找个地方坐下,抬起头看了看甲板边缘的水面,起初他看到平静的水面中有一群动物,不过他看不出来那到底是什么动物,显然那些动物朝船这边游过来,想要拦截他们这艘船。又看了一会儿,格里德利终于看清了,这是一种长得像人的生物,他们骑在可怕的爬行动物背上,拿着长矛,身下面的爬行动物长满鳞片,游得飞快,让人觉得难以置信。当这种动物靠近船的时候,格里德利看出骑在爬行动物背上的不是人,虽然是人形,但长得又丑又怪,是一种爬行动物。他们长着蜥蜴一样的头,面部表情十分可怖,尖耳朵、短犄角令他们又平添了几分怪异和丑陋。

索尔坐在那里瑟瑟发抖,大喊道:"我的天呐,那是什么?"

"那是蛇人,被他们抓到比死还难受。"

水流把船向下游冲去,水浪拍打着小船,船本身向下的走势起了作用,让笨重的船直接朝那种可怕的动物驶去,原本船距离蛇人很远,这下一下子就到眼前了,为首的那个蛇人马上就到船边了,这时船头的火绳枪响了。巨大的声响打破了空气中死亡前夕的寂静,这条河就像一个大型棺材罩在每个人头顶。这群蛇人听到枪声,直接在船头分成了两拨,分别沿着船两边疾驰而过。火绳枪喷出了烟和火,洒出了少量铁块和石块,一个蛇人倒下,就又上来两个同伴顶替他的位置。

现在蛇人终于往后撤退了一段距离,无论爬行动物的坐骑是否跟上了船的步伐,蛇人都会一个接一个冲过来,抛出自己的长矛,显然他们从未失手过。他们的长矛十分致命,科尔萨人不得不丢

穿越幽林 | 199

下船桨躲到船底，只偶尔探出头来在甲板边缘开个火，当他们需要再次装填子弹时就藏到下方的隐秘处。但即使这样做了，也支撑不了多长时间，蛇人离船边越来越近，可能会越过船边攻击囚犯。蛇人径直撞上了火绳枪的枪口，不过他们显然完全不知道什么叫作恐惧；死伤惨重，有的尸体上被枪轰出了大洞，有的则被砍了头，还有二十多个蛇人不是失去了一只手就是一只手臂，但他们仍然继续向前。

这时，一个蛇人成功地把一根长长的皮绳套在船舷上的羊角上，随即几个蛇人抓住了绳套，乘着坐骑朝河岸冲去。格里德利和索尔几乎筋疲力尽，没有武器自卫，一直躺在船的底部，不去想接下来会发生什么。科尔萨人的尸首从上方跌落下来，压在他俩一半的身体上，他俩如今躺在一片血泊中。在他们的尖叫声和诅咒声中，火绳枪的声音仍然在耳边咆哮，混杂其间的还有尖叫声和咒骂声。尤其难听的是那刺耳的"嘶嘶"尖叫声，似乎是蛇人发起了战争的号角。

蛇人把船拖到岸边，将皮绳套紧紧地拴在树干上，科萨尔人把绳子割断了三次，蛇人也不得不换了三次绳索。

当蛇人离开他们的坐骑蜂拥爬上甲板开始进攻他们的猎物，科尔萨人死的死，伤的伤，只有少数船员安然无恙。他们拿着弯刀、匕首、火绳枪奋力搏斗保命。但黏糊糊的蛇人爬过尸体，开始攻击那些幸存下来的人，直到科尔萨人死得差不多了才停止。

战斗结束时，只有三名科尔萨人活了下来，没受重伤——拉约就是其中之一。蛇人绑住了他们的手腕并将他们带到了岸上，之后蛇人开始从船上卸尸体，遇见重伤的就用匕首将他刺死。最后它们发现格里德利和索尔身上没有受伤，就像绑拉约那样将他们二人绑住并与其他囚犯一起放在岸边。

战斗结束后，囚犯们安全了，蛇人开始处理死尸，他们狼吞虎咽地吃掉了所有死尸后才开始休息，而格里德利和其他囚犯看到把科尔萨人吃了，只觉得毛骨悚然，恶心至极，忍不住地呕吐。即使是残酷无情的科尔萨人，看到蛇人吃自己的同伴，身子也止不住地发抖。

格里德利问道："你认为他们会救我们吗？"

拉约摇摇头说道："我不知道。"

索尔说道："他们留着我们肯定是留给他们的老婆孩子吃的。他们说要留着囚犯，养肥了吃。"

拉约问索尔："你怎么知道它们是谁？你之前见过他们吗？"

索尔答道："是的，我知道他们是谁。但这是我第一次见到他们，他们是蛇人，他们居住的地方在瑞拉阿姆和吉尔克罗斯之间。"

格里德利看到蛇人吃人的时候，突然发现蛇人的皮肤颜色变化十分明显。第一次看到蛇人时，他们在打斗，皮肤是苍白色透着点蓝色。战斗时，他们的手、脚和脸变得更加苍白。战斗结束，他们平复下来开始吃猎物的时候，这种色调逐渐消失，取而代之的是一种微红的色调。不同的蛇人肤色变化程度不一样，其中一些蛇人的脸部和四肢在进食时几乎变成了深红色。

可能是这些动物的外表和嗜血残暴吓坏了他，所以第一次听到蛇人和佩鲁塞塔人用同样的话交谈时，格里德利并不感觉吃惊。

蛇人的武器，一般包括长矛和石刀，他们穿着围裙式的服装，衣服胸口上的徽章以及他们所戴的臂章都表明了他们已经有装饰服装的概念，所有这些都表明人性曾经是可怕丑陋的。如果他们说人类的语言的话，就更像人了，会让人产生一种难以描述的厌恶感。

格里德利想着蛇人的事情就入了迷，他无法停止自己去想他们，也无法把眼睛从他们身上移开。他注意到，虽然大多数蛇人的身高大约六英尺，但还是有很多体型小的蛇人，小型的蛇人有四英尺左右，巨型的蛇人有九英尺高。但他们的身材比例都是相同的，年龄不同外表几乎没什么差异，只不过他们中体型最大的那个毛发更旺盛一点，皮肤更粗糙一点。然而，后来他得知蛇人的年龄不同，他们的体型存在差异。爬行动物生长所遵循的规律他们同样适用，即与哺乳动物不同，爬行动物在整个生命期内会一直长大。

当蛇人狼吞虎咽地吃着科尔萨人时，他们会躺下来，格里德利从来看不出他们是否是睡着了，因为他们没有眼睑的眼睛一直瞪着。现在格里德利又发现了一个新现象，躺在地上时，他们身上的红色逐渐消失，变成一种暗淡的褐灰色，与地面的颜色看起来很搭。

格里德利划了那么长时间的桨，又目睹了刚才那可怕的场景，早已精疲力竭，逐渐迷迷糊糊地睡去。他做了一个可怕的噩梦，他梦见佳娜落入了蛇人手中，蛇人想要吃了佳娜，而他想保护佳娜，正在奋力挣脱绑在身上的绳子。

格里德利忽然感到肩上一阵刺痛，他醒了过来，睁开眼睛，看到一个蛇人正站在他身旁，用尖锐的矛刺了刺他，说道："小点声。"格里德利意识到自己一定在睡梦中胡言乱语了。

其他蛇人从地面上站起来，吹出奇怪的口哨声，藏在河水中以及阴郁森林中的坐骑蜂拥赶来，响应蛇人的召唤。

刚才刺醒格里德利的那个蛇人冲他喊道："起来，我要给你松绑，但是你不能逃跑，如果你逃跑的话我会杀了你。"他给格里德利解开了手上的绳索，并命令道："跟我来。"

格里德利陪着那个蛇人来到一群戈罗波尔中，戈罗波尔群正沿着河岸漫无目的地闲逛、抓咬、嘶叫。

对格里德利来说，这些戈罗波尔看起来很像。但蛇人显然能把戈罗波尔区分开，他领着格里德利从许多黏糊糊的尸体身边走过，把他送到一只戈罗波尔身边。

那个蛇人示意格里德利坐到坐骑上来，说道："骑上来，坐好，抓着它的脖子。"

格里德利跳上了戈罗波尔的背部，感到十分恶心。他裸露的腿碰到了戈罗波尔冰冰凉、黏糊糊、硬梆梆的兽皮，只觉得全身发冷，脊柱都在发抖。蛇人也爬了上去，坐在他身后。现在所有囚犯和蛇人都坐上了坐骑准备出发，每个囚犯后面都坐一个蛇人。

这支奇怪的队伍进入到那片阴森森的森林，他们越走越黑，蜿蜒的小路上长满了茂密的植物，大部分植物由于缺乏阳光照射，颜色死一样的惨白。一股诡异的黏潮与寒意弥漫在佩鲁塞塔的空气中，囚犯们感到心中仿佛压了千斤重，心情抑郁。

走了好一段，没有人说一句话。格里德利问道："你们打算怎么处理我们？"

蛇人答道："我们会喂你们吃鸡蛋，等你们长结实了留给女人和小孩吃，他们吃鱼和吉尔肉吃厌了，我们现在捕到的吉拉克没有之前多了。"

格里德利听完就不说话了，蛇人后来又说了什么他一点也没听进去，刚才的话让他心情沉重。他不是害怕死亡，而是想到蛇人把自己养肥送去给"女人"和"孩子"吃就觉得恶心。

他们继续在森林中前行，森林似乎没有尽头。格里德利试图猜测蛇人这种动物的起源。在他看来，与地球外部从爬行动物进化到人类的进化过程相比，他们的进化路线少了很多圈圈绕绕，进化的程度更高，是自然最佳的作品。

穿越幽林 | 203

前进过程中，尽管格里德利没有机会和其他囚犯交谈，但他偶尔会瞥一下索尔和其他囚犯。好像过了很长很长时间，这支队伍从森林里走了出来，重见阳光。格里德利看到了远处泛着点点蓝光的内陆湖。他们走近河岸边，看到了很多很多蛇人，一些在湖中游泳或者懒洋洋地躺在其中，另一些或躺在或蹲在泥泞的河岸上。队伍到地方了，这里的蛇人看到回来的蛇人反应冷冷的，只有几个"女人"和"孩子"对囚犯表现出了一点兴趣。

成年雌性蛇人与成年雄性蛇人差别很小。除了没有犄角，赤身裸体之外，格里德利还没有发现成年雌性蛇人有什么其他特征。他没有发现村庄的迹象，也没有发现可以用来制造简陋武器所需的技艺和手工制品，更没有发现男性蛇人身上所穿的用来保护腹部的围裙式盔甲。

蛇人把囚犯们从坐骑上拉了起来，把他们赶到一起，领着他们沿着河边朝高一点的河岸走去。

途中他们从一些雌性蛇人身边走过，她们正在产卵，把卵放在水线上方柔软温暖的泥土中，拿泥土轻轻盖上，随后在旁边的地上插一根细长的木棍标记巢穴。岸周围这块地方插有数百个这样的木棍。再往前走，格里德利看到几个小蛇人，显然是刚孵化出来，刚从泥土中蠕动冒出。丝毫没有人注意到小蛇人正在蹒跚地爬，想让自己适应四肢，第一次四肢并用向前爬时，他就像一只丑陋的小蜥蜴。

抵达岸上时，领头押送索尔的士兵突然用手捂住索尔的嘴巴，用拇指和食指紧紧夹住他的鼻子，一把将索尔的头按入水中。

格里德利看到索尔和其他同伴消失在泥水中，心中惊恐万分，看到朋友不停地挣扎着，过了好一会儿，水面才再次平静下来，蛇人和索尔消失的水域如今只留下一圈圈荡开的水晕。过了一会儿拉约和另外两个科尔萨人以同样的方式消失了。

格里德利试图凭借自己超乎常人的力量从押送他的蛇人的手中逃出来，但一双冰冷潮湿的手紧紧抓住他。其中一个蛇人突然捏住了他的嘴和鼻子，不一会儿，他感觉到温暖的河水包围了他。

格里德利仍然挣扎着想要逃脱，他感觉到蛇人正带着自己迅速下潜。现在他脚下踩着湿滑的软泥，身子正被向下拽。他的肺大声喊着"我要空气"，他感到一阵眩晕，瞬间眼前一片漆黑，不过没有比之前被拉进的孔洞黑，之前那个孔洞简直如同地狱一般黑。忽然他觉得自己嘴和鼻子上的手拿开了；他大口大口地机械地吸着气，慢慢恢复意识。格里德利发现自己没有被淹死，他没有在水中，而是躺在一张床上猛吸空气。

黑暗笼罩着他，他感觉到一个湿漉漉的身体正摩擦着他，然后他发现不只一个身体，还有一个人的身体在摩擦自己。他听到汩汩的流水声，然后再也没有声音了——周围又是死一般的寂静。

Chapter 15

囚徒生涯

泰山站在吉尔大平原的边缘,一群拿着武器的蛇人包围了他,刚刚泰山已经见识了蛇人的厉害,他们能够杀死那些进化程度高、强大凶残的动物,但泰山还是不愿放下他的武器,他不愿意服从命令,不愿意向未知的命运投降,他选择抗争。

他反问刚才那个蛇人:"你们准备抓我们做什么?"

"我们会将你们带到我们的村庄。你逃不了的,没有人能从我们手中逃走。"

泰山犹豫了。佳娜慢慢走到他身边,低声说道:"我们现在跟他们走吧,这会儿逃不掉的,他们数量太多了,或许我们跟他们一起走,晚些时候能够找到机会逃跑。"

泰山点点头转过身对蛇人说道:"那走吧。"

泰山和佳娜分别坐在两只戈罗波尔的脖子上,身后都坐着蛇人。他们穿过了吉尔平原的角落,到达了一片同样阴森的森林中,格里德利和索尔就是在这片森林被蛇人抓走的，不过他们是从不同的方向进入森林罢了。

希塔山的东边有条沿东南方向流动的河流。它流进蛇人所在的阴暗森林，从森林流出，通向瑞拉阿姆或黑暗之河。科尔萨人就是在两条河的交汇处遭遇了蛇人的袭击，泰山和佳娜也是从这条河流的上岸向下到达了蛇人的村庄。

蛇人村庄的河距离希塔山相当远，也许有五百英里。这里没有时间概念，距离远近也只能凭借吃饭和睡觉的次数来衡量，五英里和五百英里的区别在于吃的饭多饭少，睡的觉多觉少的区别。有的人可能走了一千里也没有遇到任何意外，而另一个人可能才走一英里就被杀掉了，在这种情况下，一英里的价值远远超过一千里的价值，对于想逃跑的泰山来说，这条路似乎是没有尽头的。

泰山和佳娜正穿行在那边凄凉的森林中，此时距他们数百英里的格里德利正在一片黑暗中突然坐了起来，仿佛有心电感应般地大喊道："天哪！"

"谁在说话？"黑暗中传出一个声音。格里德利认出这是索尔的声音。

格里德利答道："是我，格里德利。"

又一个声音传来："我们在哪儿？"是拉约的声音。

此时第四个声音传来："太黑了，真希望他们把我们杀了。"

第五个声音传来："别急，我们马上就要死了。"

格里德利说道："我们都还活着。我看到他们把你们一个接一个地拖入水中时，我以为我们都要死了。"

其中一个科尔萨人问道："我们在哪儿？他们带着我们从什么样的洞钻进来的？"

格里德利说道："在我们那里有种叫作鳄鱼的大型爬行动物，

囚徒生涯 | 207

它们会在河岸边的水线上建一些这样的巢穴或是临时避难所，但是只有一个入口可以通向水底，我们被拉进的那个洞应该就是类似的入口。"

索尔问道："为什么我们不能再游出去呢？"

格里德利说道："或许我们可以，但是蛇人看到我们，还是会把我们带回来的。"

拉约问道："难道我们就躺在水里等着被杀吗？"

格里德利说道："不，我们制订一个合理的逃跑计划吧，轻举妄动没有好结果。"

这些人静静地坐着沉默了一段时间，最终格里德利打破了沉默。他低声问道："你们不觉得好像只有我们在这里吗？我仔细听了听，除了我们几个人的呼吸声，我听不到其他声音。"

索尔说道："我也没听到。"

格里德利说道："你们靠过来点。"五个男人在黑暗中摸索着靠了过来，蹲在一起，头碰着头，围成了一个圈。格里德利继续说道："我有个计划，他们带我们来这儿的时候，我留意过，那个湖旁边有个森林，如果我们能凿出一条通往森林的隧道，或许我们可以成功逃跑。"

拉约问道："森林在哪边？"

格里德利说道："不知道，我们只能猜。我们可能会猜错，但是我们必须抓住机会。我认为森林的方向很可能与这个洞的入口正好相反。"

一个科尔萨人说道："那我们马上开始挖隧道吧。"

索尔说道："先别急，等我找到入口。"

他趴在地上用手和膝盖匍匐前进，在黑暗的泥土中不断向前摸索。过了一会儿，他说找到入口了，其他人根据他的声音传来方向判断挖掘从哪里开始。

他们五个人看到逃跑的希望,心中又燃起了奋斗的火焰。不过现在他们遇到了问题,要怎么处理隧道中挖出的泥土呢?格里德利让拉约待在准备继续向前挖掘的地方,然后让其他人朝不同的方向爬行,以估算他们所处的这个洞穴的大小。每个人都要沿指定的方向直线爬行,并计算到达洞穴末端时,膝盖接触地面的次数。

通过这种方式,他们测量出洞穴十分狭长,如果原先的猜想是对的,洞穴会与湖两岸平行,沿一侧湖岸延伸二十英尺,沿另一侧湖岸延伸五十多英尺。

最后他们决定,应该先把挖出的这些土均匀地放置在洞穴中,然后把它带到另一端,将其靠着洞穴的墙均匀堆放,以便无论任何时候蛇人来到这里,都不会引起他们的注意。

用手指挖掘隧道是一项缓慢而费力的工作,但他们轮流挖掘,一直没有停下来。挖掘的人会把泥堆到自己身后,其他人会把泥收集起来,均匀铺在地上,以便不管蛇人什么时候来,地上都不会出现新土,引起他们的怀疑。蛇人确实来了,他们带来了食物,当蛇人潜入湖中还没到达洞穴时,格里德利就可以听到他们跳进水中激起的飞溅声,警告自己的同伴停下动作,把挖掘的隧道藏起来。蛇人进入洞穴后,绝不会想到所有的一切都是假的。虽然蛇人能够在黑暗中看清东西,但很明显,他们无法清楚地辨别事物,因此格里德利他们不再那么担心会被蛇人发现。

经过相当大的努力,他们成功地挖掘了一条直径约三英尺,长约十英尺的隧道,轮到格里德利挖掘时,他挖出了一个大型的壳体,极大地加快了挖掘进程。从那时起,他们的进展变得更加迅速,但他们觉得挖掘工作似乎没有终点,没有人知道蛇人什么

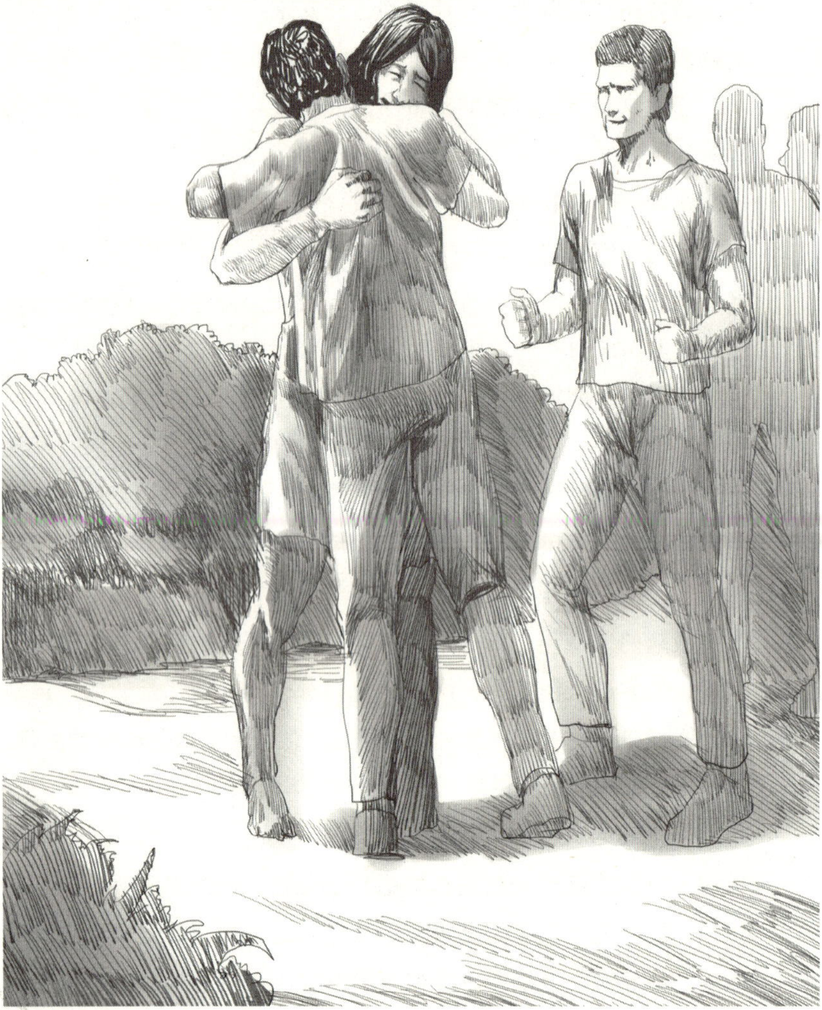

时候就会把他们带走杀了吃掉。

格里德利希望找到森林之后，再将隧道向上挖通到地面。但为了保证这一点，他知道必须先遇到树根并绕开树根挖掘，这可能需要改道或者会耽误时间，但过早地把隧道挖通到地面会让目前所做的一切前功尽弃，并且不可能逃跑成功，也不会再有逃跑的机会。

这五个人在黑暗洞穴的地下一点一点地挖掘隧道，隧道越挖越长，通向蛇人所在的那片阴暗森林中，此时一艘巨大的飞船正翱翔在希塔山北面山坡上方的高空中。

祖普纳说道："他们绝对不会走这条路的，只有石山羊会到这里吧。"

海恩斯说："我很同意，我们现在不妨搜索一下其他方向。"

祖普纳喊道："天哪，如果我知道搜索哪个方向就好了。"

海恩斯摇摇头说道："搜索哪个方向都差不多。"

祖普纳说道："我想也是这样。"他轻轻地转动舵轮，大飞船的船头就摇摇摆摆地驶向了港口。向东行驶了一段后，飞船沿着与希塔山平行的方向飞行，驶过了吉尔克罗斯。这时，祖普纳只要稍微转动一下方向盘，飞船就会飞到东南方，穿过那片阴郁的森林，泰山和佳娜正走在森林间的路上，迎接他们的是可怕的命运。但祖普纳对此一无所知，所以O-220飞船继续向东行驶，而丛林之王泰山和佳娜正默默地走向死亡。

几乎从进到森林的那一刻起，泰山就已经知道他有机会逃走了。只需一瞬间的工夫，他就可以从戈罗波尔的背后跳到森林中一根低一点的树枝上，他们从树下经过时，一些树木的树枝刚刚擦过头，他知道一旦在树林中，没有蛇人和戈罗波尔可以抓住他，但他不能丢下佳娜不管。把自己的计划告诉她也不太可能，因为他们没有机会离得足够近,不可能悄悄告诉佳娜而不让蛇人发现。但即使他把计划全盘告诉佳娜,他也怀疑她能否成功逃脱。

如果他可以离佳娜近到能够抓住她,他相信自己有能力保证他俩安全逃走,所以他默默地前行,心中怀有一线希望,或许有机会接近佳娜,带她一起逃走。

他们到达了湖的上游,正沿着西面的河岸向前走。蛇人们的交谈并不多,但从他们的只言片语中,泰山猜到应该基本算到达目的地了,逃走的事情依然遥不可期。

泰山等得不耐烦,心中躁郁不安。为了自由,他准备突然行动。他相信自己出其不意的行动能让蛇人懵几秒钟,这几秒钟他要把佳娜扛在肩膀上,荡到上方的树木中,此时树林仿佛正在召唤他。

泰山的神经和肌肉受过训练,绝对服从他的意志,面对任何情感他都不会感到惊讶。面对陌生人和敌人时,他的肌肉也不会发抖,不会暴露内心的紧张和恐惧。但现在,这一次,一阵微风吹过,他闻到一股味道,一股他以为自己再也不会闻到的味道。他一下子惊得神经紧绷,肌肉发颤。

蛇人们几乎是迎风而行的,这样泰山就知道这股熟悉的气味是从前面飘过来的。泰山脑子正在飞速运转,他还没来得及在脑中仔细权衡自己的计划,一股熟悉的味道就蹿入他的鼻孔中。他主要担心佳娜的安全,但为了成功救出佳娜,他必须保护自己。他觉得要想两人同时逃脱不太可能,但现在还有一种办法——似乎这种办法成功的可能性最高。一个高大的蛇人坐在他身后的那个戈罗波尔上。他一手拿着长矛,另一只手什么也没拿。泰山如果要跑的话,必须跑得够快,以免蛇人用那只没拿东西的手抓住自己。要做到这一点,需要超乎寻常的敏捷。要论敏捷,恐怕没几个人比得上泰山。树林低垂在他们的头顶上,泰山等待着机会来临。过了一会儿,他看到一根坚硬的树枝,树枝上方空间很大——阴暗的树叶上方有个通口。他双手轻轻地放在戈罗波尔的脖子上,身体向前倾。几乎要到他选的那根树枝下方时,泰山轻轻地一跃而起,跳入树中。整个动作一气呵成,十分迅速,押送他的蛇人还没有反应过来,泰山已经顺利逃脱了。当蛇人反应过来要去抓他时已经晚了——囚犯已经走了。蛇人发现其他囚犯也看到泰山逃跑了,大声警告前面的人不要逃跑。泰山穿过上层树枝,下方的树叶遮挡了蛇人的视线,蛇人根本看不到他,也听不到他的声音。

佳娜就在泰山身后不远的戈罗波尔身上坐着,看到泰山逃跑,心沉了下去,她又感到近乎绝望的恐惧,之前看到蛇人出现,她就经历过这种恐惧,后来泰山出现了,她心中宽慰了许多。现在泰山走了,她感到更加孤单。有机会逃跑,他选择逃跑无可厚非,佳娜并没有责怪泰山这种行为,但她心里想,要是跟格里德利一起,他绝对不会抛弃自己。泰山唯一的向导就是那股气味,他在树林中迅速移动。起初,他爬到很高,爬到最上方的树林。在这里他发现了一个新的世界——这里阳光充沛,植被茂盛,各种各样毛色绚丽的鸟儿飞来飞去,还有许多会飞的爬行动物,以及大而夸张的飞蛾。树枝上各种蛇盘旋缠绕,很多品种泰山都没见过,他不知道这些蛇能否构成真正的威胁。这个世界既美丽又令人厌恶,这里最吸引泰山的一点是安静,似乎所有生活于此的动物都是不发出声音的。泰山想快速从森林中穿过,不过森林中的蛇以及浓密的树叶阻碍了他,于是他下降了一个高度,这里的树林更加开阔,他还能闻到那股气味,而且气味更加浓烈了。

能够在广袤的佩鲁塞塔阴森的森林中,闻到这种气味简直令人觉得荒谬、难以置信,但他从来没有怀疑过这股味道的来源。

如果可能的话,泰山希望能够赶在蛇人之前到达目的地。他希望自己刚才的逃跑能够耽误蛇人们的进程。实际上，确实是这样，看到泰山逃走，蛇人们立即停下来，爬上树寻找泰山。蛇人们面无表情，脸上看不出丝毫的愤怒，但是他们鳞片状的外皮大部分变成了病态般的蓝色。最后搜寻泰山无果，他们怀着糟糕的心情沿着刚才走的路继续前行。

泰山现在已经跑到蛇人前方很远的地方，跳落到低一点的树林中。一股浓烈的气味蹿到他的鼻子中，这股气味就是他一直闻到的那股味道，气味虽无言，向泰山传递的信息却比语言更可靠，气味告诉他离想要到达的目的地更近了。不一会儿，他就跳到森林中阴暗的小路上，十个健壮的士兵看到泰山从天而降，瞬间都惊得目瞪口呆。

待他们反应过来，纷纷朝泰山跑过去，扑到他身上，亲吻他的双手，流下了开心的泪水。他们哭喊道："啊，老大，老大，确实是你！上帝保佑，你还活着。"

泰山说道："伙伴们，我现在需要你们的帮助。蛇人正往这边赶来，他们抓了一个女孩。谢天谢地，你们带着步枪，希望你们的子弹够用。"

"老大，我们省下来很多子弹，我们一直都是能用矛就用矛，能用弓箭就用弓箭，绝不浪费子弹。"

泰山说道："真好！接下来我们需要用到子弹。咱们的飞船离这里有多远？"

姆维尔说："我不知道。"

泰山不敢相信自己的耳朵，又问道："你不知道？"

瓦兹瑞士兵的头儿说道："老大，你可能不知道，我们已经迷路很长时间了。"

泰山问道："你们单独离开飞船做什么？"

"我们跟随格里德利和冯·霍斯特去找你。"

泰山问道:"他们人呢?"

"我们和格里德利早就分开了,我也不知道到底有多久,分开后,我就再没见过他。和他分开是因为遇见了一群野兽。但是我们不知道和冯·霍斯特是怎么分开的。我们找到了一个山洞,进去睡了一觉,醒来的时候,冯·霍斯特就不见了,我们再没见过他。"

泰山提醒他们:"蛇人快来了。"

姆维尔回道:"我听到声音了。"

泰山问道:"你们见过他们吗?见过蛇人吗?"

"没有,老大,我们很长时间没有见过人了,只见过野兽——十分可怕的野兽。"

泰山提醒他们:"你们现在将要看到一些可怕的人,但是不要被他们的外表吓坏了,你们手里有枪,可以把他们打倒。"

姆维尔骄傲地说:"老大,你什么时候见过瓦兹瑞士兵害怕过?"

泰山笑了笑说道:"你们给我把枪,我们分开跑到森林中去,我不知道蛇人们会走哪条路,不过任何人碰到他们,就鸣枪示意大家,开枪把蛇人杀死,不过记得一点,那个女孩在蛇人队伍前面,开枪的时候小心点,不要伤到她。"

泰山话音未落,他和瓦兹瑞士兵就看到了蛇人,但他们根本没有找地方躲藏,领头的蛇人看到泰山和瓦兹瑞士兵,激动地尖叫起来。随着一声枪响,领头的蛇人倒在了地上,身体不停地抽搐,翻滚到另一侧。其他蛇人骑着坐骑迅速朝着瓦兹瑞士兵以及泰山飞冲过去,但地球的子弹比戈罗波尔坐骑更快。泰山和瓦兹瑞士兵以最快的速度射击,蛇人一个个倒在地上。蛇人之前从未失败过,此刻暴怒的他们全身都燃着蓝色的光,子弹射中他们心脏后,他们翻滚在地,死的时候,皮肤就变成了泥灰色。

戈罗波尔迅速移动,泰山、瓦兹瑞与蛇人的第一轮交战持续了几分钟。现在还活着的蛇人发现他们不可能战胜这群拿有陌生武器的人,他们的武器比他们的长矛可快多了,长矛还没掷出去,就被这些人的武器打死了。于是蛇人转了个弯,分开绕过泰山他们继续前进。

尽管泰山还没有看到佳娜,他知道佳娜肯定待在蛇人队伍后方。忽然他看到远处闪过佳娜的身影,她骑着戈罗波尔,跟在一群蛇人的后面。

现在看来,只有射死佳娜所骑的那头戈罗波尔,才够拯救佳娜。泰山将他的步枪架在肩膀上,不料这时,没有蛇人控制的戈罗波尔从后面袭击了他,他摔倒在地上。当他重新站起来的时候,中间一棵碍事的树挡住了他的视线,他已经看不到佳娜以及押送她的蛇人了。

一群可怕并且无人控制的戈罗波尔正围着瓦兹瑞士兵乱转。刚才击倒泰山的戈罗波尔也在其中。这些戈罗波尔没有主人指引似乎迷路了,其中有一只戈罗波尔看到逃跑的蛇人就朝他追了过去,其他戈罗波尔也跟着它疯狂地冲过去,这些凶残的戈罗波尔跟蛇人一样,自身就十分危险。

姆维尔和瓦兹瑞士兵们迅速跳到大树树干后面,躲避可怕的戈罗波尔。但是泰山的脑中又冒出了一个新的想法,让他觉得救出佳娜又有了希望。要想救回佳娜,唯一的方法就是超过佳娜所乘的那头戈罗波尔。之后在瓦兹瑞士兵一片惊骇惶恐的目光中,泰山跳到了跟他并排逃窜的一只戈罗波尔的背上。他看到的蛇人将脚趾锁在肘部下方,他也这样做。他乘着这只戈罗波尔迅速狂奔,想让它超越其他戈罗波尔。他不知道做什么可以让戈罗波尔跑得快,事实上,他根本不要做什么,它已跑得超级快,或许是因为刚才的战争让它惊慌失措,受到了刺激,只见它在阴森的树林中狂奔,将其他戈罗波尔甩在身后。

过了一会儿,泰山看到佳娜以及押送她的蛇人就在自己的正前方,他知道按照身下这只戈罗波尔的速度,他似乎一会儿根本来不及救佳娜就与她擦肩而过了,于是他想必须让身下的坐骑停下来。

只有一瞬间的工夫供泰山下决定和行动,就在那一瞬间他举起步枪朝着佳娜身下的戈罗波尔开了一枪。或许是这一枪打得好,或许是运气好,子弹击中了那只戈罗波尔的脊柱,片刻之后它的后腿弯了下来,跌倒在地翻滚了一下,将佳娜和蛇人重重甩在地面上。

与此同时,泰山的坐骑狂奔而来,泰山冒着摔倒的严重危险,从戈罗波尔背部滑落,脚踩着戈罗波尔的尸体,从它头上翻身过来。

他朝着蛇人跳了过来,落回地面时,突然掉进了一个洞,洞高及腋下。当他挣扎着要从洞里向外爬时,感觉有东西抓住了他的脚踝向下拉——冰冷的手指紧紧地抓住他,无情地将他拖进了一个黑暗的地下洞。

囚徒生涯 | 217

Chapter 16

成功逃脱

O-220 飞船在吉尔平原上空缓慢地巡航,船员正小心翼翼地扫视着下方的地面,但他们能够看到的唯一活物就是巨大的恐龙。飞船的发动机声扰得它们心烦意乱,牛气地绕圈跑来跑去,恐龙看到头顶的飞船,时不时跟着飞船跑,并发出阵阵怒吼;或者会跟着地面上 O-220 飞船投下的椭圆形阴影跑,对着阴影发起进攻。

海恩斯中尉在餐厅的休息室看到这一幕,说道:"暴脾气的小家伙。"

琼斯问道:"中尉,下面这个东西是什么?"

海恩斯回道:"三角龙。"

琼斯说道:"除了婴儿,它基本什么都吃。"

迷路的队员们并不知道这艘飞船正在朝东南方向驶去。飞船左侧很远的地方隐约可见一排山峰,远处的群山中流出一条河,这条河将吉尔平原分隔开,飞船顺着河流流淌的方向巡航,队员

成功逃脱 | 219

们知道如果一个人在陌生的地方迷路，他会更愿意沿着河边走，如果足够幸运的话，他们可以找到失踪队员。

飞船沿着河边飞行了一段距离。道夫中尉从观察舱打来电话，向祖普纳队长报告说："前面有一大片水。从外表来看，应该说我们可能正在靠近大海边。"

现在所有人的眼睛都紧紧盯着前方那片广阔的水域，飞船慢慢地沿着海岸上下巡航了一小段距离。船上的人已经有段时间没有喝到新鲜的水，吃到新鲜的肉了，于是祖普纳选择让飞船在刚才巡航的那条河流的正北方着陆扎营。巨大的飞船轻轻地落在一片绵延起伏、翠色欲滴的草地上。

琼斯在他的黑色小日记本中记了一笔："于正午时分到达这里。"

这一边，飞船停靠在佩鲁塞塔安静的河岸边；另一边，格里德利和其他囚犯将隧道向西挖掘了数百英里后开始朝向地面挖掘。格里德利十分卖力地在最前面挖土，然后一把一把地传给身后的人，十分耗费力气。因为格里德利和其他囚犯疯狂地抢掘隧道，隧道已经挖得很长，所以当蛇人走来时，他们不可能再抢先一步发现蛇人了。

格里德利擦了擦身上的土，突然他的耳边传来一阵类似步枪枪声的混响声。他不相信这声音是蛇人发出来的，那么这枪声是谁发出来的呢？他已经与同伴们分开很长时间了，不可能有什么意外情况，他们是不可能来到佩鲁塞塔这个阴暗角落的。尽管格里德利心中燃起了希望，他也没有继续想下去，他想到了一种更合理的解释——枪声来自科尔萨人的火绳枪，拉约告诉他科尔萨人的船锚定在瑞拉阿姆下方的某个地方。毫无疑问，这群人就从船上来，船长派出这群人来寻找失踪的船员。但即使这群科尔萨人再次落入残忍的蛇人手中,他们的遭遇与拉约、格里德利之前的遭遇比起来,也算是天堂般的待遇了。

现在格里德利更加努力、疯狂地朝地面挖掘。枪声只持续了几分钟就停止了,随后传来一阵雷鸣般的脚步声,仿佛沉重的动物正朝这边跑来。声音是如此之近,好像就从他的头顶传来,他马上就可以挖到地面了。这时候就在他头顶的正上方传来了一声枪响,忽然一个沉重的身体落在地上,震得地轰轰地响,格里德利甚至能听到地震的声音。感到自己离地面这么近,他激动得无以言表,突然间上方的土松了,什么东西掉进了隧道,落在他的头上。

格里德利一直最担心的就是蛇人发现他们的逃跑计划,他本能的反应就是自我保护,目前最好的办法似乎是尽快把这个发现他们秘密的人藏起来,不让其他蛇人看到。想到这儿,他迅速进到隧道内,将掉进洞的这个人向下拽,从某种程度上说,这并不是困难的事。但泰山紧紧抓住他的步枪,步枪横了过来,枪口和枪屁股卡在隧道入口的两边,从而形成了一个结结实实的障碍。格里德利拉着他的脚踝疯狂地向下拽,泰山结实的肌肉慢慢发力向上爬,也带着格里德利向上爬。尽管格里德利拼尽全身力气,奋力挣扎,还是无法抵挡上方强劲的拉力。最后,一股不可抗拒的力量将他缓缓地拉到地面上。

到现在这个时候,格里德利当然知道自己拉的这个人不是蛇人,因为他手指摸到的是人类光滑的皮肤,不是蛇人鱼鳞状的兽皮,但是他不愿意放这个人逃跑。

蛇人一直在等泰山来攻击它,谁知道泰山竟然谜一般地从地上消失了。他可不管泰山为什么消失,抓着还在挣扎的佳娜,跟在自己同伴的身后快速向前走。

当泰山从隧道中探出头时，看到蛇人和佳娜正消失在森林深处，只看到他们一闪而过的身影。他意识到刚才的事情真的是个灾难，让他完全失去了拯救佳娜的可能，想到这里他咆哮了起来，声音听起来就像是暴怒的野兽。他烦死下面的人了，都是他们拼命地拉自己的脚踝，害得自己没法去救佳娜，泰山冲着他们猛踢一脚。这一踢效果不错，格里德利摔倒在隧道中，泰山重获自由了，他跳到了坚实的地面上，赶紧去追赶蛇人和佳娜。

格里德利回头对其他囚犯说道："我去跟着他。"他迅速地爬上了地面，看到了一个人，这人身材高大，半裸着身子，皮肤是棕色的，只瞥见了一眼，这人就消失在树林当中。但这一瞥唤醒了格里德利心中熟悉的记忆，他的心怦怦地跳得很快，不会真如自己所想的那样吧，这个人是泰山？这个人怎么会是泰山呢？索尔不是说泰山已经死了吗？不管这个人是否是泰山，现在当务之急是要知道这个人跑这么快是要做什么。他是在逃跑还是在追赶什么东西？脑海中似乎有个声音告诉格里德利："跟着他。"至少那个人不是蛇人，如果他不是蛇人的话，那么他一定是蛇人的敌人。事情发生得太过突然，格里德利脑子也糊涂了，不知道要走哪条路去追那个人。但是好像心中有种冲动驱使着他跟着这个陌生人，他快跑过去，跟在这个陌生人的身后。

佳娜身上的气味细腻而微妙，泰山循着她身上的气味跑过阴暗无光的森林，她身上的这种气味只有泰山能够闻到，其他人是闻不到的。泰山还闻到了一股令人作呕的浓烈气味，这是蛇人身上的气味。他害怕自己会在毫无准备的情况下遇到一群蛇人。于是他轻轻地跳进树林，丝毫没有减速地朝着猎物跑去。不久之后，他看到下面的路上有他的猎物——一个蛇人正拖着挣扎的佳娜向前走。

泰山毫不犹豫地朝着猎物飞奔，速度没有减弱，就像一颗活体导弹一样径直地砸向蛇人的背部。泰山的冲力太大了，蛇人被他砸倒在地面上，陷入半昏迷状态。泰山一只手把蛇人拽起来，用强壮的手臂绕住了他的脖子。他迅速转过身来，身子向前弯，将蛇人的身体翻过头顶，大力地将他甩向地面，手臂仍然绕着他的脖子。他一次又一次地将蛇人强壮的身体翻过头顶，狠狠地摔向灰色的地面，而佳娜看着这一切，睁大了双眼，十分惊讶。怎么会有人有这么大的力气？

最后，看到蛇人好像死了，泰山这才满意地松开了他。他拿走了蛇人的石刀，捡起了掉在地上的长矛，然后朝佳娜走去。

对佳娜说道："走吧，我们只有一个安全的地方可以去。"说着把她扛到自己的肩膀上，跳到了附近一根树枝上。然后说道，"现在至少你摆脱了蛇人，不过我怀疑可能有只戈罗波尔会跟我们到这里。"

佳娜说："我一直认为世界上没有人比得上佐拉姆的男人了，直到我认识了你和格里德利。"

泰山知道，佳娜对他刚才英勇救人的行为给予了最高级别的赞美。因为对于原始部落的女人来说，没有其他男人能比得上自己部落的男人。佳娜说完，停了一会儿又继续悲伤地说道："我希望格里德利还活着，他是一个好人，一个强壮的男人，最重要的一点他是个善良的人。佐拉姆的男人从不凶女人，但对待女人经常不能做到体贴周到，格里德利最关心的就是自己的安全，然后就是我的感受，做什么事之前先考虑我的感受。"

泰山问道："你非常喜欢他，是吗？"

佳娜没有回答。她的眼里都是泪水，哽咽难言，只能点了点头。

一进入树林，泰山就把佳娜从肩上放了下来，过了一会儿，

成功逃脱 | 223

他发现，佳娜可以轻轻松松地从希塔山坡的一侧峭壁跳向另外一侧。他们没有急于赶回最后一次见到姆维尔和瓦兹瑞士兵的地方。他们走的那条路蜿蜒曲折，泰山无法闻到跟踪自己的那个人身上的味道，因而他的耳朵一直处于警戒状态，听到任何风吹草动都怀疑自己和佳娜的藏身点是不是暴露了。过了一会儿，他们听到了急匆匆的脚步声，听声音，觉得那人应该正向他们走来。

泰山听出来了，这脚步声不是朋友们的脚步声。他把佳娜拉到一棵大树后面，静静地等待着。

他们在树后面等了一会儿，看到一个几乎全身赤裸的男人，他全身上下只穿了一块肮脏的山羊皮，差点都看不出来那是一块山羊皮，衣服外面全都是泥，皮肤外面也裹着一层厚厚的泥，让人完全看不出这个人原来的皮肤是什么颜色。一大团蓬乱的黑发顶在他的头上。泰山都没有见过这么脏的人，显然这个人不是蛇人，而且他没有带武器。泰山想象不出他一个人来这阴森的森林里做什么，他立即从树上落下，站在这个男人的面前，这个男人惊得目瞪口呆。

一看到泰山，那个男人停下了脚步，眼睛里满是震惊和难以置信。

他大声喊道："泰山！我的天哪，真的是你！你没死，谢天谢地，你没死！"

泰山一瞬间就听出了这是格里德利的声音，但藏在树上的佳娜却没有立刻听出来，她只是听声音感觉认识这个人。

泰山脸上慢慢溢满了笑容。

他喊道："格里德利，佳娜跟我说你死了！"

格里德利喊道："佳娜，你怎么知道佳娜？你见过她吗？她现在在哪儿？"

泰山回道："她现在跟我在一起。"

佳娜从对面的树上滑下来，走到树干前面来。

格里德利急切地朝她跑过去，哭喊道："佳娜！"

佳娜闪到一边，朝着格里德利侧身站着，轻蔑地说道："要我再告诉你一遍离我远点吗？"

格里德利听到这句话，身子一下子僵在半路，两只手无力地垂在身体两边，看得出来他很沮丧。

泰山静静地看着这一幕，感到十分不解，眉头瞬间皱了起来，不过干涉他人事情不是他的作风。他说道："走吧，我们必须找到瓦兹瑞士兵。"

前方忽然传来一阵乱哄哄的声音，那么树林中肯定还有其他人，那声音虽然嘈杂，泰山却觉得它听起来十分激动人心，他听出来了，这是瓦兹瑞士兵的声音。他们三个人快步前进，眼前的场景让泰山哭笑不得，幸亏他们及时赶到了，不然的话肯定要发生悲剧了。

十名拿着步枪的瓦兹瑞士兵包围了索尔和三个科尔萨人，双方喊喊喳喳不停地说着些对方听不懂的语言。

佩鲁塞塔人从来没有见过皮肤颜色如此深的瓦兹瑞士兵，并且他们认为所有陌生人都是敌人，弱者才会被捕，而他们将拼尽全力，逃离这群黑皮肤人的抓捕。而姆维尔认为这四个人肯定跟泰山的失踪有着千丝万缕的关系，决定将他们抓住并审问。如果他们反抗的话，他会毫不犹豫地把他们杀死。因此，看到泰山、格里德利和佳娜出现，双方都感觉到了一种解脱。瓦兹瑞士兵看到他们的老大泰山冲着一个被他们包围的人打招呼，很明显那个人是泰山的朋友。

看到泰山还活着，索尔比格里德利还惊讶，当他看到佳娜安

成功逃脱 | 225

全地出现在自己面前,心中感到十分开心和宽慰。佳娜也很高兴,她冲上前来,扑倒在哥哥的怀里。

格里德利站在一旁,默默见证了二人爱的团聚,心中有种难以言说的滋味,这种感觉他以前从未体会过。他或许是第一次敏感地认识到:他对小野蛮人佳娜的感情不是别的,而是爱情。

承认自己爱上佳娜让他觉得有点丢人,更让他觉得羞愧的是他发现自己有点妒忌索尔,不仅仅是因为索尔是他的朋友,而且因为索尔只是一个原始的野蛮人,可他——格里德利是文明世界的人,比索尔更有文化、更有修养,佳娜竟然不喜欢自己,喜欢索尔。

索尔、拉约以及另外两个科尔萨人发现他们视为敌人的士兵突然变成了朋友和盟友,心中自然十分开心,瓦兹瑞士兵听他们讲述和蛇人交手的经过,知道他们战胜了蛇人,心中就明白了,这群士兵的出现帮他们解除了最大的威胁——蛇人,这群士兵身上携带的武器十分致命,与之相比,科尔萨人的火绳枪看起来就像弹弓那样毫无作用,要想从这个可怕的地方逃走,最好要有这种武器。

他们一起休息了一会儿,简要地讲述一下各自之前经历了什么,想合力制定一个未来的计划,但现在问题来了。索尔希望佳娜和自己一起回到佐拉姆。泰山、格里德利和瓦兹瑞士兵只想先找到探险小分队的其他队员,而拉约和另外两个科尔萨人则很想回到他们的船上。

泰山和格里德利认识到,不能告诉科尔萨人他们来到佩鲁塞塔的真正目的是为了找到大卫·因内斯,救出地底人塔纳,这并不是权宜之计,他们告诉科尔萨人,他们此行的目的是要前往萨里岛拜访塔纳和他的国民。

拉约说:"萨里岛离这里很远。要睡一百多次觉才能到达萨里岛,需要穿过科尔萨阿兹以及许多陌生的地方,那些地方到处都是敌人,数量远远超过现在这片阴影之地。"

泰山问道:"只能走水路吗?"

拉约回答道:"是的,如果我们在科尔萨,我或许可以给你带路,但这也注定是一场可怕的旅程,因为没有人知道从科尔萨到萨里岛中间这么长一段路程会遇到什么样的野蛮部落以及野兽。"

格里德利问道:"如果我们到了科尔萨,他们是不会拿我们当朋友的,对吗,拉约?"

拉约点点头说道:"是的,他们不会拿你们当朋友的。"

泰山对格里德利说:"不过,我们最好还是去找到 O-220 飞船,去科尔萨附近找找。"

格里德利默许地点了点头,说道:"但这不符合索尔的计划,如果我的理解没错的话,相对于科尔萨,我们现在更靠近佐拉姆,如果我们决定去科尔萨的话,就不会经过佐拉姆了,索尔和佳娜如果沿着我从希塔山离开的路线返回佐拉姆的话,我不确定他们能否活着到达佐拉姆,除非我们带着瓦兹瑞士兵跟他们一起回去。"

泰山转过身对索尔说道:"如果你们跟我们一起的话,找到船之后,我们很快就会把你们送回佐拉姆,如果很长时间没有找到 O-220 飞船,我们也会陪你们回到佐拉姆,无论找不找得到飞船,还是让我们把你们护送回佐拉姆吧,总好过你和佳娜单独回去。"

索尔说道:"那么我们跟你一起走吧。"他似乎突然想起来了什么,神色一下子变得阴沉起来。他看了格里德利一会儿,转身对佳娜说道:"我差点忘了,在我们可以和这些人做朋友之前,我必须知道这个人跟你在一起的时候,是否伤害了你,如果他伤害了你,我就杀了他。"

成功逃脱 | 227

佳娜回答道:"用不着你杀他,如果他伤害我的话,我早就把他杀了。"说这话的时候,佳娜眼睛没有瞅格里德利。

索尔说道:"真好,很开心他是我们的朋友,现在我们一起走吧。"

拉约说道:"我们的船很可能在河边,蛇人就是在那里把我们抓走的。船就锚定在瑞拉阿姆下方的水域,这样的话,我们很快就能找到船了。"

格里德利说道:"还让我们当你们的囚犯吗?不,拉约,时移世易,如果你们跟我们一起走的话,你们是囚犯。"

拉约耸了耸肩说道:"我不介意。反正现在回去,如果船长看到我们事没办成,两手空空回去,丢了一个船长,那么多船员也失踪了,我们每个人会挨鞭打一百下。"

最终他们决定,还是先回到瑞拉阿姆寻找科尔萨人的那艘大艇。他们顺流而下寻找科尔萨人的船只,不管怎样要尽一切努力说服船长,他们没有恶意,只是想交个朋友,让船长把他们送到科尔萨附近。

回到瑞拉阿姆的路途中,他们并没有遭到蛇人的骚扰。蛇人肯定看见了泰山带着瓦兹瑞士兵从这里经过,所以不敢来骚扰。一路上,格里德利都尽可能地离佳娜远点。一看到佳娜,他就想起自己爱她爱得那么绝望,耻于承认自己是如此迷恋她,一靠近佳娜,他的心就开始隐隐作痛,这令格里德利觉得难以承受。佳娜看不起自己,而她丝毫也不掩饰这一点,格里德利觉得自尊心受到了伤害,心中十分痛苦。格里德利知道自己有一百个理由不喜欢佳娜,但他仍然爱着佳娜,程度甚至超过了自己的想象,他没想过自己会这样爱一个女人。

格里德利看到前方出现了一片宽阔的水域,他知道终于到了瑞拉阿姆。他之前有些不开心，阴森森的树林让他感觉更加沮丧，不过终于到了新的地方，最悲伤的那段时期已经过去了。

让所有人宽慰的是，船仍然停泊在蛇人抓住他们的地方，一会儿的工夫，他们就登上船，将其推出了黑暗之水。

他们一行人乘船朝着大河顺流而下，河道越来越宽，他们将桅杆立了起来，船行驶的速度更快了。虽然四处都有可能遇见恶狠狠的蛇人，但瓦兹瑞人的步枪足以保护他们每个人。这就够了。

这条河变得愈发宽，看起来很可能是大海的海口。按着拉约指的路，他们驾船朝着左侧河岸驶去，河岸附近也停泊着一艘船。对面的河岸相隔很远，朦朦胧胧看得不是很清楚，但可能仅仅因为佩鲁塞塔的表面是向上弯曲的。如果你在地球上，隔相同的距离，地球的曲率可能会让你看不到对面的河岸。

当他们快行驶到大海处时，拉约和另外两个科尔萨人变得忧心忡忡，他们没有看到自己的船。

拉约说道："我们已经驶过锚地了，我们的船就停在刚刚经过的那座小山对面。我没搞错，当时被抓走的时候，我特意地留意了下，看到了那座小山。"

其中一个科尔萨人咆哮道："船长已经抛弃了我们，把船开走了！"说完又骂了船长一通。

他们继续顺流而下朝海洋行驶，一到河口就看到了一个大岛。拉约告诉他们，这个岛适合打猎，而且淡水充足。大家都觉得饿了，需要找点肉填饱肚子，于是就在岛上扎营了。这个岛真是个完美的地方，不像其他岛屿，这个岛屿上没有危险的食肉动物以及可怕的爬行动物，也没有看到任何人类存在的迹象，但猎物十分丰富。

于是，这一行人又开始讨论接下来要做什么，他们决定先去科尔萨寻找大艇，拉约向他们保证，大艇就与他们避难的岛屿在同一片海岸。他指了指南面说道:"我不知道是不是这个方向,但是我知道科萨尔在这个方向。"他又指了指东北方向说道,"不过我不熟悉这片海,也不熟悉佩鲁塞塔这片地方,因为我们探险队从没到过瑞拉阿姆这么远的地方。"

科尔萨人在为长期旅行做准备,准备了很多肉,将它们切成了一条一条,在太阳下晒干或用慢火熏制,然后仔细清洗,晒干放进囊袋中保存。他们还用囊袋装了很多淡水一起储藏在船上。尽管他们打算沿着去科尔萨的路航行,但路上不一定有可以获得淡水和食物的地方,而且假如遇见暴风雨的话,他们还很可能会被吹到海里。

最后,所有的准备工作都已经完成,这群身份截然不同、看起来本应该毫无交集的人登上了船,开启了他们前往遥远科尔萨的危险之旅。

佳娜和其他船员们一起准备食物和囊袋,好几次她都和格里德利在一起做事情,但她从未放松过对他的态度,也没表现出自己介意跟他在一起工作。

格里德利曾问过佳娜一次:"佳娜,我们不能成为朋友吗?如果我们能成为朋友的话,我们会比现在开心一点。"

她轻轻地答道:"我会尽量开心点,索尔会把我带回佐拉姆的。"

Chapter 17

终得团聚

大船顺风前进，来到了阳光普照的大海，O-220 飞船也沿着相同的路线行驶，偶尔沿中间几个海岛绕几个大圈。祖普纳认为要找到探险队的失踪成员几乎没有希望了，不仅没有希望找到失踪队员的足迹，而且也没有可能找到极地入口再次回到地球。他知道即使他们储备了大量的燃料和石油，也不可能无限期地待在佩鲁塞塔。如果他们无法找到极地入口，那么尽管他们储备的燃料足够返回地球，他们也只能留在佩鲁塞塔度过余生。

海恩斯中尉最后还是把心里的想法提了出来，两名船长召集道夫中尉来参加他们的会议。会议决定：燃料完全耗尽之前，他们会尽力找到一个地方落脚，一个让他们免受野蛮部落人员的袭击的地方，甚至是能帮他们避开佩鲁塞塔那些强大食肉动物攻击的地方。

O-220 飞船的其他船员正在思考摆在他们面前的这个严重问

题,这艘巨大的飞船在佩鲁塞塔温暖阳光的照射下平稳前进,船员们安静有效地各司其职。

然而,阿拉巴马州的琼斯感到苦恼,他似乎永远无法适应佩鲁塞塔变化的环境。他经常自言自语,剧烈地摇头,把旧闹钟弄坏,或者把闹钟从挂着的挂钩上取下,挂在自己的耳朵上。

船下方展开了一幅全景图,美丽迷人的海湾将海岸冲击得凹凸不平。这里有连绵起伏的丘陵,一望无际的平原,郁郁葱葱的森林以及蜿蜒流淌、美如绿松石般的小河。看到这么美的风景,无论身份多么低微的人心中都会激起最崇高的情感,不过却没有影响到飞船上的人,他们已经跟海恩斯一样,完全认识到O-220飞船可能面临的困境。但是当初这些船员来到佩鲁塞塔都是经过仔细选择的。他们从未有一刻动摇,都对祖普纳忠心耿耿,如果事情发展到最后,他们必须永远留在这片迷人的土地,那么他们也不会后悔自己曾来到这里。但也有一些船员离开了家里的亲人,来到了佩鲁塞塔,这些人已经开始讨论未来会怎样,出现什么样的情况。他们心里很清楚,祖普纳会和他们同生共死;他们也相信,如果有人能带他们摆脱困境,那肯定是祖普纳。这艘巨大的船驰骋在天地间,船上的每个部分,无论是机械还是人,都完美运行。

祖普纳和海恩斯正讨论着未来要怎么办,这时琼斯艰难地爬上攀登轴,朝船后方比厨房要高一百五十英尺的通道走去。他并没有完全从攀登轴上走到小道上,而仅仅是抬头望着蓝色的天空。他盯着天空看了一圈,犹豫了片刻,然后抬起头直勾勾地盯着悬于头顶的太阳,它还是正午时光。

琼斯眨了眨眼,后退到攀登轴处,关上了身后的舱门。一边喃喃自语,一边小心翼翼地沿着攀登轴下到厨房,走进厨房把钟从钩子上取下来,然后找到一个开着的舱门,将钟扔到船外。

船上的这群人正随蓝色海浪共舞,他们没有测定时间和距离的办法。行驶过程中,他们一直抱有一种期望:马上就到达终点了。有了这种期望不会让他们觉得日子那么无聊,不再只是不断面对中生代动物的袭击,那让他们觉得非常无聊。对于在高度文明社会长大的格里德利来说,发现佩鲁塞塔不存在时间概念之后,他的反应比其他人都要紧张。泰山的反应不及格里德利,但他也有些紧张,而瓦兹瑞士兵只是稍微察觉到了一点异常。那些住在佩鲁塞塔没有到过其他国家的人没有觉察出任何异常。当泰山和格里德利和他们讨论时间时,他们几乎没有时间概念。

但时间一分一秒地流逝,船已经行驶了很久,他们遇到的情况也发生了变化。

当他们沿着海岸移动时,由于没有仪器或天体来引导他们,他们的路线发生了改变,不过他们并没有意识到这一点。他们已经沿着东北方向行驶了一段时间了,然后又向东沿着逐渐弯曲的海岸行驶了很长的距离,最后船开始向北行驶。

直觉告诉科尔萨人他们已经走了四分之三的路程了。忽然从海岸上刮来一阵猛烈的风,船员们迅速朝着河岸抢风航行。

拉约直着身子站在船头,挤了挤鼻子,嗅了嗅空气,就像猎狗在寻找一种气味。过了一会儿,他转向泰山说道:"我们可能会遇到大风,最好把船停在海边。"但为时已晚,风浪以惊人的速度变得越来越大,最终他们不得不放弃了把船停在海边的想法,并在暴风雨到来之前转向逃离。

瓦兹瑞士兵着实被吓到了,因为他们没有经历过海洋上的暴风雨。佳娜和她哥哥似乎也很害怕,但即便他们感到恐惧,也不会表现出来。泰山和格里德利认为,这艘船肯定经不住风浪的袭击,马上就会沉入海底。格里德利走到了佳娜身边,她正在横坐板上缩成一团。风声呼啸,人们的说话声几乎听不到,格里德利弯腰低下身子,将嘴唇贴近佳娜的耳朵。

他说道:"佳娜,这艘小船不可能抵御这样的风暴,我们会死的。但在死之前,无论你恨我与否,我都要告诉你,我爱你。"没等到佳娜的回答,没等到佳娜羞辱他,格里德利便转身离开,回到他刚才的位置。

他知道自己做错了,自己无权向索尔的爱人表达爱意,这是一种不忠的行为,然而他的内心中有一股更为强大的力量,这股力量超越了他的自尊心,迫使他说出这些话——他不能什么都不告诉佳娜,就这样死去。也许情况稍微简单一点,因为他注意到了索尔和佳娜之间那种看似柏拉图式的爱情,他无法将佳娜和柏拉图式的爱情联系在一起,而且他认为索尔并不欣赏佳娜。索尔总是对她很好也很友善,但是他对待佳娜没有自己想象中那么体贴。他觉得这也许是佩鲁塞塔人性格奇怪的一面,但要了解佳娜或者索尔很难,也很难相信他们之间存在柏拉图式的爱情。因为显然他们和自己是一样正常的人,他们保留了人类天生的那份简单纯粹,自尊自爱,现代文明人却没有好好继承这种优点。但似乎不大可能的是,如非无意,他们之间怎么可能建立这种长期的亲密关系,至少他们之间有爱的迹象。"为什么呢?"格里德利沉思忖,"从他们的行为来看,更像是兄妹。"

这艘船奇迹般地在暴风雨中幸存了下来。风力减弱,海水慢慢平静下来。泰山无论朝哪个方向看,都只能看到翻滚的波浪,看不到任何陆地的痕迹。

他问道:"拉约,既然我们已经找不到海岸了,我们沿着什么路线前往科尔萨呢?"

拉约答道:"这并不容易,我们唯一的向导就是风,我们在科尔萨上很好，我知道风通常从哪个方向吹来，我们通常沿着相同的方向，最终会到达陆地，可能离科尔萨不远。"

佳娜指着前方问道："那是什么？"话音刚落，船上所有人的目光都随着她指的方向望去。

过了一会儿，拉约说道："那是一艘船，我们得救了。"

格里德利问道："万一那艘船是敌人的船呢？"

拉约说道："不是的，那是科尔萨人的船，没有其他船会朝科尔萨阿兹航行。"

佳娜喊道："那儿还有一艘船，哦，不，是很多艘船。"

泰山说道："赶紧调转方向，或许他们还没看到我们。"

拉约问道："为什么我们要逃跑？"

泰山回道："因为我们人手不够，他们或许不是你们的敌人，但肯定是我们的敌人。"

拉约按照泰山的吩咐做，他别无选择，船上的科尔萨人加起来也不过只有三个，瓦兹瑞士兵却有十人，而且都配有武器。

船上所有人的目光都注视着远处的帆船，而且很快他们离帆船的距离越来越近，格里德利他们所乘的这艘船很小，速度也根本称不上快。他们和后面的船队距离在逐渐拉近，最后他们确定后面的船队正在追击他们这艘小船。

拉约说道："他们不是科尔萨人，我从没见过这样的船。"

这艘小船以最大的速度在海里航行，但追踪他们的船只排成一列，就像无敌舰队一样，一眼望不到头，舰队仍旧迅速地向小船靠近。

为首的那艘船正迅速靠近格里德利所在的小船，小船上的船员此时能够清晰地看到追踪船的外观。追踪船很短，但船身很宽，船头较高，上面悬着两支帆，船两边的通口伸出很多桨，大概有

终得团聚 | 235

五十支桨。船两侧桨的上方，悬挂着战士的盾牌。

格里德利冲泰山喊道："佩鲁塞塔这里不仅有西班牙海盗，还有维京人！如果那些不是维京人的船，也肯定是照着维京人的船模仿的。"

泰山说道："不过船看起来有点现代化，船头的小甲板上装了一把枪。"

格里德利说道："确实是。我想我们还是转变航向吧。我看他们有个人登到甲板上拿枪对着我们了。"

过了一会儿，对方又有一个男人出现在船头高高的甲板上，那个男人冲他们喊道："停船，否则我就把你们的船击沉！"

格里德利问道："你是谁？"

那个人答道："我是来自安洛克的嘉，这是佩鲁塞塔国王大卫一世的舰队。"

拉约对泰山说道："转变航向。"

格里德利说道："我们这艘船上肯定有人是星期日出生的。我从来没想过世上还有这么幸运的事情。"

小船慢慢转变航向，嘉问道："你是谁？"

泰山回道："我们是朋友。"

嘉回道："佩鲁塞塔的国王在科尔萨阿兹可没有朋友。"

格里德利回道："如果埃伯纳·佩里跟你一起在这儿的话，肯定能证明你说的话不对。"

嘉说："埃伯纳·佩里不在我们身边，但是你怎么知道他的？"

这时两艘船并排靠在一起，嘉船上的船员——那些麦洛普战士们正好奇地盯着格里德利船上的人，这些战士皮肤散发着古铜色的光泽。

泰山指着格里德利对嘉说道："这是杰森·格里德利。或许你们听埃伯纳·佩里讲过他的名字。他组织了一支探险小分队从地球来到这里,就是想要把埃伯纳·佩里从科尔萨的地牢里救出来。"

船上的三个科尔萨人令嘉起了疑,但是格里德利和泰山详细地向嘉解释了整个事情的经过,嘉还特地检查了瓦兹瑞士兵的步枪,这才确信他们说的话是真的。嘉热烈欢迎他们登上自己的船,此时后方的船聚集了过来。嘉告诉他的同伴们这两个来自外来世界的陌生人是来帮助他们拯救大卫·因内斯的。船长们听了嘉的话,纷纷登上了嘉的船,去迎接泰山和格里德利。这些队长中有美丽的迪安女皇的哥哥——强大的道奥尔,苏尔人的首领戈尔克的儿子阔克,以及长毛的萨里国王伽克的儿子塔纳。

泰山和格里德利从这些船长的口中了解到,这支舰队正要去救大卫·因内斯。他们已经航行了很长一段时间,已经忘记了从给船装上龙骨以来他们吃过多少顿饭,睡过多少次觉了。然后他们不得不从劳伦阿兹找到一条通往科尔萨阿兹的路,然后在安洛克岛上造起了船。

"远离可怕暗影之地的苏亚尔阿兹,我们找到了一条通向科萨尔阿兹的道路。苏尔人听说过这条路,当他们造船时,派战士出去看看是否能够找到这样一条路,之后果然发现了一条路,他们不久就来到了科尔萨城前。"

塔纳问道:"就你们十几个人还奢望救出大卫·因内斯吗?"

泰山说道:"这里的不都是我们的人,我们和同伴们分开了,一直没能找到他们,不过我们营救小分队的人并不是很多,我们依靠其他手段去拯救你们的国王,而不是人力。"

此时此刻,其中一艘船发生了巨大的声响。空气中蔓延着一种骚动的气息。士兵们都看向天空并指着什么,一些士兵已经将枪口对准天空,所有人都拿起来福枪。泰山和格里德利抬起头望向天空,看到远远天空中的 O-220 飞船。

飞船显然已经发现了舰队,并且正螺旋式向下落。

格里德利说道:"现在我知道我们中肯定有人是星期日出生的。"他又转身对嘉说道,"那是我们的飞船,我们的朋友在上面。"

为首那艘船上发生的事情很快就传播开来,最后舰队里的每个成员都知道在他们上空盘旋的那个庞然大物并不是可以飞的巨型爬行动物,而是一艘飞船。埃伯纳·佩里的朋友以及他们心爱的国王大卫一世就在船上。

飞船缓缓驶向海面。格里德利从一位士兵那里借了一支矛,并将拉约的头部手帕绑到了尖头的那一端。他用这张临时制作的国旗发出信号:"O-220 啊嘿!这是安洛克的嘉指挥的大卫一世战争舰队,格雷斯托克勋爵,十名瓦兹瑞士兵以及杰森·格里德利需要搭乘飞船!"

过了一会儿,O-220 飞船后方的旋转炮塔中响起隆隆炮声,响了整整二十一声,国际上向对方表示欢迎就是鸣二十一响礼炮。炮声回荡在佩鲁塞塔空中,格里德利向嘉解释他们鸣炮的意义,嘉听完后用船上的前枪炮回敬他们,表示欢迎。

O-220 飞船越降越低,最后落在海面上,距离嘉所在的那艘船很近,近到能听到彼此的声音。

泰山问道:"你们都好吗?"

祖普纳答道:"是的。"他的声音低沉洪亮,令人感到宽慰。

格里德利问道:"冯·霍斯特和你们在一起吗?"

祖普纳答道:"没有。"

格里德利悲伤地说道:"他一个人走丢了。"

泰山问道:"你能放下吊索,让我们回到飞船上吗?"

祖普纳将飞船停了下来,此时飞船距离嘉舰船的甲板不到五十英尺,他把吊索放了下来,让他们一个接一个地登上了O-220飞船,先是瓦兹瑞士兵,然后是佳娜和索尔,接着是格里德利和泰山,他们没有将三名科尔萨人带走,而是将他们留下来作为嘉的囚犯,嘉保证科尔萨人将受到人道待遇。

泰山离开舰船之前,他告诉嘉,如果他要前往科尔萨,那么飞船将与他保持联系,同时他们将完善拯救大卫·因内斯的计划。

索尔和佳娜乘着O-220飞船起飞时,他们惊讶极了。对他们来说,造出这种巨型飞船简直不可思议。正如佳娜后来说的那样:"我感觉我在做梦,但与此同时我也知道,我的梦中也不可能出现这样一个不存在的东西。"

格里德利把佳娜和索尔介绍给祖普纳和海恩斯,泰山登上这艘船时,道夫中尉才来到船舱,于是海恩斯将佳娜和索尔介绍给了道夫。

他将道夫介绍给佳娜,然后指着索尔说:"这是索尔,佳娜的哥哥。"

格里德利听到这句话,惊得身子一震。庆幸当时没有人看到他的表情,他立即恢复了镇定,但他心中感到很受伤,他们都知道索尔是佳娜的哥哥,却没有人告诉过他。想到此,他竟然觉得有点生气,后来他想可能大家都以为他已经知道了这件事,所以没告诉他的吧。但是他无论怎么劝说自己,都原谅不了佳娜。但是佳娜跟索尔是情侣还是兄妹又有什么区别呢,不管佳娜跟索尔是什么关系,佳娜都不可能属于他。她对待自己的态度已经说明了一切,态度远比她刻薄的话语更有说服力,这让他更确定佳娜不喜欢自己了。

团聚之后,探险小分队的成员们畅谈一番自己的经历,讲述了很多回忆。O-220飞船正慢慢地跟在舰队上方移动。这次团聚

终得团聚 | 239

非常欢乐，却因冯·霍斯特的缺席而蒙上一层乌云。

飞船在科尔萨阿兹的水面上缓缓移动，祖普纳偶尔把船降到能够听到嘉说话的地方。当祖普纳看到远处的科尔萨海岸时，将吊索放了下去，让嘉登上 O-220 飞船，方便与他讨论营救大卫的计划。当他们完善了计划以后，嘉回到了自己的船上，拉约和另外两个科尔萨人被带上飞船。

三名囚犯看到格里德利和泰山亲自护送他们来到这艘巨型飞船，心中满是害怕和吃惊。泰山和格里德利向囚犯们一一介绍了他们的武器，尤其强调了 O-220 飞船上的炸弹破坏力很强。

格里德利对拉约说道："只要一个炸弹就能把希德的宫殿轰炸到一千英尺开外的空中。如你所见，我们有很多这样的炸弹，我们用它可以把所有科尔萨船只都毁掉，灭掉所有科尔萨人。"

嘉的舰队离海岸还有很远的距离，但 O-220 飞船正全速朝科尔萨前进。他们的计划是这样的：如果顺利的话，最好不流一滴血救出大卫·因内斯。这个计划尤其令人满意，因为如果有必要的话，他们会从海上或空中攻击科尔萨，那样的话，炸弹和大炮可能会直接危及到国王的生命；也可能会激起希德人的复仇想法，那样也会间接地危及到国王的生命。

飞船在科尔萨城上空滑行，几乎没有发出一点声音。街道里和庭院中到处都是人，他们抬起头，眼睛盯着这艘令人惊讶的飞船。

飞船在三千英尺高的城市上空停了下来，泰山派人把三名科尔萨囚犯叫了过来。

泰山对他们说："我们可以毁了科尔萨，你们也看见了，我们有一支舰队救佩鲁塞塔的国王，我们船上每个士兵的武器都比你们的好，就算他们不拿步枪，凭借手中的刀、矛以及弓箭，也能拿下科尔萨。但是他们不仅有步枪，舰队的船上还都装有机关炮。

240

舰队就可以让科尔萨元气大伤,更别提还有飞船了。飞船会在科尔萨上方来回飞行,你们射不到它的,它还可以朝科尔萨投炸弹。拉约,你觉得我们可以拿下科尔萨吗?"

拉约说道:"我知道了。"

泰山说道:"非常好,我准备派你去给希德传个信,你会告诉他实情吗?"

拉约回道:"我会的。"

泰山继续说道:"很简单,你就告诉他我们有能力把佩鲁塞塔的国王救出来。你可以向他解释一下,我们为什么有能力把国王救出来。然后你可以告诉他如果他愿意把国王放在船上,把他带到我们舰队,转交给安洛克的嘉的话,我们可以保证不开一枪,马上返回萨里岛,你明白吗?"

拉约说道:"我明白了。"

泰山转向道夫说道:"很好,中尉,你现在要带他走吗?"

道夫手里拿着一捆东西进来了,说道:"穿上它。"

拉约问:"这是什么?"

道夫答道:"这是个降落伞。"

拉约问道:"降落伞是什么?"

道夫说道:"就这个,把你的胳膊从这儿穿过来。"过了一会儿,他终于给拉约穿上了降落伞。

格里德利说道:"现在,你要做一件有独特意义的事——你将成为佩鲁塞塔史上第一次跳伞的人。"

拉约说道:"我不理解你的话是什么意思。"

格里德利说道:"我们现在马上要派你把泰山的信儿传给希德。"

拉约不开心地问道:"你们会先让飞船着陆,再让我去传信,

终得团聚 | 241

是吗?"

格里德利说道:"相反,我们还待在这里,你要跳到船外去。"

拉约喊道:"什么,你要杀了我吗?"

格里德利笑着说:"不会的。仔细听着:你会安全降落。你已经在我们的飞船上看到了一些神奇的东西,所以你心里应该清楚我们的厉害。现在你有机会见识一下我们另一项了不起的发明。你认真听我说,如果你严格按照我告诉你的方法操作,你就不会受伤。"他手放在拉约左胸对面的铁环上说道,"这是一个铁环,用你的右手抓住它。当你从船上跳下来时,用手猛拉一下这个铁环,你就会像羽毛一样轻轻地飘到地上。"

拉约反驳道:"我会死的。"

格里德利说道:"你是一个懦夫吗?或许我可以交给其他人,他们可能比你更勇敢。我跟你说过了,你不会受到伤害。"

拉约说道:"我不害怕,我跳。"

泰山说道:"告诉希德,过一会儿,我们要看到一艘船独自出海迎接舰队,如果没有看到,我们就要向这座城市丢炸弹。"道夫把拉约带到一扇舱门处,并且打开了舱门,这时,拉约却犹豫了。

道夫说道:"别忘了用力拉铁环。"同时他猛地推了拉约一下,把他从门口推了出去,过了一会儿,飞船上的人看到降落伞皱皱的布飘荡在空中。拉约打开了降落伞,他们知道他将会把泰山的口信传给希德。

我们不知道的下方的科尔萨城中发生了什么,但是看到一大群人从宫殿出来,沿着河流向下走,走到泊船的地方,那里停放着很多船。过了一会儿,其中的一艘船开始起航。它扬起了风帆,随着水流慢慢漂移,正从萨里岛直接驶向大海。

O-220飞船在空中跟着这艘船,嘉操控着船向前行驶迎接科尔萨人的船。就这样,科尔萨人把佩鲁塞塔的国王大卫·因内斯安全送还。

当科尔萨人把轮船驶回港口时,飞船慢慢降落下来。大卫·因内斯和这些来自另一个世界素未谋面的拯救者打了个招呼。

他长期遭受囚禁,一直没有吃饱过,身体非常瘦弱。但除此之外,身体没有受什么伤。当他转身穿过科尔萨阿兹,朝自己的国家走去时,萨里船上一片欢欣雀跃。

燃料消耗非常快,他们护送了舰队走了好长时间,泰山害怕如果陪舰队回去的话,剩下的燃料不足以让他们重回地球。大卫告诉了他们佩鲁塞塔北极入口的确切方向。

格里德利对泰山说道:"我们要先做另一件事,我们必须先把索尔和佳娜送回佐拉姆去。"

泰山说道:"是的。剩下两个科尔萨人就把他们放在这附近吧,我都想过了,我们的燃料回去应该够了。"

格里德利说:"我不能跟你们回去了,你们把我放在嘉的船上吧。"

泰山问道:"什么?你要留在这儿?"

"这次探险活动是我发起的,我对每个队员的生命安全都负有责任。冯·霍斯特如今下落不明,我不能就这样回到地球去。"

泰山问道:"如果你跟着舰队回到萨里的话,你怎么找到冯·霍斯特呢?"

格里德利说道:"我会让大卫·因内斯给我配一支小分队。他给我配的人肯定都是地地道道的佩鲁塞塔人,有他们的带领我找到冯·霍斯特的概率可比待在O-220飞船上大多了。"

泰山说道:"我完全同意,如果你心意已决,我们马上就把你放到嘉的船上。"

终得团聚 | 243

O-220飞船降落在嘉的船上,泰山示意嘉把船停下来。格里德利收拾了他要带的物品,有步枪、左轮手枪和大量弹药。他把东西先放在嘉的船上,而后格里德利挥手向探险队的其他成员告别。

格里德利和其他人握完手后,对佳娜说道:"佳娜,再见了。"

佳娜没有回答他,而是转身对她的哥哥说:"再见,索尔。"

索尔回答道:"再见?你什么意思?"

佳娜回答道:"我要去萨里岛追寻我毕生所爱。"